ψ《プサイ》の悲劇

THE TRAGEDY OF ψ

森 博嗣

講談社

目次

プロローグ——9

第1章　症候の怪——20

第2章　昇降の階——97

第3章　消光の戒——166

第4章　小考の解——246

エピローグ——313

解説　辻村深月——324

著作リスト——332

The Tragedy of ψ

by

MORI Hiroshi

2018

PAPERBACK VERSION

2021

森
博嗣
MORI
Hiroshi

ルイザは吐息をもらし、緊張をゆるめ、ぐったりと右手をおろした。それから、あらためて両手で話しだした。看護婦は息もつがずにそれを通訳した。

こうしてルイザが右手をのばした直後、その指先を何かがかすめた。まず鼻に手がふれた。それから人の顔に……いや、その顔が動いたとき、彼女の指さきは、たしかに誰かの頰《ほお》をなでたのである。

(Yの悲劇／エラリー・クイーン)

登場人物

八田《はった》　洋久《ひろひさ》 ------------------------ 科学者
八田《はった》　順子《じゅんこ》 --------------------------長女
矢吹《やぶき》　葉子《ようこ》 --------------------------次女
矢吹《やぶき》　功一《こういち》 ------------------------ その夫
矢吹《やぶき》　将太《しょうた》 ---------------------- その息子
仙崎《せんざき》　秋宏《あきひろ》 ---------------------- 雑誌記者
大久保《おおくぼ》　誠《まこと》 ------------------------ 研究者
暮坂《くれさか》　左人志《さとし》 ---------------------- 元刑事
吉野《よしの》　公子《きみこ》 --------------------------医師
島田《しまだ》　文子《あやこ》 --------------------------技師
鈴木《すずき》 --------------------------------執事
桂川《かつらかわ》 ------------------------------ 家政婦
小渕《おぶち》 --------------------------------刑事

プロローグ

しかも、それらの奇妙な線からは血がにじみ出していた。レーンの眼《め》は何かをたしかめるようにテーブルの下の敷物に向けられた。そして大きく彼はうなずいた。

そこに、なかばテーブルの下の床の上に、古い傷だらけのマンドリンが、絃《げん》のあるほうを上に向けて転がっていた。

私が八田《はった》家で働くようになったのは、一昨年のことだった。

それ以前のことを、私はよく覚えていない。ただ、思い出したいという欲求が、私にはない。今ここに仕事があれば、私は従い、働く。そうすることが、すなわち私の満足だ、と考えている。私の仕事は、この八田家の長である八田洋久《ひろひさ》博士のお世話をすることだった。

彼は、大学を定年退職したあと、自宅にプライベートの実験室を作り、一日の大半をその中で過ごす生活を日々繰《く》り返《かえ》していた。そうなって三年後に、奥様が癌《がん》で亡くなられたのだが、彼の生活は少しも変わらなかったそうだ。しかし、妻との死別後六年が経過した昨年、彼は突然失踪《しっそう》し、行方不明となった。

自宅から出かけることが非常に稀《まれ》だったため、行き先も告げずに家を出たことが、私には気がかりだった。私は彼に、行き先を尋《たず》ねたけれど、彼は言葉を濁《にご》し、具体的に答えなかったのだ。私は立場上、それ以上の質問を控えた。そして、その不吉な予感は、不幸なことに、現実となってしまった。

夜半になっても八田洋久は帰宅しなかった。連絡はつかない。非日常的なことであったし、また、八十歳という年齢もあり、家族で相談した結果、警察に連絡をすることになった。早速、警官が家を訪れ、事情を聞いたあと、近所の捜索をしたが、そもそも近所にいる可能性は低い、と思われた。というのも、彼は近所を散歩するような習慣はなかったからだ。近所に関心がなかったともいえる。私に対して、それに類することを話していたこともあった。

八田洋久の姿を駅で見かけた、という近所の人の証言がすぐに得られた。私は、警官たちが近所の捜索をしている光景を実際に見たわけではない。警察はただ、捜索をしていると説明をし、家族たちを落ち着かせようとしただけかもしれない。おそらくそうだろう。

駅で目撃されているのだから、彼がどこか遠くへ出かけていった可能性があることを示している。彼は、滅多に外出しない。どこかへ行くときには、車を呼ぶことが多かった。電車に乗ったとすれば、異例中の異例といえる。

実際、電車に乗ったかどうかまでは確認できなかった。駅のカメラで撮影された映像を警察は調べたようだが、乗り込むところは写っていなかったそうだ。駅で誰かと待ち合わせをしたのか、それとも、タクシーに乗るために駅へ行ったのか、そんな可能性も考えられる。なんらかの理由があって、家族に知られないよう、家にタクシーを呼ぶことを避けたのかもしれない。

結局、その日のうちには見つからなかった。警察は、翌日に家に訪ねてきて、なにもわかっていない、という途中報告をした。それを聞いていたのは、八田洋久の長女である八田順子《じゅんこ》である。私も、その場に居合せた。話は五分もかからなかった。とにかく、全力をつくして探しているが、まだわからない。彼が行きそうな場所はないか、と警察はきいた。少しでも多くの情報を求めようと、ここへ来たようだった。さらには、家庭内で、なにかトラブルがなかったか、という点についても初めて質問された。これには、私も驚いてしまった。

順子は、まったくそんなことはない、と否定した。私が知っている範囲でもそのとおりだ、と思った。少なくとも、私はこの家で家族が言い争うような場面を見たことがない。家族以外でも、取り立てて問題はなかったはずである。そういった話を聞いたことは一度もない。

八田洋久は、不治の病にかかっていたわけでもないし、また、借金などもなかったはずだ。彼の交遊は極めて少なく、訪ねてくる友人もほとんどいなかった。勤務していた頃から、社交的とは正反対の人物だった、と周囲からも認識されているようでもあった。愛想が悪く、上手を言わない。多くの友人と楽しむ娯楽もない。もの静かな人物である。

二日後、つまり、失踪して三日後に、八田洋久の上着が発見された。大きな河に架《か》かる長い橋の中央付近で見つかったのだ。そして、その上着のポケットに封筒が入っていた。警察は、その中身を検《あらた》め、すぐに捜査員が八田家を訪れることになった。

手紙は、短い文面で、〈死ぬ自由が自分にはある。なにか具体的な不満があったわけではない。自分の意思で自由に活動できるうちに、皆の前から消えようと思う。探さないように。〉と書かれていた。それだけである。

ほとんど楷書《かいしょ》に近い整った文字だった。文章の最後に、署名もあり、同じ字体である。ただ、署名の後に、記号らしき文字が書かれていた。他の文字よりは多少大きめで、アルファベットのUの中央を、上から下へ直線が貫く図形だった。

筆跡は、明らかに八田洋久のものだったし、その記号のようなものも、八田が普段サインの代わりに記す習慣のものだった。

警察では、この手紙の指紋なども調べ、彼の部屋から指紋を採取して照合したい、との申し出があり、順子はこれを承諾した。

「この記号は、何ですか？　どういう意味でしょうか？」刑事が尋ねた。

「形に意味はないと思います。用件が済んだ、確認した、というチェックの意味の記号で、父がよく書いていたものです。英語のYだと私は思っていましたが」

「どうして、Yなのですか？」

「はい、父の名は、ひろひさと読みますが、親しい人は、ようくと漢字を音読みにして呼んでいました。そのYではないかと……。チェックの意味で勢いがついて、最後の棒が長くなったのだと……」

その橋から河へ飛び込んだ、という話は出なかった。近くで八田洋久の姿を目撃した者はいないらしい。橋の近所で撮影された映像記録を、警察は調べているようだった。今のところ、事件性はないのではないか、との発言もあった。上着には、彼の財布が残されていて、紛失したものはなさそうだったことも、この推測の一つの理由のようだった。

事件性というのは、どういう意味なのか、八田家の人々は理解できなかったかもしれない。トラブルに巻き込まれるような可能性は考えられない、と順子は言った。しかし、それは、意見ではなく願望である、と私は感じた。

警察は、引き続き捜索を続けると言って帰っていった。近所での捜索を一旦《いったん》引き上げ、上着が発見された橋の付近、そこから海の方角へ勢力を移す、と語った。それはまるで、その橋から彼が河へ身を投げ、死体が流れ着きそうな場所を捜索する、と聞こえるものだっただろう。

だが、八田洋久は発見されなかった。上着以外の遺留品も見つからず、また目撃情報もなかった。

その後も数回、警察が八田家を訪れたが、捜査の進展はなかった。そのインターバルが長くなるにつれて、八田家には、主人を失ったという空気がしだいに濃くなっていった。しかし、そもそも高齢であったし、また、家族の中でも、洋久は関わりの薄い間柄だった。皆がいる場所に顔を出すようなことはなく、食事はいつも自室へ運ばせていた。それを運んでいたのは私である。家族の中で、最も彼に多くの時間接していたのは、まちがいなく私だ。したがって、彼がいなくなったことで、私ほど大きな影響を受けた者はいないかもしれない。

まったく、これまでと同じように、八田家は存続し、家族の全員がこれまでどおりの生活を維持していた。洋久は、既に収入がなかったので、経済的にも八田家には影響を及《およ》ぼさなかった。

彼の死が確定すれば、遺産についての話合いが持たれることになるだろう。しかし、私が知るかぎりでは、八田家の人々は、誰一人困窮《こんきゅう》していない。経済的には安定しているように見える。洋久以前から、代々受け継がれている資産があったし、八田家としての事業、これは代々続く造り酒屋であるが、跡を継がなかった洋久を飛び越え、次女葉子《ようこ》の夫である矢吹功一《やぶきこういち》に受け継がれていたし、順子も、またその経営に一部携《たずさ》わっていた。洋久は、番頭候補だった矢吹に次女を嫁がせ、自分が持っていた株をすべて長女に贈与した。こうすることで、八田家の伝統を保持することに成功し、自分は好きな研究に没頭していたのである。

研究者としての八田洋久は、まちがいなく一流だった。それは、専門分野の学者たちの多くが認めるところであり、だからこそ、国立大学の教授に若くして就《つ》いた。工学部の化学工学科で多くの人材を育てた。また、学会でも幾つかの研究委員会で委員長を歴任した。ただ、政治的な意欲は希薄で、大学や学会の運営に積極的に関わるようなことはなかったそうだ。たとえ他者からの推薦があっても、すべて断っていたという。彼は、退官時の記念パーティも開催を断り、静かに学会から去った。

彼の業績の主たるものは、分子構造のデザインと、その製造システムに関するもので、革新的な新材料を多く開発し、国内に限らず、その恩恵に与《あずか》った企業は多い。また、後進の育成にも熱心で、気鋭の研究者を世に送り出している。

大学を去り、隠居したあとも、自宅に実験室を作り、研究を継続していたが、少なくとも、この時期の研究は公開されていない。論文を発表することもなかった。当該分野は、個人レベルの研究施設では、基礎的なもの、理論的な段階のものしか扱えず、応用・実用化に結びつくようなテーマではなかっただろう、と専門家は指摘している。だが、彼の実験室は、未だ、マスコミはおろか、近しい分野の研究者にも公開されていない。それは、本人が死亡したと確認されていないためであり、娘の順子が許可しなかったからである。

彼の実験室に入ることが許されているのは、私だけだった。

この点については、いつ洋久が戻ってきても良いように、通常どおりの状態を保ち、常に掃除《そうじ》などをしておくように、と順子からも指示されている。

実験室は、彼女に言われるまでもなく、常に整理整頓が行き届き、清掃も掃除ロボットが自動で行っていたから、私は、特になにもすることがなかった。窓を少し開けて、換気扇を回すだけである。

私の仕事は激減した。順子を初め、家族の誰も私に仕事を依頼しない。私はこの家の人に指示され、それに従って働くためにここにいる。それが、執事という役目だ。今のままでは、ここにいる意味がなくなってしまう。

だが、自分からそれを申し出る立場でもなかった。なにしろ、主人は死んだわけではないのだから。

こんな中途半端な時間が一年ほど過ぎた。

変化はまったくない。八田家は、以前と変わらなかった。もう警察もほとんど訪れなくなり、ますます何事もなかったように時間が過ぎていく。家族の誰もが、主人は実験室に籠っている、と信じようとしているみたいでもあった。

驚いたことに、私自身には、幾らか変化があった。

まず、考えもしないことを考えるようになった。具体的な労働が減り、たとえば、与えられている端末の前にじっと座っている時間が増えた。なんとなく、調べものをするようになった。私には、これは珍しいことだった。

八田洋久について検索し、過去の出来事についても読んだ。彼の業績もできるだけ調べた。半分も理解できなかったが、それでも、こうしたデータが私の中に蓄積する体感があった。これも、これまでにない感覚だったといえる。

知識欲という言葉は知っていた。ただ、それが、私自身にあるとは考えてもいなかったのである。どこか、懐かしさみたいなものを感じる。どうしてなのかは、わからないが。

八田洋久が失踪してちょうど一年めの日に、数人のゲストが八田家を訪れることになった。

内輪のパーティが企画されたためだったが、その目的は曖昧《あいまい》で、何を祝うのか、何を話し合うのか、そういった具体案は示されていない。ただ、八田洋久と比較的親しかった数名が集まること自体が、初めてのことで、今は行方不明の人間について語ろう、といった趣旨のもの、としか想像できなかった。

そういった思い出を語るには、一年という時間は、やや短いのではないか。しかし、長く時間が過ぎてしまっては、忘却が障害となりかねない、といった杞憂《きゆう》もあったのかもしれない。

私は、一週間ほどまえに、その企画を知らされ、この準備に時間を使った。久し振りに忙しい日々が戻った。そして、いよいよ、その日を迎えることになったのである。

第1章　症候の怪

1

とつぜん女中のヴァージニアが、けたたましい声をあげた。彼女は仔犬を指さしていた。

仔犬は床の上に力なく倒れていた。ときどき身体をけいれんさせていたが、やがて四肢《しし》が硬くなり、最後に大きく腹に波うたせたかと思うと、そのまま動かなくなった。いずれにせよ、一匹の仔犬が二度と卵酒を舐《な》めなくなったことは明白である。

夏も終わり、朝夕が涼しくなりつつあった。その日は、朝から輝かしい日差しが、八田家の庭を照らしていた。あまり関係がないことだが、少なくとも、天候には恵まれたといえる。

ゲストが宿泊することになっていたので、客室の準備を前日までに終えていた。当日の午前中には、キッチンで晩餐《ばんさん》の準備をした。主に、家政婦の桂川《かつらかわ》という中年の女性が支度《したく》をした。お昼頃には、料理の下準備がだいたい終わった。順子がキッチンに現れ、私たちの仕事をチェックした。

八田家を訪れたいとの申し出が、仙崎秋宏《せんざきあきひろ》から順子にあったのは一カ月ほどまえのことらしい。日程の調整に時間がかかり、最終的にこの日と決まったのは、一週間まえのことで、私は、その時点で参加者や時間、あるいは宿泊のことを順子から聞いた。それ以前には、仙崎から申し出があった、との情報だけだったので、心の準備しかできなかった。

仙崎は、八田洋久の数少ない友人の一人で、六十代の紳士である。彼は、何度かこの家を訪れているので、私もよく知っていた。洋久よりずっと若いのだが、以前に、洋久の研究室の取材をして、記事を書いたことが切っ掛けだったらしい。仙崎は、研究者八田洋久の本を書きたい、と申し出ていたのだが、それには洋久が首を縦に振らなかったそうだ。もう引退したのだし、表舞台に立ちたくない、人から注目されたくない、と洋久は語っている。しかし、そういったストイックなところが、仙崎の好むところであり、ますます彼は、洋久に惚《ほ》れ込んでいるようだった。これは、私も少なからず同感するところである。

洋久が失踪したときも、仙崎が先頭に立って駆《か》け回《まわ》り、ネットで捜索のサイトを立ち上げたりもした。警察にも頻繁《ひんぱん》に出向いたらしい。彼が、一年の節目で、八田家を訪れ、数名で話合いの場を持ちたい、と順子に知らせてきた。彼の計画では、この家で数名が落ち合い、挨拶《あいさつ》をしたのち、近くのレストランで会食をする、というものだったそうだが、順子が、それならばうちで、と持ちかけた結果、今回のパーティになったようである。パーティといっても、もちろんめでたいわけではないし、記念という名目も立たない。亡くなったことが確認されたわけでもないので、故人を偲《しの》ぶという言葉も使えない。なんとも、表現に窮するイベントといえるだろう。それでも、一年という年月は、洋久をかぎりなく故人に近い存在にしたといえる。大勢がそう認識しているのではないだろうか。それは、家族も同じであり、私自身もそう考えている。この一年で、望みを諦《あきら》め、心の中で決着をつけた者が多い、と思われるのだ。

仙崎が、このパーティに誘ったのは、もともとは六人だった。

まず、洋久の二人の娘、順子と葉子である。さらにもう一人は、次女・葉子の夫である矢吹功一。彼は、八田家の住人であり、同じ町内で営業している八田酒造の社長でもある。事実上、八田家の新しい当主ともいえるが、それは表向きのことで、実際には、長女順子には逆らえない立場である。それは、八田家の内部にいる私だからわかることで、外部にはその認識はないだろう。

残りの三人が、八田家以外、外部の招待者となり、洋久の研究上の弟子でもある大久保誠《おおくぼまこと》、医師の吉野公子《よしのきみこ》、そして元刑事の暮坂左人志《くれさかさとし》だった。

大久保は、洋久が退職したあと、同じ大学の研究室で教授になった研究者で、年齢は五十五歳、洋久が若い頃に研究室に在籍する学生だった、教え子の一人である。研究分野は今は離れていると聞いているものの、同じ大学で同じ講座の跡を継いだのだから、後継者といっても間違いではないだろう。

吉野公子は、かつて洋久の主治医だった吉野堅次《けんじ》の娘であり、吉野医院の現在の院長、年齢は六十歳。吉野堅次が亡くなったのは十年ほどまえのことであり、その跡を継いだ。洋久を初め、八田家全員の主治医も、彼女が引き継いでいる。ただ、洋久は病気らしい病気をしたことがない。風邪《かぜ》を引いたくらいでは病院へ行かない。最近では、一年に一度の定期検診に通っている程度だった。

　暮坂左人志は、警視庁の刑事だった人物であるが、現在は退職している。年齢は、洋久と同じく八十歳。二人は、高校の同級生であるが、暮坂以外に洋久にはこういったつき合いの友人は一人もいない。例外的な友人といえるだろう。暮坂は、洋久の失踪時の捜査にはもちろん関係していない。洋久と会うため、ときどき八田家を訪れることがあった。一年に三度か四度だっただろう。一方で、洋久の方から暮坂のところへ出向いた話は聞いたことがない。洋久の失踪時に、順子が警察に話した心当たりの一人だった暮坂だが、彼は、洋久の失踪を警察からの問合せで初めて知ったそうで、一度こちらを訪ねてきた。そのときは、私が応対をしたが、二、三言葉を交《か》わしただけで、玄関から上がることもなく、そのまま帰っていった。

　これらのゲストのうち、私が会ったことがないのは、吉野公子だけである。ただ、吉野はこの地では有名人であり、彼女の映像を見る機会はあった。ちょっとしたイベントなどに顔を出し、また事故や事件などでも、医者としてしばしばマスコミのインタビューを受けていたからだ。したがって、顔を知らないわけではない。

　八田家は、住宅地から少し奥へ入った山手にある。駅からは、歩けば二十分以上かかる。特に、上り坂が多く、来客はたいていタクシーを利用している。一方、駅へ向かう方向は下り坂のため、比較的楽になる。失踪当日、洋久が歩いて出かけた日は、爽やかな秋晴れだった。気がかりではあったものの、そういった状況もあって、私は主人に行き先を執拗《しつよう》に尋ねなかった。あとになって、それを悔やんでいるのである。今日は土曜日。一年まえと同じく、穏やかな天候だった。ゲストが訪れる午後三時は、まさに洋久が出かけていった時刻と、図らずも一致していた。私は、玄関の前に出て、ゲストが到着するのを待つことにした。

私が外に立って五分もしないうちに、車が近づく音が聞こえてきた。表のゲートはリモコンで操作し、既に開けてある。そこを入ってきたのは、黒い一台のタクシーだった。中に見える人影から、三人が揃《そろ》っていることがわかった。恐らく駅で待ち合わせをしたのだろう。

玄関前に立ち、三人は庭や屋敷を見回した。八田家の建築物は樹々に囲まれている。十メートル以上もある広葉樹が葉を繁《しげ》らせているため、敷地内では空は建物の屋根の上にしか見えない。太陽は既に低い位置にあり、日差しは地面には届いていなかった。それでも、拡散した細かい光の粉が降り注《そそ》ぐ鮮《あざ》やかな空気だった。

「良い季節ですね」仙崎秋宏は深呼吸してから言った。白髪にベレー帽を被《かぶ》っている。デニムのほつれたジャケットを着ていた。いかにも文化人といった風体《ふうてい》である。

「鈴木《すずき》さん、申し訳ありませんでした」

「何がでしょうか？」意味がわからなかったので、私はきいた。

「いえ、煩《わずら》わしい仕事を増やしてしまったからですよ。準備が大変だったのではありませんか？　こちらには、ほんのちょっと寄らせてもらうだけのつもりだったのですけれどね、最初は」

「いえ、お寛《くつろ》ぎいただければ幸いです」私はお辞儀をした。

「お忙しいのでは？」そう言ったのは、女医の吉野公子だった。

「私ですか？」私は、彼女の方へ向き直った。「いいえ、まったくそのようなことは。八田先生がいらっしゃらないので、私の仕事は激減しております」

吉野は軽く微笑《ほほえ》んだ。小柄で色白、髪はショートのストレート。年齢よりもずいぶん若く見えるのだが、私が、ピントを合わさないように見ているせいかもしれない。彼女は、ここへ来るのは初めてなのではないだろうか。

もう一人は、大久保誠である。彼は、この家に比較的よく訪れる。少なくとも、洋久がいた頃にはそうだった。この一年間では、先日一度だけ、文献を借りたいという申し出があり、洋久の実験室に入れたことがあった。洋久と同様、無口な紳士で、あまり表情も変わらない。スーツにネクタイというフォーマルな装いだったが、個性を押し隠そうとしている意図しか感じられない。黙って、一度私を見て、ほんの軽く頭を下げただけだった。

「暮坂さんは、少し遅れるという連絡がありました」仙崎が言った。「一番近いのにね」

暮坂左人志は、退職したあと、マンションで一人暮らしだと聞いている。偶然にも、そのマンションが、同じ町内、この近くだった。鉄道では一駅違うのだが、充分に歩いていける距離だ。おそらく、直接歩いてやってくるのではないか、と私は想像した。これまで、いつもそうだったからだ。

三人を玄関へ案内すると、順子が出迎えた。彼女は対外的な場面では着物であることが多い。今年で五十二歳になるが、見た目は若々しい。社交的な性格で、つき合いも広い。しかし、独身である。私が知るかぎりでは結婚したことはないようだ。彼女を訪ねてくる男性は数知れないが、家の中にまで入れたことは一度もない。外でのつき合いは、家の中には持ち込まない、と話していたことがある。私の第二の主人であり、今の私は、事実上、彼女の直属となったわけだが、私はまだ、この人物の本性がよくわからない。洋久は、その意味では、私にとってわかりやすいシンプルな人格だったといえるかもしれない。

庭が見えるサンルームのテーブルに、ゲストたちを案内した。家の者は、順子一人だった。事業の跡を継いだ矢吹功一は、出張から戻るのは夕刻になる。また、その妻葉子も、都内で開催されている見本市のために出かけていて、不在だった。八田酒造がそこに出展しているからだが、社長である夫の代理というわけである。もし、このパーティがなかったら、順子もそのイベントに出向いていただろう。

サンルームには、大きなガラスのテーブルが置かれている。両側に三人ずつがゆったりと座れるサイズであり、今夜の会食もここで行われることになっていた。まずはお茶を出す、という手筈《てはず》だったので、私は、その場を離れ、キッチンへ向かった。家政婦の桂川が、既に盆を用意しており、菓子がのった木皿が並んでいた。

私は、ゲストの人数を伝えた。四人ではなく三人だ、と。桂川は無言で頷《うなず》いた。キッチンには、もう一人いた。冷蔵庫の中を覗《のぞ》いている少年で、私が入っていくとこちらを振り返った。将太《しょうた》である。矢吹功一と葉子の息子で、小学五年生になる。平日ならば、学校が終わったあと、塾に行っている時刻だが、今日は土曜日だったので、どこへも出かけていない。

「なにか、食べるものない？」将太は、桂川を見てきいた。

「ちょっと待って下さいね、お客様ですから」桂川が答える。

その将太の足許《あしもと》に、黒い猫が擦《す》り寄っていた。これは、ブランと呼ばれている、十二歳になる雄猫である。将太が生まれるまえからこの八田家で飼われている。私には、まったく懐かない。私も触ろうとしたことは一度もない。餌を与えているのは、桂川である。その桂川も、ここへ来てまだ二年半だ。それでも、私よりも半年だけ長い。

茶の準備が整い、私はそれをサンルームへ運んだ。庭が眺《なが》められるためか、薔薇《ばら》の話をしていたようだった。ただ、庭には薔薇はあるものの、今は一輪も咲いていない。テーブルの片側に、仙崎と大久保が座り、反対側に吉野と順子が座っていた。私は、菓子と茶をそれぞれの前に黙って運んだ。

「薔薇の世話は誰がしているの？」順子が高い声で言った。私に尋ねたようだ。

「薔薇ですか……、いえ、世話というほどのことは、誰もしておりません。鉢《はち》には、私が水をやっておりますが」

洋久は、庭の薔薇を大切にしていたように思う。肥料をやり、防虫剤を吹き付けたりしていた。花を切って、実験室の書棚の一角にある花瓶《かびん》に飾っていることもあった。ただ、手入れというほどの作業は、特別になかったのではないか、と認識している。庭仕事は私以外には誰もしない。家の者は、順子も葉子も、庭に出ているところを滅多《めった》に見ることがない。矢吹も同様だ。例外といえば、息子の将太くらいだろう。

桂川は、洗濯物を干すためにしばしば庭で姿を見かけるが、庭の植物には無関心である。庭師が春と秋にやってきて、一日かけて庭木の剪定《せんてい》などはしていく。それ以外は、雑草は伸び放題だった。特に、洋久がいなくなってからは、荒れ方は顕著《けんちょ》である。つまり、目立たなかったが、洋久が、ある程度の管理をしていたのだろう。今頃になってそれに気づき、私は二回ほど草むしりをしたが、あまり効果はなかったようである。

お辞儀をして、その場を立ち去ろうとしたとき、近くに座っていた大久保から「鈴木さん」と小声で呼び止められた。

立ち止まって、彼のところへ戻ると、大久保は、実験室を見せてほしい、と私に言った。私の判断することではないので、順子の顔を見た。彼女は、無言で私に頷いた。見せても良い、という指示のようだ。

2

洋久の実験室は、かつては酒蔵だった古い建物の内装だけを改築したものであり、外見は古い風情を保ったままだった。間口は五メートルほどと狭いものの、奥行きはその三倍以上ある。もともと窓はなかったのだが、新たに天窓が四つ新設された。天井《てんじょう》はなく、上部は屋根を支える骨組みの木材が露《あらわ》になっている。一方の壁には、書籍やファイルを収納する棚があり、その高さは四メートルほどにもなるため、スライドする梯子《はしご》が二基付属している。

書棚の反対側は、作業台、デスク、実験台などが壁際に並んでいた。実験室と呼ばれているので、なにかの実験をしているものと私は考えているが、実際、ここに入って、そういった具体的な作業、私に理解できるようなわかりやすい光景を目撃したことはない。洋久は、いつもデスクの前に腰掛け、コンピュータのモニタを眺めていた。そのモニタは、三十インチほどのサイズで、三つが接するように並んでいる。このコンピュータは、主人が失踪したあとは、警察の技師が簡単に調べたようだが、特に、手掛かりになりそうなもの、あるいは遺書などは発見されなかった。

大久保誠は、この実験室に一度入っている。そのとき、私は立ち会った。彼は、コンピュータには近づかなかった。反対の壁際で書籍を探し、すぐに目的のものを見つけたようだった。彼は、借用のメモを残して、それを持ち帰った。

実験室に入るまえに、大久保は、その書籍を私に返却し、礼を言った。タイトルは英語だったのだが、それがどんな内容の本なのか、私にはわからないし、貸した本と同一のものかどうかさえも、判別できなかった。

実験室に入るためには、一度母屋《おもや》から外に出なければならない。縁から下りて、木製の下駄《げた》を履《は》き、屋根のある通路を数メートル歩くと、数段上がったところに、実験室の大きな扉がある。この建物の左は、ちょっとした崖《がけ》が迫っていて、隙間《すきま》は三メートルほどしか空いていない。しかも、草木が生い茂っているため、普通に歩くには、やや困難である。

また、反対側には、ほぼ同じ規模の建物が隣接していて、そちらは倉庫として使用されている。見た目は、古い蔵のままである。この中には、私は一度も入ったことがない。倉庫と実験室の間は、五メートルほど離れていて、こちらは、奥まで歩くことができる。その突き当たりは、コンクリートブロックの高い塀《へい》で、そこが敷地の最も奥になる。まったく外は見えないが、これより奥には建物も道もなく、森林が広がっている。私は行ったことはないし、少し離れた場所になるが、八田家の墓がこの森の中にあるそうだ。八田家は、かなり以前からこの地にあった、ということだろう。残念ながら、私はこのあたりの詳しい事情を、ほとんど知らない。すべて、家族が話しているのを、断片的に聞いただけの知識である。

実験室は、常に空調されていて、温度と湿度を一定範囲に保つような自動設定になっている。重い扉を引き開けて、中に入る。そこで、スリッパに履き替える。私は、大久保の前にスリッパを置いた。

「ここは、時間が止まっているみたいですね」大久保は部屋の中を見回して言った。人が住んでいないのだから、この部屋の物体が動く可能性は低い。そういう意味の話だろう、と理解した。

私は入口の付近に立った。大久保はさらに奥へ進み、最初は書棚を見上げた。

「ああ、さきほどの本、入れておきましょう」大久保が言った。

書籍は私が持ったままである。大久保のところへ近づくと、彼が手を出したので、私はその書籍を渡した。大久保はそれを片手に持ち、梯子を三段ほど上った。ほぼ中段の辺りで、並んだ書籍に一箇所だけ隙間が空いていた。そこは、数カ月まえに、大久保がその本を引き出した位置だった。私は、そのときのことを思い出していた。大久保は、その日、双眼鏡を持ってきたのだ。彼は近眼で、書棚の書籍のタイトルを読むため、それを持参した、と話した。ということは、以前にここでタイトルが読めない経験をしていた、ということのようだった。ちなみに、洋久はメガネをかけていない。裸眼だと自慢していたことがある。

その書籍を収め、段を一段下がったところで、棚の左に置かれていた花瓶を彼は見つめた。しばらく、じっとそれを眺めている。

「以前、花を生けられていた花瓶ですね」大久保は言った。

「はい、そうです」私は答える。洋久が気に入っていた花瓶であるが、鉄製で、錆《さび》が浮き上がっている。その錆が美しい、と洋久は話していたことがある。

「なにか飾られたら、いかがでしょう?」大久保が言った。

「そうですね」私はそう返事をしたが、勝手なことができる立場ではない。誰かから指示がないかぎり、そのような個人的な行為は慎まなければならないだろう。

梯子から下りてきた大久保は、洋久のデスクへ行く。その前に立ち、今度はじっとデスクの上を眺めている。なにかを手に取るということもなかった。やがて、私の方を振り返ると、こう尋ねた。

「誰か、このデスクを使っているのですか?」

私は質問の意味がわからなかったが、彼の近くまで歩いていき、デスクの上を見た。特に変わった様子はない。洋久が失踪したあと、幾度か私は、このデスクを見ているが、いつも同じだった。椅子《いす》のほぼ正面には、やや斜めになっているが、キーボードが置かれている。モニタは三つが、少しずつ角度を変えて、いずれも椅子に座った人物に正対するように弧を描いて置かれている。筆記具などは、デスクの上に出ていない。書類も書籍もない。洋久は、メモを取る習慣がなかった。彼がペンを持っているところを、私は見たことがない。

「マウスですよ」大久保はそう言って、デスクの上にあるものを指差した。コンピュータの操作を行う小さな装置である。この頃では、あまり使われなくなったレトロなデバイスだが、洋久はこれを愛用していた。

私は、大久保の顔を見た。すると、彼は少し口許を緩《ゆる》める。

「以前はここにはなかった」彼は言った。「私がまえに見たときには、ここにありました」彼は、正面のモニタの右手を指差した。マウスは、反対側の左手にある。

「そうですか、気づきませんでした」私はまず謝った。「もしかして、警察の方が、コンピュータの中身を見にこられたことがありますので、そのときに動かしたのでしょうか」

「いえ、このまえ、私が来たときに、鈴木さんはその話をなさいました」大久保は冷静な口調だった。「ですから、警察がここへ来たのは、それよりもまえのことだったのではありませんか?」

「あ、そうですか、それは失礼しました……」謝りながら、私は記憶を辿《たど》ってみた。

「そうですね。そう言われてみれば、大久保先生がいらっしゃったあと、ここへ入ったことは、私はありません。あれは、二カ月まえになりますか？」

「ええ、そうです。でも、鈴木さんが入っていないということは、誰も入らないということなのでは？」

「それは、ちょっと、私にはわかりかねます。順子様が入られたかもしれません。のちほど、確認いたします」

「あと、もう一つ、気になっていたことがあって……」そう話しながら、大久保は部屋の奥の方へ歩いた。少し離れた作業台の上に、ノートが置かれている。「このノートなんですが、拝見してもよろしいでしょうか。これは、八田先生の実験ノートだと思われますが」

「問題ないと思います。警察も見ていきました。そのノートは、一年まえから、ずっとそこにあります」

大久保は頷き、ノートを開いた。私も近くに立っていたので、それを見ることができた。私は、これまでにそれを開いたことは一度もない。半分ほどが白紙だった。文字が書かれているページも、数字あるいは記号が大部分のようだった。しばらく、ページを捲《めく》って眺めていた大久保は、振り返って私を見た。

「筆記具はどこにありますか？」彼はきいた。

「筆記具、といいますと？」

「このノートは、鉛筆かな、ええ、インクではない。鉛筆かシャープペンで書かれているようです。でも、ここには、筆記具が見当たりません」大久保が言った。

「はい、そのとおりです。私も、こちらで鉛筆などは見たことがありません」デスクはいずれも実験台のような頑丈《がんじょう》な構造のもので、引出しはない。そういった小物を収納するスペースがない。筆記具がこの部屋にあっただろうか、と私は考えてしまった。

「まあ、胸のポケットにでも差していたかもしれませんね」大久保は言った。「先生が、ボールペンを胸に差されているところは、何度も見たことがあります。ずいぶん以前のことですけれどね。しかし、そうですね、最近は、文字を書かれるようなことはありませんでした。近くを見ると目が疲れる、とおっしゃっていました。遠視でいらっしゃったので、ピントを合わせるのが大変だ、という意味かと思いますが……。メモなども、キーボードとモニタでなさっていたように思います」

「はい、そうでございます」私はそう答えたものの、橋で見つかった上着に入っていたメモを思い出した。あれは、何故か手書きの文字だったのだ。なにか理由があったのだろうか。つまり、家ではなく、出かけたあとに書いたものだろうか。

「では、このノートは、先生が書かれたものではないのかな……」独り言のように大久保は言った。そこで、またしばらく黙り込む。ノートを捲っていた手も止まっていた。「真賀田《まがた》……博士、というのは、どなたですか？」

「いえ、存じませんが……」私は、さらにデスクに近づき、そのページを覗き込んだ。

算用数字が書かれている。その下に、〈真賀田博士への返答〉と記されている。ほとんど楷書に近い文字、それは八田洋久の筆跡である。

なにか、引っかかるものがあった。

どこかで聞いたことのある響きだが、思い出せない。大久保も黙り込んで、首を傾《かし》げている。

ノートは、やはり洋久が書いたものだろう。この場所にあるものは、ほかの誰も手を触れないのではないか、と私は思った。

「日本語は、ここだけですね」大久保は呟《つぶや》く。「あとは、英語で書かれている。実験の記録のようです。ノート自体が古いものかもしれない。そう、だいぶまえの、大学当時のものかな……」彼は、さらにノートを捲った。たしかにそう言われてみれば、表紙の紙は端が傷んでいる。新しいものではないし、方々へ持ち歩き、何度も開き、使用した形跡が認められる。ただ、ノートの表紙に、内容を示すような記述はない。〈真賀田〉の名前の上に書かれている数字は、まったく意味がわからない。年月や時間ではない。十数桁《けた》の数字が、カンマなどの区切りもなく、横に並んでいるだけだった。

大久保は、その後も十分ほど実験室の中をゆっくりと歩き、細かいものまで見落とさずに観察しているようだった。私は、ずっと黙って立ち、それを見ていた。

「ありがとうございます」ようやく大久保は、小さく言って、頭を下げた。気が済んだ、といった表情である。

出口へ彼がさきになって歩いた。その後ろを私はついていったのだが、ドアに手をかけたところで、彼は振り返った。

「鈴木さんだけに話すことですが……」眉《まゆ》を顰《ひそ》め、珍しく深刻そうな表情に見えた。「実は、八田先生が、失踪される前日に、私はメールをいただいているのです。ただ、メールのことは、誰にも話さないでほしい、万が一のことがあっても、私個人の責任で行うことなので心配しないように、と書かれていました。あの、お心当たりはありませんか？」

「あ、いえ……」私は首をふった。しかし、明らかに、例の見つかったメモに類似する内容である。「そうですか、それは、順子様にお話しになった方がよろしいのではないでしょうか、私では、どうしたら良いものか判断がつきかねます」

「鈴木さんは、ご存じだと思ったのです」大久保は私をじっと睨《にら》んだ。

「何をですか？」私は尋ねた。なにも思いつかない。彼は何の話をしているのか、まったく見当がつかなかった。

「いえ、ご存じないのでしたら、すみません。私の勘違《かんちが》いでした」大久保は謝った。

「今の話は、なかったことにして下さい」

実験室を出て、施錠《せじょう》をした。母屋に戻り、通路を歩いていくと、途中で順子に出会った。

「あら、遅いから、お呼びしようと思っていましたのよ」順子は、大久保に言った。

「お茶を淹《い》れ直します。それとも、アルコールがよろしかったでしょうか？」

「あ、いえ……、どうかおかまいなく」大久保は片手を広げた。

「順子様、実験室に最近入られましたか？」私は彼女にきいた。

「え？　最近って、いつのこと？」

「このまえ、私が訪ねてきたあとのことです」大久保が補足した。「二カ月ほどまえのことでした」

「ああ、そうそう、いらっしゃったんですよね。私、生憎《あいにく》出かけておりまして、その節は失礼をいたしました」順子は、そこで首を傾げた。「そのあと……、いえ、入っておりません。警察の方が来たときに、入口まで行きましたね、鈴木も一緒でした。私は、もうずっとあそこへは入っておりませんけれど」

「それは、大久保先生がいらっしゃるよりもまえのことです」私が説明する。

「えっと、そうだったかしら……」

「実験室の鍵を持っているのは？　鈴木さんと、順子さんだけですか？」大久保が質問する。

「はい、父がいなくなったあとは、そうです。もともとは、父と鈴木の二人でしたわ。私は、持っていても使い道がありませんし」

「どなたかに、鍵を貸したことは？」大久保がさらに尋ねる。

「いいえ、一度もありません。先生、なにか、お気づきのことがあったのですか？」

「大したことではないのですが、八田先生のデスクで、コンピュータを誰かが操作した形跡が認められます。もし、誰にも心当たりがないのであれば、ええ、ちょっと問題だと思いますので、警察に知らせた方が良いかもしれません」

「まあ……、なにか、物色した跡でも？」順子がきいた。

「そうではありません。マウスが右にあったはずなのですが、左に移動していました」

「マウス？　ああ、あの小さいやつ？　えっと、それだけですか？」

「それだけです」大久保は真剣な顔で頷いた。

順子は私の顔を見た。どうしたものか、と困惑している表情である。自然にマウスが動くとは思えないが、しかし、元の位置を記憶しているのは大久保だけであろう。彼の勘違いかもしれない。私はなにも言えず、黙っていた。

「あの部屋には、カメラはないのですか？」大久保がきいた。

「ございません」私は答える。

「コンピュータを立ち上げて、調べれば、なにか痕跡《こんせき》が見つかる可能性があります。許可をいただけるのでしたら、私が調べてみますが」

「そうですね……、あ、でも、ちょっと待っていただけますか。警察の方に相談した方が良いと思います」順子は言った。「そう、もうすぐ、暮坂さんもいらっしゃることですから、ご相談してみましょう」

順子の返答に納得したのか、大久保は黙って頷き、通路を歩いていった。順子はキッチンの方へ立ち去り、私もそちらへ向かった。

キッチンに入ると、暮坂が間もなく到着すること、また、予定外にもう一人ゲストが増えることになりそうだ、と順子が言った。私と桂川に対応するように、という意味である。どんなゲストなのか、いつ来るのか、という説明はなかった。

3

私は、まず客室の確認をするために二階へ上がった。普段から、不意の客に対応するように準備は整えてあるので、一人増えると聞いても、特に作業はない。今日使われる予定ではなかった部屋に入り、窓を開けて換気をしておくことにした。キッチンへ戻り、料理の打合わせを桂川とした。こちらも、大きな変更なく対応できるだろうという結論だった。それから、玄関へ行き、表のゲートを開けてから、外に立って待つことにした。

五分ほどして、タクシーが入ってきた。玄関前に停車した車から降りてきたのは、長身の老人、暮坂左人志である。私が頭を下げると、彼はにやりとして頷いた。日に焼けた顔は、とても八十歳には見えない。若々しいといっても良いだろう。芝居役者のような目立つ風貌《ふうぼう》で、人を睨むような目つきが独特だった。

「皆様、お待ちでございます」私は、玄関へ彼を導いた。

「その後、捜査の進展は？」靴を脱ぎながら、彼は尋ねた。

「いえ、特に新しいことは聞いておりません」

「うん、心配なことだね」低い声で彼は呟いた。

サンルームへ暮坂を案内すると、順子、仙崎、大久保、吉野の四人が揃っていた。私はすぐにキッチンへ行き、追加の茶と菓子一皿を盆で運ぶことになった。サンルームは、笑い声に包まれていた。大きな声で話をしているのは、暮坂である。仙崎や大久保に比べると、この老人ははるかに社交的に見える。ただ、八田と二人だけのときは、こんなふうではない。あまり、話が弾んでいる様子はなかった。それでも、八田は、馬が合う、と暮坂のことを語ったことがあり、現にたびたび彼は八田家を訪れているのである。今は、互いにあまり知らない人間どうしの集まりであるため、社交的に振る舞っているだけだろう、と私は考えた。

ゲストたちのことを一番知っているのは、仙崎だろう。洋久の取材をしたことがあったし、そのとき、大久保にも会っているという。吉野とは、洋久が失踪したあと、主治医に話を聞こうと考えて会ったという。仙崎は、洋久がなにか病の悩みを抱えていたのではないか、と疑ったのだろう。同様に、洋久の旧友である暮坂のことも突き止めていた。仙崎は、洋久がなにか事件に巻き込まれたのではないか、と考え、周辺を調べ回ったという。今回のパーティは、彼にしてみれば、そんな調査の一環かもしれない、と密《ひそ》かに私は考えていた。

一度キッチンへ戻り、またサンルームへ出向くと、大久保が話をしていた。小声で呟くような話し方で、場は静まり返っていた。実験室のマウスのことが話題になったようである。

「先生がまえに見たとき、そのマウスが右にあったというのは、確かなことなんですか？」暮坂が低い声で尋ねた。「いえ、記憶を疑っているわけではありませんけれどね」

「証拠があります」大久保は答えて、ポケットから端末を取り出した。しばらく、それを指で操作していたので、周囲は無言で待った。

一分ほどして、大久保は、その端末のモニタを皆に見せた。近くに立っていた私も、最後に見せてもらった。実験室のデスクの上を撮影した写真だった。大久保が、二カ月まえに実験室に入ったときのものだ、と彼は説明する。彼は、その写真を拡大した。

「この右にあるマウスです」もう一度、モニタを見せた。

たしかに、さきほどとは違う。マウスの位置が変わっている。それに、キーボードの位置も少し違うように私は感じた。

「キーボードも今は、もう少し右に寄っていると思います」大久保が言った。「つまり、マウスを左で操作する人間が、コンピュータを使ったのです」

「誰が？」順子が高い声で言う。

「警察なのでは？」仙崎がきいた。

「警察は、入っていないそうです」大久保は、私を見て言った。

「はい、大久保先生が二カ月まえに入られたあとは、どなたもあそこへはお入れしておりません」私は答える。「少なくとも、私の鍵を使って開けたことはありません」

「私だってありませんよ」順子がすぐに言う。「だけど、ほかにも鍵があるんじゃなくて？」

「そう、その可能性がある」暮坂が言った。彼はぎょろりとした目で私を睨んだ。

「私は、ほかに鍵があるのかどうかは知りません」と答えるしかない。

「マウスを左で使うってことは……」仙崎が言った。「つまり、左利きか」

「八田先生は？　右利きでしたか？」吉野公子がきいた。

「そうです」順子が答える。「うーん、でも、マウスなんて、どちらでも使えるのではないかしら」

「マウスを使う人が、もう珍しい」仙崎は言った。

「そうですね」大久保が頷く。「最近では少ないと思います。ですから、邪魔なので左へどけたということだったかもしれません」

「なるほど」暮坂が頷く。「そうなると、一度、コンピュータを調べてみないと」

「そうお願いしたのですが……」大久保は小声で言った。

「どうなんでしょうか。警察の許可がいりませんか？」順子がきいた。彼女が見ているのは、暮坂である。

暮坂は、菓子を小さなフォークにのせようとしていた。順子の視線に気づいていない。自分が警察の関係者だとも考えていないのだろう。

「警察の許可なんていりませんよ」仙崎が言った。「ただ、八田先生の許可が必要なだけです。その彼が行方不明なのですから、順子さんが、決められれば良い。問題はないと思います」

「プライベートなものがあったら、困ります」順子は言った。

「でも、警察は調べたわけですよね」仙崎が食い下がる。「そういったものは、なかったのではないでしょうか」

「どうかしら。父に叱られることになるかもしれないわ」

彼女のその言葉で、しばらく沈黙の幕が下りた。これは、やや重い幕だったかもしれない。この間に、暮坂は菓子を全部食べることができ、茶を音を立てて飲んだあと、息をふっと吐いた。重い幕は、そこまでだった。

「考えようですな……。八田君は、自分の意思で出ていったのだから、あとで見られて困るようなものを残しておくはずがないでしょう」暮坂は言った。響くようなよく通る声である。「それよりも、鍵を持っている人間なら誰でも入れる場所なのだし、それほど不思議がることでもない。違いますか？　もし、問題にするならば、コンピュータの中身です」

「私か鈴木が、それをした、とおっしゃるのですか？」冷静な口調で、順子が尋ね、笑顔のまま小首を傾げた。

「いや……、それ以外にもいろいろな可能性がある。お二人の持っている鍵を、ほかの誰かが使ったかもしれない。別に合鍵があって、八田君が誰かに渡していたかもしれない」暮坂は続ける。「あるいは……、そうですな……、鍵など使わずとも、どこか秘密の出入口があって、そこから、あの実験室に出入りできるかもしれない。いかがですか？」

全員が顔を見合わせた。吉野公子は、ふんと鼻息を漏らした。あまり面白い話ではない、といった表情に見えた。

「吉野先生は、あそこに入られたことがありますか？」暮坂がきいた。「そう、皆さんにもおききしたい。八田君の実験室に入ったことがある方はいらっしゃいますか？」

意外なことに、全員が手を挙げた。これには、私も正直驚いた。私の記憶にないからだ。つまり、私がここへ来る以前のことか、あるいは、それ以後ならば、私が知らない間に、洋久が招き入れたことになる。そういった機会は、それほど多くなかったように考えられる。もしあったとするなら、私が買いものに出かけているときか、私が自室に引き込んだあと、つまり深夜のことだろう。それしか考えられない。

もちろん、私は、八田家へ来てまだ二年。洋久がいた間でいえば、僅《わず》かに一年間にすぎない。今ここに集まったゲストたちは、いずれも、もっと以前から洋久とつき合いがあったのだ。

「もし、鍵が二つしかなく、また、出入口も一つしかないとすれば、お二人の鍵をこっそり使った人間がいることになる。お心当たりは？」暮坂が目を見開いて、私と順子を交互に見た。

「それは、わかりません。でも、気持ちの悪いお話ですね」順子が言った。「そんなことがあるとしたら、犯人はブランですよ、きっと」それは猫の名前である。ゲストの半分が、それを知らなかったようで、順子は話を続けた。「もうおじいさんの猫ちゃんですけれどね。マウスをひょいと動かすことくらいはできます」

「でも、鍵を開けることは、いくらなんでも無理でしょう」仙崎が言った。

「そうね……」順子は頷いた。「だけど、家の者なら、誰でもできると思います。私、あの鍵を肌身離さず持っているわけじゃありませんから」

「私は、自分の部屋の壁に鍵を掛けております。以前は昼間は持ち歩いておりましたが、この一年は掛けたままのことが多くなりました。普段、私は自分の部屋に鍵をかけておりません」

「それじゃあ、誰だって、鍵が使えるということじゃないですか」暮坂が言った。

「えっと、誰がいるんでしたっけ、この家には……」

「妹と、矢吹さんと……、あとは、桂川さん」順子が答える。「桂川さんは、キッチンにいますけれど、きいてきましょうか?」

「桂川さんは、実験室に入ったことはないと思います」私が答える。「以前に、そう聞いたことがあります」

「矢吹さんは、どうなのでしょうね」仙崎が言った。

矢吹功一は、現在の八田家の当主といっても良い人物である。職人肌というか、几帳面《きちょうめん》な性格の男だ。私の想像では、黙って実験室に入るようなことは、ちょっと考えられない。あるとすれば、その妻、葉子の方だろうか。彼女は、見た目は順子に似ているが、性格はまったく反対で、自由奔放《じゆうほんぽう》というか、明るく開けっぴろげではある一方で、予測ができない行動に出ることがある。ときどき、周囲を困らせることがあった、と私は聞いている。ただ、実際にそういった場面に私は遭遇《そうぐう》したことがないので、おそらくそれらは若い頃の話なのだろう、と理解している。順子は五十代、葉子は四十代である。姉妹の年齢差は七歳だ。

「遅くなるかもしれませんけれど、矢吹さんも葉子も帰ってきますから、今の件は、本人にきいてみるのがよろしいと思います」順子が言った。

そのとおりである。大久保は大袈裟《おおげさ》に取り上げたが、考えてみたら、さほど大した問題ではない。マウスがちょっと移動していたというだけのことだ。仮に、洋久のコンピュータを誰かが操作したとしても、それが重大な問題になるとは思えない。もし、ある種の犯罪行為に相当するのだとしたら、今頃なにか具体的な問題が発生しているはずではないか、と私は考えた。

4

その後、サンルームで歓談が続いた。私は、その場にずっといたわけではないので、どんな話題だったのかはわからない。実験室の様子については、一度、全員で部屋の中を見にいったようである。このときは、順子が鍵を開けて、四人を中に入れたようだった。ちょうどこのとき、私は、新しいゲストを玄関で出迎えるために待っていた。

事前に聞いた仙崎からの説明によると、そのゲストは、初めて八田家に来る人物だった。仙崎に突然連絡があったのが、三日ほどまえのことで、八田洋久の失踪について、誰も知らない情報を持っている、とメールで書いてきたそうだ。仙崎は、さっそく電話をかけて話を聞いてみた。相手は若い女性で、マスコミ関係だろう、と彼は予想していたのだが、どうもそうではない。はっきりとは言わないものの、どこかの団体でコンピュータ関係の技師をしている、と話したそうだ。その団体が、八田洋久と関係があり、失踪当時に頻繁に連絡を取り合っていた。例の橋でも、待ち合わせることになっていた、と話したそうだ。

「ちょっと、俄《にわか》には信じがたいからね」仙崎は軽く苦笑しつつ話した。「警察にも話をしていないと言うし、かといって、こちらになにか情報なり報酬なりを求めているようでもない。目的がわからないんだ。ただ、もし本当のことだとしたら、事情を聞いてみる価値がある。一度会って話がしたいと言うと、土曜日ならば出てこられる、と言った。それで、その日は、八田家で友人たちが集まる日だ、と話したというわけ。ここへ呼んだのは、軽率だったかもしれないけれど、まあ、そこは、どうかご勘《かん》弁《べん》いただきたい。不愉快に感じる人は言ってほしい、家に入れずに、玄関で私が応対しますから」

仙崎のこの発言に対して、順子も含めて、全員が特に反対をしなかった。たまたま、私はこのときサンルームにいたので、その経緯を聞くことができた。しかし、そんな事情ならば、そのゲストは、夕食を食べたり、宿泊するようなことはないのではないか、と疑問を抱いた。順子から聞いていることと、少々ニュアンスが違っている。しかし、私がとやかく言う問題ではない。深い事情はわからないまま、私は、そのゲストがやってくるのを待った。

私は玄関前に十分以上立っていたが、タクシーはなかなか来なかった。そこで、外の道路まで出ていき、坂の方を眺めた。すると、一人の女性が、そこを歩いて上ってくるのが見えた。おそらく、あの人だろう、とわかった。

グレィのスーツに、ショルダバッグを提げている。ショートヘアに黒縁のメガネ。保険の勧誘員のような雰囲気《ふんいき》であるが、この坂を上った先には八田家以外に訪れるような建物がない。

私の前まで来て立ち止まり、彼女は、じっとこちらを睨むようにして見た。

「八田洋久さんのお宅を訪ねてきました。こちらですよね？」彼女は言った。

「はい、お待ちしておりました。仙崎様から伺《うかが》っております。私は、執事の鈴木と申します。どうぞ、ご案内いたします」

ゲートの中に入り、玄関まで歩く。途中で後方を振り返った。ゲートを閉めるリモコンを操作するためである。私の後ろを五メートルほど離れてついてくる女性は、そこで立ち止まり、周囲を見回している。

「お名前はなんとおっしゃるのでしょうか？」私は尋ねた。仙崎は、彼女の名は語らなかったのだ。

「あ、失礼しました。島田《しまだ》文子《あやこ》と申します」無表情のままお辞儀をした。「お世話になります。お食事もさせていただけるうえ、宿泊もできるそうですね。ありがとうございます。本当に助かります」

「はい、ごゆっくりなさっていってくださいますれば存じます」私は、微笑んだまま答えた。そうか、仙崎はそこまで約束していたのか、とようやく事情がわかった。こういった情報は、精確に伝えてもらいたいものである。

「鈴木さんは、八田家の執事さんなのですね？」島田がきいた。

「はい、そうです」

「私も、メイドをしていたことがあります」

「メイド、ですか……」どういう意味だろうか。

「新型なんです」島田はそう言うと、メガネを指で押し上げ、僅かに口許を緩めた。

「しんがた？　どういうことですか？」

「ニュータイプです」

「あ、そうですか」私もつられて微笑んだが、解釈に苦しんだ。

島田をサンルームまで案内すると、既にゲストたちは実験室から戻っていた。順子の姿が見えなかったが、キッチンかもしれない。

仙崎が、島田のことを紹介した。島田は、よろしくお願いします、とだけ言ってお辞儀をし、仙崎の横の空いていた椅子に腰掛ける。

「コーヒーでよろしいですか？」私は島田にきいた。ほかのゲストたちには、今はコーヒーが出されている。

「あ、えっと、どちらかというと、お茶の方が、あの、日本茶が」島田は答えた。

「かしこまりました」私は、軽く頭を下げ、キッチンへ向かった。

キッチンに順子の姿はなかった。別のところのようだ。桂川に日本茶を出すように頼み、私は客室の窓を閉めるために二階へ上がった。階段の途中で、順子と出会う。

「島田様がいらっしゃいました」私は報告した。

「島田さん？　ああ、仙崎さんがおっしゃっていた方ね。どんな方？」

「二十代か三十代の女性です。駅から歩いていらっしゃったようです」

「まあ……」順子は口を小さく開ける。車でなかったことに驚いたのだろう。

「食事と宿泊のご予定だそうです」

「やっぱりそうなのね。でも、ちょっと、珍しいと思うわ。初めての家で、初めての方ばかりなのに……。最近の方って、そうなのかしら」

順子はそう言うと階段を下りていった。島田のことを図々しいとでも言いたげな物言いだったが、私に言われても困る、と感じた。たしかに、不自然ではある。しかし、この家に対して、なにか強い興味を持っているのかもしれない。洋久のことを知っているような話だった。どんな関係だったのだろうか。もしかして、洋久が大学教授時代の教え子かもしれない。技師とのことだから、おそらくは理系なのだろう。年齢的にその可能性はある。ただ、もしそうならば、そう自己紹介するのが普通だろう、とも思い直した。

島田のために茶を運んでいくと、サンルームは和《なご》やかな雰囲気だった。順子も加わり、六人が笑顔になっている。大久保は笑ってはいないが、興味深いといった表情だった。私は、順子からの指示を待つため、しばらく、サンルームの入口付近に立ち、話を聞くことになった。

「そうか、あの橋の手前の監視カメラの映像は、これまで話題にならなかった」仙崎が話した。「警察は、どうして教えてくれなかったのだろうか」

「橋へ向かう人物は映っていたが、その後は映っていない」暮坂が言う。「つまり、橋から飛び降りた可能性が高いという結論を導くだけだからね。うん、それじゃあ、当たり前すぎる」

「島田さんの、その団体というのは、どんなことをしているんですか？」吉野公子が質問した。全員の視線が島田に集中した。みんながききたいことを、吉野がずばりきいた、といったところだろうか。おそらく、宗教団体のようなものではないか、と私は想像していた。島田の雰囲気が、そんな連想をさせたからだ。自分から名乗らないというのも怪しい。尋ねにくい質問だったことは確かだろう。

「そうですね、名称は、ちょっと言えないのですが、うーん、非営利団体ですから、つまりNPOです。えっと、あの、宗教ではありませんよ。主として、ネットワーク上で活動しています。今日みたいに、リアルで皆さんの前に現れることは滅多にありません。私は、そういう役目なのです。なんというのか、広報委員みたいな」

「目的は、何なのですか？」仙崎が尋ねた。

「人類の知的交流とその蓄積のバックアップです」島田は言った。お決まりの文句だったようだ。

「それに、八田先生が参加しようとしていた、ということなんですか？」仙崎がきいた。

「そこは、ご本人にお会いしていないので、はっきりとしたことは私からは申し上げられません」島田は早口で答える。「というよりも、私は、それを知りたいので、今日こちらへ参りました」

「よくわからないが、では、八田先生が橋で待ち合わせたのは、誰なんですか？」仙崎が尋ねた。

「私たちの団体のサービスです。八田先生から連絡をいただき、場所を指定されたので、そこへ向かいましたが、いらっしゃらなかった、ということのようです」

「橋にあった上着は？」仙崎が続けてきいた。

「いいえ、それはわかりません。上着には気づかなかったと、サービスの者は話しております。橋のどこかにいらっしゃるだろうと、ゆっくりと通ったそうです。人がいたら停まったと思いますが……。そのあと、反対車線をもう一度走って戻ったそうです。でも、見つからなかったと」

「電話も通じなかったの？」順子が尋ねた。

「いいえ、先生は、携帯電話をお持ちではありませんでした」大久保が言った。

「あ、そうでしたね」順子が頷く。

「当方へ連絡があったのは、約束の一時間ほどまえのことで、ホテルかどこかで、電話を借りられたのだと思います」島田が話す。「これは、確認をしておりません。警察にも知らせていません」

「どうして警察に情報を知らせなかったのですか？」仙崎が尋ねた。

「それは、ご本人のご意志を尊重した結果です」島田は答える。「誰にも行き先を話さずに出てきた、とおっしゃっていました。私どもとやり取りをしていたことも、内緒《ないしょ》にされていたものと考えました」

「そうね、聞いたことないわ」順子はそう言って、私の方を振り返った。

「はい、そういった話は、私も伺ったことがございません」私は答える。

「八田先生が、内緒にしていたのはどうしてなの？」吉野が尋ねた。この女医は、ずばずばと発言する人物のようである。「家族にも話さないってことでしょう？　そんな恥ずかしいことなの？　何の団体なのか、私もの凄《すご》く気になるなぁ」

「いえ、特に恥ずかしいことではありません。どちらかというと、真面目《まじめ》すぎるというか、生き方について考える、自分が人間社会の将来に対して、どのような形で貢献していけるのか、ということを考え、また議論することが、私たちが集まっている一番の理由です」

「どなたが代表なんですか？　日本の団体なの？」吉野がさらに追及する。

「代表者は、その、今は、公開されておりません。申し訳ありません。あと、日本の団体ではなく、国際的な組織です。私は日本支部の広報担当です」

「不思議ね、どうしてお父様は、貴女《あなた》の団体のことを知ったのかしら？」順子がきいた。「パンフレットでも届いたのかな、気づかなかったけれど……」

「いえ、パンフレットは作っておりません。ネット上の活動しかしておりません。あの、これは私の想像ですが、八田先生は、真賀田四季《しき》博士にご興味があったのではないでしょうか」

「真賀田四季？」声を上げたのは、仙崎だった。全員が彼の方を向いた。「いや、名前だけは知っている。有名な科学者だよ。知りませんか？」

「知りません」大久保が答えた。「真賀田博士という文字を、さきほど、先生のノートの中で見つけましたが、同じ人かな。どんな漢字ですか？」

「真実の真に、賀正の賀、それに普通の田です」島田が答えた。「話題になったのは、だいぶまえのことですから、今ではご存じない方が多数だと思いますけれど、世界的に有名な方です」

「私は、その名を知っている」暮坂が唸《うな》るような声で言った。「殺人事件の重要参考人だったのではないですか？」

これには、順子が驚く。目を丸くして、口に手を当てた。

「はい……。それも、そうなんですが、ずいぶん昔のことです」島田は答える。「何十年も昔の話です」

「ノートに名前が書かれていたのですから、島田さんの推測は、当たっているかもしれません」大久保が言った。「八田先生の研究分野と、なんらかの関係があるということですね？」

「それは、私には、はっきりとはお答えできません」島田が首をふった。「八田先生のご業績については、申し訳ありません。私はまったく知らないのです。化学ですよね。それくらいしか……。ごめんなさい、専門外といいますか……」

「いずれにせよ、橋で待ち合わせていて、あそこを車で通った人がいる、しかも、八田君を探していたのに、見つからなかったわけだ」暮坂が言った。「そうなると、やはり、橋から飛び降りたという可能性が高くなる。そう考えざるをえない。もちろん、飛び降りたのではなく、過《あやま》って落ちたという可能性もある」

「待ち合わせに指定した橋が違っていた、という可能性はありませんか?」大久保がきいた。

「え、どういうことですか?」島田がきき返す。

「そちらのサービスの方が走ったのは、先生の上着が見つかった橋ですか?」

「あ、はい。そうです。それは確認しました」島田が答える。

「メモも残っているのだから、やはり自殺の可能性が高い」暮坂が言う。

「悲観的なご意見は、あまり聞きたくありません」順子が言った。

「あ、いや、そうでした。これは、大変失礼を……」暮坂が片手を広げた。「ただ、可能性の話をしているだけです。私も、本当のところは、信じているのです。あいつは、どこかへ隠れているだけだとね」

5

ゲストたちが、洋久の実験室の話をしたため、島田文子が自分もそこが見たいと言いだし、私が案内することになった。すると、大久保が順子に、コンピュータの中を見ても良いか、と尋ねた。内容を変更するような操作は一切しない、と彼はつけ加えた。順子は、それに同意したため、大久保も一緒に実験室へ行くことになった。ほかの者には、さほど興味のある対象ではなかったようだ。

私が実験室の鍵を開け、三人で中に入った。夕刻で外は薄暗くなりかけていて、部屋の中は、さきほどに比べると暗かった。入ってすぐの壁にある照明のスイッチを、私が押した。

大久保は、まず洋久のノートを見に奥へ行き、問題のページを開いて、島田に見せた。

「わぁ、本当ですね」島田は頷く。「憧《あこが》れの人だったのかもしれませんね」

「そんな感じではない」大久保が否定する。「この数字は、いかがですか、なにか関係がありますか？」

「いえ、わかりません。暗証番号でしょうか」島田は答える。「えっと、十二桁ですね。でも、数字だけというのは、あまりないようにも思います」

「島田さん、コンピュータに詳しいのですか？」大久保がきいた。

「はい、それが私の専門です。広報委員だと言いましたけれど、ネット上で活動する広報委員ですから、主にコンピュータが相手の仕事です」

「では、島田さんに見てもらった方が良いでしょう」大久保はそう言って、モニタが三つ並んだデスクを手で示した。

「見ても良いですか？」島田が明るく答える。彼女はデスクの前にあった椅子に腰掛けた。中央のモニタが一つだけ明るくなり、デスクトップが現れる。「わあ、これはこれは、またクラシカルなシステムですこと……。えっと、ああ、このシステムはですね、う一んと、ここだったかしら」

プルダウンメニューで、なにかを見たようだ。ウィンドウが開き、リストが現れる。島田は、それを時間順に並び替えた。

「おお、一カ月くらいまえですね。どなたか、システムに入りましたね」島田が言った。「ファイルの書き換えは……、いえ、されていません。参照だけです。一般ユーザで入っています。この方が、マウスをこっちへやったのね」島田は、左にあったマウスを左手で掴《つか》む。「私も、左利きですから、こちらです。でも、今時、マウスなんてね、流行《はや》りませんよぉ、ザンギリアタマくらい流行りませんよ」

「ザンギリアタマ？」大久保がきいた。

「いえいえ、口が滑りました。ごめんなさい」島田はモニタに向かって頭を下げる。

「えっと、うーん、それだけですね。ファイルを書き換えていないってことですから、被害はゼロです」

「その人は、何をしたの？」大久保は、モニタに顔を近づけている。

「えっと、起動されたアプリといえば……、ああ、エディタですね。これで、文章を読んだみたいです。どれでしょうか、それは、わかるかなぁ……。えっと、けっこう深いところへ入らないとわかりませんけれど、そんなことをしてもよろしいのかな、といったへんが、私には判断ができません。どうしましょう？」

「それは、順子さんにきいてみる必要があるかもしれません」大久保が言った。

「はい、かしこまりました。それから、比較的新しく作られたファイルというと、一年ほどまえのこれですかね」島田は新しいウィンドウを開いた。「あ、凄い、漢字仮名まじり文章ですよ。何でしょうか」彼女は首を傾げつつ、スクロールさせる。「あれ、何、これ……。日記ではないし、うーん、物語？　もしかして、小説だったりして？」

「小説？　先生が小説を読まれるなんて、知らなかった」大久保が言った。「どんな小説？　タイトルは？」

「タイトルっていうのは、ファイル名ですか？　えっと、ファイル名は、psiですね、ここです」彼女はウィンドウの上へ、ポインタを移動させた。「あ、そうか、最初の方にタイトルがあるかもですね」またスクロールした。「おお、発見……。えっと、ψ《プサイ》の悲劇。プサイですよね、これ……」

「プサイだね。それは、八田先生のサインなんだ」大久保が言った。

「悲劇なんですか、この小説は……。どうしますか？　ちょっとやそっとで読めませんよ、文字がとめどなく続いています」

「わかりました。皆さんに報告して、順子さんに相談してみましょう」大久保が答える。

「あとですね、ここ以外の端末から入ることが可能かもしれません」島田はモニタを見たまま続ける。別のウィンドウが現れ、そのリストが流れている。「つまり、ローカルでなら、別の部屋から、このコンピュータに入れると思います。パスワードがなくても、閲覧はできる設定です。八田先生は、寝室とかでも端末を使われていたのではないでしょうか」

島田は初めて振り返り、私の顔を見た。

「いえ、存じません。どのような端末でしょうか？」私はきいた。

「それは、わかりませんよ。どんな端末でもできます。タブレットとか、うーん、もっと小さい時計みたいなやつとかでも……。ご家族で共有していたかもしれません」

「あまりプライベートなことはきけない」大久保が言った。

「まあ、そうですね。八田先生の失踪には無関係かもしれません」島田は舌を鳴らした。「でもですね、誰も調べていないんじゃないかなぁ。警察だって、きちんと見ていないと思いますよ。何を調べたのかな。調べるような格好《かっこう》をしただけじゃないですかね。そんなもんですよ、警察なんて」

「そうかもしれません」大久保は頷いた。

「あ、そうそう……」島田はしゃべり続ける。「八田先生、奥様がお亡くなりになったんですよね？」

「えっと、それは、だいぶまえのことです」大久保が答えた。彼は振り返って、また私を見た。

「七年ほどまえのことと聞いております」私は言った。

「うーんと、何だったかなぁ、奥様のこともあって、入団したいとおっしゃっていたような……」島田が言った。

「入団？」大久保が言葉を繰り返した。

「いえ、普通はそんなふうには言いません。そうですね、正しくは、入会です。でも、さっき、非営利団体って言ってしまったじゃないですか。うーん、そうなった以上は、まあ、入団かなって……」島田はそこでにっこりと人工的な笑顔をつくった。

「八田先生がそんな話をなさったのですか？」大久保がきいた。

「いえ、私にじゃなくて、担当した人にです。私は、また聞きです」

島田は、立ち上がって、デスクから離れた。彼女は、奥へ行き、ぐるりと壁際を歩いて一周した。そのあと、私は二人と一緒に実験室を出た。

再びサンルームに戻り、島田と大久保がさきほどと同じ席に腰掛ける。

「それで、貴女、ここに何をしにきたわけ？」吉野が、帰ってきた島田に問いかけた。おそらく、こちらにいた皆でそんな話題になっていたのではないか、と私は思った。

「はい、ですから、私たちとやり取りがあって、入会されそうだった八田先生が、いらっしゃらなくなったことで、その、なんていうか、私たちはショックを受けておりまして、その原因といいますか、経緯などをですね、しっかりと確かめてこい、と指示されたのです。私は下っ端《したっぱ》ですので……、その、うちは、リアルで活動できる人間が少ないんです。みんな、ネット上で働いている者ばかりで……」

「でもさ、泊まっていくつもりなんでしょう？」吉野が言った。「ちょっと積極的すぎない？」

これも、私たちがいない間に、仙崎がそう話したのかもしれない。島田が、ここへ来ることは理解できても、食事をともにし、宿泊まですることが不思議に思えるのは、私も同じだった。

「はい。あのぉ、ぶっちゃけた話をしてしまいますと、私、東京にいるわけではありません。ちょっと、その、具体的には言えませんけれど、遠くから出てきているのです。出張なんです。飛行機に乗ってきました。それで、東京って、もの凄くホテルがお高いのですよ。あまり言いたくありませんけれど、リアルの出張というものが、うちでは規定されていなかったりして、満足に手当がもらえない状況なんです。そういうこともありましたから、仙崎さんからお話をお聞きしてですね、もしお許しをいただけるのなら、それは助かるな、是非《ぜひ》、と考えてしまった次第でございます。申し訳ありません。どうかお見逃し下さい」島田は、椅子に座ったままだったが、頭をテーブルにつけるほど下げた。こういった場合には、一度立ち上がってからお辞儀をするものだ、と私は彼女に指摘したい衝動にかられた。島田は、悪い人間ではない。それどころか、不思議な好感を私は抱きつつあった。

吉野公子も、島田の態度を見て、「いえね、そんな大袈裟なことでもありませんけれど」と言い、にっこりと微笑んだ。

ここにいるメンバの中では、島田は飛び抜けて若い。年寄り向けの態度としては、良い選択だったのではないだろうか。もし演技でこれをしているなら、大したものである、と私は評価した。

順子が立ち上がり、私の方を向いたので、すぐに彼女に近づいた。

「そろそろ、お食事の準備を」順子は囁《ささや》いた。

「何時頃からにいたしましょうか？」私は時計を見た。五時半になるところである。

「皆さん、何時頃からお食事にいたしましょうか？」順子は、テーブルに向かってきいた。

「そうだね、話をして、少々喉《のど》が渇いたね」一番年配の暮坂が言った。

「では、まず、ビールか、シャンパンをお持ちしましょう」順子が言う。

暮坂がにっこりと微笑んだ。ほかの者も笑顔になった。

私は一礼して、キッチンへ向かった。もともと、六時から晩餐の予定であるので、ほぼスケジュールどおりといえる。六時には、矢吹と葉子が帰ってくるはずである。全員が揃うと、食事をするのは八人になる。サンルームのテーブルは、ちょうど八人が座れるので、場所もあそこで良いだろう、と私は考えた。ほかに食堂があって、さらに大きいテーブルもあるのだが、そちらはゲストに対してはあまり使わない。順子からも、サンルームの方が良い、と事前に指示があったのである。

6

食前酒を運び、乾杯があった。私は、キッチンとサンルームの間を何度か往復し、アルコールやグラス、そのほかの料理の皿を運んだ。キッチンでは、桂川がオーブンに火をつけようとしていた。

そこへ、矢吹から電話がかかってきた。

「もう十五分くらいで到着します。皆さん、揃っていますか?」矢吹は私に対しても、いつも言葉遣いが丁寧《ていねい》である。

「はい、お揃いでございます。お一人増えました。島田様という若い女性です。仙崎様がご紹介になりました」

「へえ、そう……。あ、葉子を駅で拾っていきますから」

「承知しました。ゲートを開けておきます」

「将太は何をしています？」

「さきほど、お見かけしましたが、お部屋だと思います」

「ゲームかな」

「確認してまいりましょうか」

「いや、けっこうです。それじゃあ……」

「かしこまりました」

矢吹は車に乗っているようだった。会社の車で、運転手も付いている。矢吹自身は運転をしない。だいたい、どこかでアルコールを飲んでから帰宅することが多く、道楽といえば、毎日適度で少量の酒を楽しむくらい、という人物である。

将太を見かけたか、と桂川に尋ねると、お昼以来見ていない、とのことだった。矢吹は、確認しなくて良いと言っていたが、気になったので、通路へ出て、一階の端の部屋に向かった。将太の部屋は、サンルームとは反対側で、実験室の近くになる。通路の前まで進むと、微《かす》かに音楽が聞こえた。戸は閉まっているので、中は見えない。そっと戸まで近づく。ゲームの音楽のようである。私は、それで安心し、通路を戻ることにした。その通路に、猫のブランがいた。庭から上がってきたところのようだ。彼だけが通れる小さな出入口が近くにある。

キッチンへ戻り、桂川とともに食事の支度をしつつ、飲みものやオードブルなどをサンルームへ運んだ。既に、日は落ちているので、サンルームのガラスには、室内が映るだけだった。反射像に囲まれるのは、なにか落ち着かない気が私はするのだが、そういった話は、実際には聞かない。

そのあと、時間を見て、玄関へ向かい、表のゲートを開けた。しばらく待っていると、ヘッドライトの光が見えたので、私は外へ出た。

車は玄関の前まで来て停車し、後部座席から矢吹、そして葉子が降りてくる。ドアを閉めると、車はゆっくりと走り出し、ゲートから出ていった。私はそれを確認して、リモコンでゲートを閉めた。

矢吹と葉子は、玄関の中で靴を脱いでいるところだった。

「食事に間に合ったようですね」矢吹が言った。

「私は、着替えてからにします。十分くらい遅れます」葉子が言った。

「まず、顔を出すだけ出しては、どうかね？」矢吹が言う。

「いいえ、着替えてきます」

葉子は、通路を奥へ入り、階段を上っていった。この階段を上がった二階には、葉子や順子の部屋がある。

矢吹は、通路を真っ直ぐに進み、サンルームの方へ向かった。私はそれを見届けて、キッチンへ戻る。主人のために、グラスなどを用意し、サンルームへ折り返す。サンルームでは、拍手があり、矢吹が挨拶をしていた。そこで、私はグラスを矢吹の前に置いて、ビールを注いだ。タイミング良く、そこで乾杯となった。

ガラステーブルの片側の短辺に矢吹が着いている。反対側の短辺に順子が座っていた。庭に近い方には、大久保、仙崎、暮坂の男性陣が並び、反対側には、吉野と島田が座っている。空席は一つで、そこに葉子が座ることになるだろう。ちょうど順子の隣になる位置である。偶然だろうが、綺麗《きれい》に男女に分かれた配置になっている。

その後は、料理を運び、給仕するのに忙しく、話を聞いている暇もなかった。葉子もいつの間にか、椅子に座っていた。派手なクリーム色のドレスを着ている。着物の順子とは対照的だった。

メインディッシュは、自家製のローストビーフだったが、これを出し終わり、デザートを運んだときには、時刻は七時半を回っていた。

「しかし、今日一日で、八田君についての捜査は、目覚ましく進展したんじゃないかな」暮坂が大きな声で言った。片手にグラスを持っていて、中身はビールである。「こんなことならば、警察の連中も、何人かここへ呼べば良かったね。え、そうでしょう？」

「この頃、刑事さん、いらっしゃいませんね」順子が言う。

「島田さんから新しい情報が入ったのですから、明日にも警察に連絡をします」矢吹が話した。「島田さん、その点は、よろしいですか？」

「あ、はい。もちろんです。全面的に協力したいと考えております」姿勢を正し、メガネに手をやりながら、島田は答えた。

「もう少し早くても、良かったんじゃない？」二人の間に座っていた吉野が言った。島田の登場についての発言だろう。

「はい、残念ながら、私自身、八田先生が行方不明だということを、最近まで知りませんでした。遠くにいたものですから」

「まあ、今さらそんな話をしてもしかたがない」暮坂が言う。

「あ、そうだ」島田が声を上げる。「突然で申し訳ありません。八田先生は、小説を書かれる趣味をお持ちでしたか?」

「小説?」声を上げたのは、葉子だった。「まさか……」

「聞いたこともありませんね」順子が言った。「どうしてですか?」

「さきほど、八田先生の実験室で、コンピュータをですね、少しだけ、見せていただいたんです。その、新しいファイルの内容を拝見したんですが、うーん、物語というか小説らしきものがあって、それが、一番新しいものだったんです。先生が失踪されるよりもまえの日付のファイルでした」

「父が読んでいた、ということ?」順子が尋ねる。

「えっと、一般に販売されている小説ではありません。普通の文章です。誰が書いたのかは、もちろんわかりませんが、販売されたものではない。ですから、先生がお書きになったのかな、と思いました。それとも、こちらのご家族のどなたかが書かれたのでしょうか?」

順子は葉子を見て、それから矢吹へ視線を移した。三人とも、黙ってしまう。

「そうですか、では、やはり八田先生でしょうか」島田が言った。

「どんな小説なんですか?」葉子が尋ねた。

「いえ、読んでおりません。書いた方がいらっしゃるとしたら、許可が必要かと思いましたので」島田は言う。「でも、こちらにはいらっしゃらないようですから、えっと、どうしましょうか？」

「小説なんですか、本当に」暮坂がきいた。

「それも、読んでみないとわかりません。でも、うーん、ちょっと見た感じでは、会話があったりして、小説のようでした。エッセイかもしれませんね。ただ、論文ではないし、ニュースなどの記事でもありません。記録とかレポートのようにも見えませんでした。写真も絵もありません。文章だけです」

「タイトルは？」順子が尋ねる。

「はい、えっと、ψの悲劇」島田は答えた。

「え、何の悲劇？」順子が眉を寄せる。「もう一度、おっしゃって」

「プサイのひげき」島田がゆっくりと発音した。「プサイではないかもしれません。プシィともいいます。ギリシャ文字の、えっと最後の方です」

「どんな字ですか？」矢吹がきいた。

近くに座っている大久保が、テーブルの上で指を動かす。

「八田先生が、チェックの意味で使われていたサインです」彼は言った。「あの、例の最後のメモにもありました」

「ああ、そう……。あのYの記号？」順子が言う。

「そうです。Yではなく、縦棒が上に突き出ています。ψ《プサイ》なんです」大久保が、宙に文字を書きながら言った。

「どんな意味なんですか？」葉子がきいた。

「いえ、意味はありませんね」大久保が答える。「アルファベットの一つです。理系では、けっこうよく用いる文字です。えっと、たとえば、量子力学などで使いますね」

「りょうしりきがく……」葉子が言葉を繰り返す。「先生、ご存じですか？」並びの吉野にきいた。

「いいえ、量子力学という漢字なら書けますけどね」吉野は笑う。「私、いちおう理系ですけれど、全然、意味がわからない。一度も書いたことがないわ」

「お父様が、ご自分をそう名乗っていたということ？」葉子が尋ねた。対角線上にいる大久保を見ている。

「いいえ、そんなことは」大久保は首をふった。「少なくとも、私の記憶では、先生があのサインをプサイだとおっしゃったことはありません。みんなもYの変形だろうと理解していたと思います」

「ええ、そうだと思いますよ、私も」順子が頷いた。

「ただ、あの記号をコンピュータ上で再現しようとすれば、プサイの形が最も近いといえます。それで、あの記号を用いたのではないでしょうか」大久保が言う。

「ふりがなはなかったの？」順子が島田にきいた。

「しっかりと見ていません。最初のページは、タイトルだけでした、全部を確かめたわけではありませんので……」

「その小説を読んでみることにしましょう」仙崎が言った。彼は、目つきが少し変わっていた。酔っているのかもしれない。「どうすれば読めますか？」

「はい、この家のローカルネットのパスワードを入力すれば、読めるようになります」島田はそう答えて、葉子と順子の方へ顔を向ける。「どうしましょうか？　そのご要望があるのでしたら、私が処理をいたします。そのファイルだけ、パブリックにすれば良いかと……」

「よくわからないけれど、それじゃあ、お願いします」順子が即答した。「私も読んでみたいわ。どれくらいの長さなの？」

「たしか、五十キロもなかったので、長いものではありません」

「それ、重さじゃないわよね」葉子が笑った。

「いえ、容量です」島田は説明をする。「そうですね、ざっと概算して、三万文字くらいでしょうか」

「三万文字って、どれくらいなの？」葉子は目を丸くする。

「文字が、三万個です」島田が困った顔になる。「三千個の十倍ですけれど」

「いえ、それくらいわかります」葉子は頷いた。「読めるかしら、そんなに沢山《たくさん》」

島田は、立ち上がり、部屋の隅へ行く。壁際のベンチに彼女のショルダバッグが置かれていた。その中から、タブレットを取り出す。島田は立ったまま、それをしばらく操作していた。「八田家のパスをお伺いしたいのですが……」

「あ、それならば、私が」一番近い席にいた矢吹が振り返った。

「ご許可いただけますか？　秘密のファイルなどはありませんか？」島田が言う。

「会社ではありませんから」矢吹は笑った。「なにもありませんよ、そんなものは」

島田は、矢吹にタブレットを手渡した。彼は、そのモニタを眺め、指で一度だけ操作した。指紋か顔か、それとも目だろうか。私は、そのパスを知らない。ただ、私が使うことを許されている端末は、常にこの家のローカルネットに接続しているため、その必要がないのである。

島田のタブレットも、私の端末と同じく、ネットに接続されたようだ。矢吹から、それを受け取ると、島田は自分の席に戻り、しばらくタブレットを覗き込み、指でモニタを操作する。一分ほどして、彼女は顔を上げた。

「〈ψの悲劇〉というファイルを、閲覧自由なフォルダに置いておきましたので、読みたい方はいつでもどうぞ。一番目立つところですから、わかると思います」島田は言った。「私も、あとで読ませていただきます。三万文字といえば、コンピュータに読ませて聞くとしても、一時間くらいじゃないでしょうか」

7

八時を過ぎたところで、一旦はお開きとなった。しかし、ほぼ全員が、屋敷の奥、食堂の隣にあるラウンジへ移った。ここも庭に面していたが、小さな出窓があるだけで、もちろん夜のため、まったく外は見えない。ソファが二脚向き合って部屋の中央に置かれ、壁際のカウンタに独り掛けの小さな椅子が五脚並んでいる。

私は、カウンタの中に入り、飲みもののサービスをする役目を務めた。サンルームの後片づけは、すべて桂川に任せたが、葉子が手伝っているようだ。順子は、着替えてくると言い、二階へ上がっていった。ゲストの五人のうち四人がソファに腰掛け、仙崎と矢吹の二人がカウンタの席についた。

私は、各自の要望を尋ね、飲みものを作った。それが全員に行き渡ったところで、キッチンへ様子を見にいった。既にサンルームから食器類は運ばれていた。葉子の姿はない。桂川にきいたところ、少し頭が痛いとおっしゃって自室へ戻られた、とのことだった。昼間のイベントもあったし、朝から忙しいご様子だったから、お疲れなのだろう、と私は桂川に言った。

キッチンは大丈夫《だいじょうぶ》そうだったので、ラウンジへ引き返した。私も、朝から忙しかったのだが、今日は特別な日であり、覚悟はしていた。洋久がいなくなり、ずっと仕事は少なかったので、一日中座ることもなく働くのは、久し振りのことだといえる。

ラウンジでは、吉野公子と島田文子がソファで並んで座り、島田が膝《ひざ》にのせているタブレットを、横から吉野が覗き込んでいる格好だった。もう一つのソファでは、大久保と暮坂が話をしている。暮坂の声は大きくてよく聞こえるが、大久保は小声で、しかもほとんど発言していない。頷いているだけの様子だった。話が弾んでいるとは、思えない。

カウンタ席では、矢吹と仙崎が話していて、途中から聞こえてくる内容は、八田酒造の経営に関するものだった。新しいことをなにか始めなければ、じり貧になるばかりだと矢吹は言うが、悲愴感のある表情ではない。新たにチャレンジしている自信が現れているのだろう。私は、会社のことはなにも知らない。洋久は、その方面にまったく関わっていなかった。家の中では、順子と矢吹の間で、ときどきその話題になる。八田酒造は、米から作る酒を扱っているのだが、高級ブランドで売っている商売ではなく、かといって、大量生産する大手でもない。その中間である。矢吹は、そこが狙《ねら》い目なのだ、とよく話していた。順子が、もっと高級なものを作った方が良いと提案することに応えての議論が何度かあったように覚えている。

葉子は仕事の議論には加わらない。夫を立てているのか、それとも姉を立てているのか、いずれかだろう。しかし、実際には、会社の経営に直接関わっているのは、順子よりも葉子の方である。順子は、特に仕事を持っていない。彼女たちの母親は、長く病を患っていたため、代わりに洋久の世話をするのが、順子の役目だったからだろうか。それは、私の憶測にすぎないかもしれない。もっと長い歴史が、この家にはある。その頃のことを、私は断片的にしか聞くことができない。

「これね、ミステリィじゃない？」吉野が皆に聞こえる声で言った。

「そうみたいですね」横でタブレットを見入っている島田が応えた。

洋久のコンピュータにあった小説のことらしい。

「どんな話なんですか？」大久保がきいた。

「何ていうか……、えっと、あるお屋敷で、殺人事件みたいなのが起こるんですけれどぉ……、うーん、まだ、その途中です」島田が応える。

「ψというのは？」大久保が尋ねた。

「それが、まだわかりません」島田が顔を上げて首をふった。「出てきません」

「登場人物は、架空の人なんですか？」大久保がさらに尋ねる。

「えっと、名前が、そもそも出てこないんですよ」島田が言った。「ただ、A、B、Cなんです」

「A、B、C？」

「そうなんです。主人Aとか、客Gとか、あと、えっと、家政婦Hとか」

「頭文字？　ああ、そうか、脚本みたいな……、ですか？」

「あ、そうそう」島田が頷いた。「そうですね、脚本みたいです。そんな感じです」

「余計な描写がないしね」吉野が言う。「台本かな、もしかして。八田先生って、演劇とかは、見にいかれていました？」

「あまり、聞いたことがありませんね」矢吹が応える。今ここにいる中では、八田家に詳しいのは、彼一人だったからだ。「でも、映画はご覧になったし、オペラなんかもお好きでしたよ」

「過去形で言わないで下さい」仙崎がすぐ横で呟いた。

「いえ、そういう意味ではなくて、最近、つまり、奥様が亡くなられてからは、出かけられなくなったんです。あれはつまり、奥様がお好きで、それで一緒に行かれたのかもしれませんね。奥様の体調の良いときに限られましたけれどね。ええ、入退院を繰り返されていて、退院されたときには、そういった場所に行きたいというお気持ちが強かったのでしょう」

「奥様は、何の病気だったのですか?」島田がきいた。

「癌」横にいる吉野が即答した。「最後は私のところにいらっしゃいました。十年以上闘病生活を続けられていましたね。それはもう、仲の良いご夫婦でしたから、残念なことでした」

「そう、あれから、八田君はずいぶん変わったと思う」暮坂が言った。「がっくりきた、というのが見ていてわかった。笑わなくなったし、いろいろなものに興味を示さなくなったね。それは、まあ、歳を取れば、誰でもそうなるのかもしれないが」

一時間ほど経過した頃、順子がラウンジに現れた。着物ではなく、洋服に着替えている。私は、彼女のためにカクテルを作った。指示はなかったが、いつも彼女が飲むものだ。順子は、グラスを持ってソファへ行き、島田の横に座った。

「暮坂さん」順子は、対面に座っている老人に声をかけたが、反応がない様子である。私の方からは顔が見えなかったが、ソファにもたれている姿勢から、どうやら眠っているようだ。

順子は、グラスをテーブルに置いて立ち上がり、暮坂の近くで膝を折り、彼に再度声をかけた。暮坂は目を覚ましたようだ。

「お部屋へご案内しましょうか？」順子がきいた。

「ああ、これは失礼、うん、この頃ね、夜が早いんだ」暮坂が言った。「もう、失礼しようかな」

私は、カウンタから出ていき、暮坂を案内することになった。

「大丈夫ですか？」階段の手前で振り返って尋ねた。

「大丈夫」暮坂は頷く。「ゆっくり風呂《ふろ》にでも入って、休むよ。万が一目が覚めたら、また戻ってくる」

二階の客間に案内した。洋室でベッドが一つ。それにバスルームが付属している。

「鍵は、ベッドサイドに置いてあります。なにかございましたら、電話でお知らせ下さい」ドアの前で私はお辞儀をした。

　暮坂が微笑んだのを見て、ドアを閉めた。時刻は九時を過ぎたところだった。

　ラウンジへ戻ると、暮坂が座っていた場所に、仙崎が腰掛けていた。カウンタにいた矢吹の姿がない。今いるのは、ソファの片側に女性が三人、もう一方に男性が二人、合計五人である。私は、カウンタに入り、新しい氷とボトルをテーブルへ運んだ。

「あとは、私がやりますから、鈴木さん、もう休んでもらってけっこうですよ」順子が立ち上がって言った。

　私は、カウンタに入り、グラスなどの整理と、新しいツマミの用意などをした。それが終わったところで、テーブルへ運ぶ。

「それでは、おさきに失礼させていただきます」私は順子に小声で囁いた。

「桂川さんにも、休むように言って下さい」順子は言った。

　私は退室し、キッチンへ行く。桂川がまだそこにいた。

「もう休んでもらってけっこうです」私は彼女に告げる。「明日は、五時にこちらへ」

「わかりました」桂川は頷いた。

　キッチンはすっかり片づいていた。明日の朝の準備は、早朝に行う予定になっている。彼女がキッチンから出ていき、私もそこから出ようとしたとき、ふと、冷蔵庫の近くに置かれていた猫用の器に目を留めた。キャットフードが入ったままだった。ブランが食べていないか、食べ残したようだ。そこで照明が自動的に消えたため、私は階段の方へ歩いた。微かに、ラウンジからの話し声が聞こえていた。

8

私は自室に戻り、一時間ほどは自分のためのサービスをした。自分の着るものの洗濯をし、乾燥させたものにはアイロンをかけた。それから、ベッドに腰掛けて、小説を読んだ。〈ψの悲劇〉である。

こういったフィクションを読んだ経験がなかったので、最初は戸惑った。というのも、洋久が書いた文章だという前提で読むと、どうしても架空の世界を想像することができない。すべて洋久の意図を想像し、現実の出来事を無理に連想してしまうので、物語を読み進めることが苦痛になってきた。考慮するものが多すぎる。思考が発散するみたいな感じになる。こういうときは、溜息《ためいき》をついて、一度考えることを停止しなければならない。そうしたのち、では物語に戻れるのか、というと、そんな簡単にはいかないのである。結果、半分も読めないうちに諦めてしまった。

フィクションで思考が侵蝕されたように感じたので、今日一日にあったことを思い出し、そのうち最も不思議に思われた事項について考えることにした。それは、もちろん、実験室のデスクで、マウスが位置を変えていた問題である。

大久保の話が本当だと仮定すると、何者かが実験室に入ったことになる。鍵を持っているのは、順子と私だけだ。鍵をこっそり使って第三者が侵入することは、可能性としては考えにくい。つまり、そうなると家族の誰かになるわけだが、それならば、順子か私に、鍵を借りにくれば良い。そうしなかったのは、実験室に入ったことを知られたくない場合になるが、そうならば、マウスを動かしたまま残しておくような失敗はしないのではないか、と思われる。

矢吹功一は、この家のネットワークのパスを知っている。葉子も知っているのではないかと思う。この二人は、洋久のコンピュータを探るために、わざわざ実験室に入る必要がない。ネットワーク上から、コンピュータに侵入できるからだ。順子は、そういった方面に興味がないので、技術的にそれができるとは思えない。彼女の場合は、自分の鍵があるのだから、いつでも入ることができるが。

ほかの人間となると、桂川がいるが、彼女がこんな真似《まね》をすることはありえない。私よりも少し長くこの家で働いている。なんというのか、知性が高いとは思えない。

コンピュータの中身を見てみよう、などと考えるとは思えないのである。

家族では、残りは将太だけだ。彼はまだ十一歳である。問題外だろう。悪戯《いたずら》であそこに入るとは思えない。これまでにも、実験室に興味を示したことはなかった。

そうなると、やはり外部の人間だろうか？

鍵については二つの可能性が考えられる。一つは、忍び込んで、私か順子の鍵を持ち出した可能性であり、もう一つは、もっと以前から、実験室の合鍵を持っていた人物だということである。明らかに、後者の方が確率が高いだろう。

そこで、私は突飛《とっぴ》なことを思いついてしまった。

合鍵を持っている可能性が高い人物といえば、それは八田洋久である。自分の実験室の鍵をもう一つ持っていたかもしれない。彼ならば、いつでもそれを作ることができただろう。そして、実験室になにかを取りにきたか、あるいは探しにきたのか、とにかく、あの場所へ忍び込む理由が一番ありそうな人物ではないか。

家の近くまで来れば、ネットワークの電波が届くため、持ってきた端末からコンピュータにログインすることは簡単だ。洋久は、ネットワークのパスをもちろん知っていた。しかし、もしかしたら、普段は使わないパスであるから、ワードか方法を忘れてしまったかもしれない。だとしたら、実験室に入って、自分のコンピュータを操作したことはありえる。何の操作が必要だったのだろう。たとえば、なにかのファイルを捜したのかもしれない。

また、実験室に入った目的がコンピュータではなかった可能性も考えられる。書籍を取りにきたのか。実験器具、資料など、彼にしかわからない重要なものがあったかもしれない。それがどうしても必要になったので、自分の屋敷に忍び込み、実験室に入ったのだろうか。合鍵を持っていれば、難しいことはない。玄関側のゲートは簡単に乗り越えることができるし、そのあとは庭を回っていけば、裏の実験室まで行ける。誰にも見られずにできたはずだ。

おそらく、夜の間に行ったのだろう。彼は、理由があって姿を現すことができない。死んだことにしたいのだろう。その理由は、私には想像もつかない。だが、彼が意図した行為ならば、メモを残したことも理解できる。死んだと見せかけるため、上着を橋に置き、どこかへ消えたのだ。あの場所へ、誰かに迎えにきてもらえば良い。タクシーを呼ぶことだって可能だっただろう。普段は端末を持ち歩かない人だったが、方法はいくらでもある。

やはり、八田洋久は生きているのか。

もし、そうだとしたら、島田文子の団体には入会しなかったことになる。それとも、島田自身もまた、その事実を隠して、洋久が忍び込んだのと同じように、別の目的で八田家を訪れたのか。この家になにか重要なものがあるのか。島田が、わざわざ宿泊したという不自然さも、そういうことならば説明がつくのではないか、と私は思い至った。

私は、そのまま眠ってしまったようだ。次に起きたときには、高い声、遠くの声が聞こえたような気がした。

起き上がって、まず時計を見た。午前三時である。

耳を澄ました。

階段を上がってくる。足音が通路を近づいてきた。

部屋の前で止まる。

やや間を置いて、ドアが控えめにノックされた。

私はそのときには、既にベッドから足を下ろし、スリッパを履いていた。

返事をして、ドアへ近づき、それを開けた。鍵はかけていなかった。通路に立っているのは、桂川だった。

「どうしたんですか?」私はきいた。

桂川は、怯《おび》えた顔だった。カーディガンを羽織《はお》っていたが、部屋着のままである。

髪にもネットを被っていた。

「あの、ちょっと、見ていただきたいものが……」嗄《しわが》れ声で彼女は言った。

彼女の後をついていて、通路を歩く。客間が近いので音を立てないように気をつけた。

桂川は、階段を下りていく。一階のようだ。

「悲鳴のようなものが聞こえましたが……」私は、歩きながら彼女に言った。

「あ、はい、驚いてしまって……」桂川は、振り返って答える。

私が起きたのは、その声だったのだろう。彼女は、キッチンへ入った。そこは、既に照明が灯っていて明るかった。

桂川が指差すまでもなく、異常なものがすぐに見つかった。

猫のブランが、冷蔵庫の前で、横に倒れている。寝ているのではないのは、その顔でわかった。目も口も開いたままで、近くには、吐き出したような汚物が散乱している。キャットフードの容器には、まだ半分ほどが残っていた。私は、近づいて、それを観察した。キャットフードはドライタイプのはずだが、なにか白い液体にフードが浸されていた。

ブランの頭に触れたが、まったく動かない。

「死んでしまったのですか？」桂川がきいた。

「ええ、そうだと思います」私は答える。

「どうしたんでしょう。なにか、喉にでも詰まらせたのかしら。可哀相《かわいそう》に……」桂川は声を震わせていた。顔を見ると、眉を寄せている。

「ミルクをやりましたか？」私は尋ねた。

「ミルク？　いいえ」彼女は首をふった。

私が寝るまえに見たときには、ミルクは入っていなかった。誰かが、あとからそれを足したのだろうか。

「順子様に知らせましょうか？」桂川はきいた。

「そうですね……」私は頷いた。「これを見てもらった方が良いでしょう」

桂川は頷いて、キッチンから出ていった。

私は、しばらく猫と、周囲の様子を観察した。ふと気づいて、冷蔵庫を開けて、牛乳を取り出した。その容器には半分ほど残っている。口を開けて、鼻に近づけてみた。異常はなさそうだったが、私は、その中身を全部流しに捨て、空になった容器をゴミ袋に入れた。ミルクに原因があった場合、それを家族が飲まないように、と考えたからである。

キッチンには、このほかに変わった様子はない。昨日のままだった。誰かがここへ下りてきて、なにか飲んだのならば、使われたカップなどが出ているはずだが、そういったこともなかった。

桂川が、順子を連れて戻ってきた。順子は、ガウンを羽織っている。猫の姿を見て、彼女はその前に跪《ひざまず》き、両手で抱き上げた。猫の顔に頰《ほお》を寄せる。なにも言わなかったが、涙が頰を伝っているのがわかった。

「年齢が年齢でしたからね」順子は言った。「外で死ななくて良かった。ちゃんと家で往生《おうじょう》してくれたのね」

ブランの死体は、いつも寝ている場所に置くように、それから、お客様にはこのことを黙っていること、と順子は私に指示をした。猫の場所とは、キッチンの隣の食料貯蔵室の中にある、楕円形《だえんけい》のペット用のベッドだった。ただ、ブランがそこで寝ているのを、私は一度も見たことがなかった。クッションなども新しいままで、ブランはここを使っていなかったかもしれない。

あと片づけは、私がすることになった。順子も桂川も部屋に戻っていった。桂川が、何のためにキッチンへ来たのかをきき忘れたが、おそらく喉でも渇いたのだろう。汚物を処理し、床を綺麗に拭《ふ》き取った。ブランの器の中身も捨てようと思ったのだが、なにか万が一のことがあるかもしれないので、そのまま、貯蔵室の奥へ仕舞っておくことにした。十分ほどで作業が終わり、私は自室へ戻った。しばらく横になって目を瞑《つむ》っていたものの、どうも寝つけない。寝直せば、一時間半は眠れる。

時刻は、三時半である。寝直せば、一時間半は眠れる。しばらく横になって目を瞑《つむ》っていたものの、どうも寝つけない。生き物が死ぬのは、もちろんショッキングなことだ。でも私は、あの猫には懐かれていなかった。それに、どちらかというと、猫は苦手である。それでも、順子は泣いていたではないか。それを思い出すと、寂しさを感じた。そう、あの猫は、洋久に最も懐いていたのだ。彼がこれを知ったら、きっと悲しむことだろう、と想像した。

そんなことを考えて、ますます、目が冴《さ》えてしまったようだ。しかたがないので、起き上がって着替えることにした。時刻は四時になっていた。窓の外はまだ真っ暗闇だが、東の方角は微かに白んでいる。予報によれば、天気は良さそうだ。

既に、このとき悲劇は現実のものとなっていたのだが、私たちはまだそれを知らなかった。ブランの死は、その悲劇のほんの前触れにすぎなかったのである。

第2章　昇降の階

「したがって、論理的に申して、マンドリンを持ちこんだのは、防禦の武器としてではなく、攻撃の武器としてであり、それも漠然《ばくぜん》とある場合にそなえてというのでなく、最初から計画的に使うつもりであったということになります。しかも、他の武器ではいけなかった――マンドリンでなければならなかった――という点に注目する必要があります」

1

朝の最初の仕事は、玄関に新聞を取りにいったことで、それをサンルームのラックに入れておいた。キッチンでは、桂川が朝食の準備を始めている。七時からという予定である。六時には、順子がキッチンに現れた。彼女は、まっさきに貯蔵室を覗き、ブランの様子を確かめたようだ。しばらくして溜息をつきながら出てきたが、特になにも言葉はなかった。

私がサンルームの掃除をしているときに、暮坂が現れた。まだ六時十分だった。彼は、昨日とまったく同じ服装である。

「おはようございます」私は挨拶をした。

「ちょっと、外を散歩してこようと思ってね」暮坂は言った。

「ゲートは閉まっておりますが、横の通用口を内側から開けることができます」

「わかった。三十分くらいで戻ってくるよ」そう言って、暮坂は部屋から出ていった。通路まで見送り、玄関から出ていく後ろ姿を確認した。

一度、キッチンへ戻ると、桂川が一人だったので、私は準備を手伝い、コーヒーカップなどを取り出して、トレイに並べた。次に、サンルームへ食器などを運んでいくと、仙崎が椅子に座り、新聞を広げて読んでいた。

「おはようございます」挨拶をする。

「ああ、おはよう」仙崎は、応えたあと、欠伸《あくび》をした。

「なにか、お飲みものをお持ちしましょうか？」

「あ、いや、けっこう、もう、ご飯だよね？」

「七時からでございます」

そこへ、大久保が現れた。やはり、眠そうな顔である。挨拶をすると、無表情のまま頷いた。冷たい飲みものを所望《しょもう》されたので、キッチンへジュースを取りにいく。グラスなども一式運び、大久保にそれを渡した。グレープフルーツ・ジュースである。仙崎にも、再度尋ねると、同じものをと答えたので、グラスに注いで、彼の前に置いた。

「あ、あの小説、途中までなんですよね」大久保が言った。「事件が起きて、捜査が始まって、容疑者たちが証言するところで終わっています。仙崎さん、読まれました？」

「いや、読んでいません」仙崎は首をふった。まだ、新聞を広げたままの姿勢だ。

「鈴木さんは？」大久保は私を見てきいた。仙崎が関心を示さなかったからだろう。

「申し訳ありません。途中で寝てしまったようです」私は答えた。

朝食の支度が整い、サンルームのテーブルに皿が並んだ。七時ジャストに、暮坂が帰ってきて、そのままテーブルに着いた。私は、淹れたてのコーヒーをそれぞれのカップに注ぎ入れた。

順子が挨拶に現れ、席に着く。矢吹と葉子は出てこなかった。これは、私もそうだろうと予測していた。二人は日曜日の朝は遅い。いつものことである。

「えっと、女性二人が、まだなのね」順子が空席を見て言う。

「どうしましょうか。お呼びいたしましょうか？」

「そうですね。いちおう、知らせるだけ……、そうして下さい」順子が答える。

私は、二階の客間へ向かった。まず、島田文子の部屋の戸を叩いた。最初は返事がなかったが、もう一度叩くと、か細い声が聞こえた。

「島田様、お食事のご用意ができましたが」私は戸を開けずに告げた。

返事はなかったものの、物音がして、やがて戸が開いた。メガネをかけていない島田が顔を出す。

「何ですか？」眩《まぶ》しそうな目つきである。「誰です？」

「鈴木です」私は答える。

「鈴木？　どこの鈴木さん？　えっと……、ちょっと待って……、ああ、そうか、八田先生の家にいるんだった。思い出したぞ」

「島田様、七時から朝食をご用意しております」

「それ、聞いた。何時までOKなんです？　えっと、今、何時？」

「七時五分です」

「あ、じゃあ、もう食べられるのね」

「さようでございます。皆様、サンルームでお待ちです」

「え？　一緒に食べるわけ？　わ、そうなのぉ？　わかった、行きます。すぐ行きます」島田は、そこで戸を閉めた。

次に、通路を歩き、一番奥の部屋へ向かう。吉野公子の部屋である。

同じように、戸を軽く叩いた。返事がないので、二度めは少し大きな音で叩く。しばらく待ったが、まったく反応がない。

「吉野様、お食事の時間でございます」

だが、室内からは物音も聞こえない。戸を少し押してみると、鍵がかかっていないことがわかった。僅かに開けて、「吉野様、お食事のお知らせに参りました」と中へ声が届くように呼んだ。

もう少し戸を開けてみる。窓のカーテンが開いていて、部屋の中は明るい。ベッドの端が見えた。さらに少し開けて、また声をかける。

ベッドには誰もいないことがわかった。では、バスルームだろうか。そこのドアをノックする。しかし、磨《す》りガラスから内部の照明が灯っていないことがわかった。ここではなさそうだ。入口の履物を見ると、スリッパがない。どこかへ出ていったようだ。

私は戸を閉めた。通路の突き当たりには、もう一つ階段があって、階下へ降りることができる。吉野はそちらの階段で一階へ行ったのかもしれない。そうであれば、ちょうど行き違いになったというわけである。

ただ、そちらの経路は、屋敷の反対側をぐるりと巡るため、遠回りになる。私は来た通路で戻った。そこへ島田が部屋から飛び出してきた。もう少しでぶつかるところだった。

「わ、びっくりしたぁ」島田は溜息をついた。「どうしたんですか、吉野先生、起きないのですか？」

声が聞こえたようである。

「サンルームにいらっしゃらなかったので、お呼びするために参りましたが、お部屋にはいらっしゃいませんでした。行き違いのようです」

「吉野先生、ずいぶん飲んでましたものね」島田は言う。

どういう意味なのかわからなかった。飲んでいたから寝坊をしたならわかるが、既に起きているのだから、筋が通らない。

島田と一緒にサンルームへ戻ったが、吉野公子はそこにはいなかった。

2

サンルームで朝食をとったのは、順子、仙崎、大久保、暮坂、島田の五人である。私はずっと、その場にいた。吉野のことが気になったが、どこかへ散歩に出たのではないか、と順子が話した。しかし、誰も彼女の姿を見ていないという。

「そう……、電話をしてみたら？」順子が言った。

仙崎が頷き、ポケットから端末を取り出した。吉野を呼び出そうというわけである。しかし、しばらくして、仙崎は首をふった。「出ませんね」

「靴を見てきましょう」私は思いつき、さっそく玄関へ向かった。

玄関にはゲストの靴が並んでいる。女性のものは、島田が履いていたブーツだけだろう、と予想していたが、その隣に、吉野が履いていたパンプスがあった。私は、それを確認して、サンルームへ引き返した。

「吉野様の靴が玄関にございました」私は報告した。

「ああ、そういえば、私が散歩に出るとき、通用口のロックは締まっていた」暮坂が言った。「私よりあとに出たのなら、道のどこかで出会うはずだね。この辺りには、ほかに道がない」

「えっと……、じゃあ、庭のどこかに？」順子が首を傾げる。「家の中ってことはないでしょうから」

「ちょっと、見て参ります」私は、また通路に出た。

「私も行きまーす」という声が聞こえ、島田が追いついてきた。「手分けをして、探しましょう」

「ありがとうございます。では、一階を見て回りますので、二階をお願いします」

「二階って、矢吹さんご夫婦の部屋があるのでは？　まだお休みなのでしょう？」

「そちらは、階段が別ですので、大丈夫です」私は答える。

この屋敷の二階は、まったく独立した二棟に分かれている。片方が順子と矢吹夫婦の個室がある棟で、そちらは新しく建て増ししたものだった。旧屋敷の二階が客室と私や桂川の部屋に当てられている。

「こちらの階段から上がって下さい」私は、島田に言った。「通路を見ていただくだけでけっこうです。個室は開けないで下さい」

「わかりました」島田は、階段を上がっていった。

私は通路を進み、まず食堂とラウンジに入って確かめた。ここにいる可能性が高いと考えていたのだが、誰もいないことがわかった。娯楽室にもいない。応接室にもいない。座敷が三つあったが、そこも無人だった。実験室へ行く通路まで来たが、誰にも出会わなかった。

階段から、島田が下りてくるのが見えた。

「あ、ぐるりと回れるんですね」島田はこちらへ近づいてくる。「吉野先生、いませんでした。なんか、どこかでばったり倒れられた、なんてこと、ないでしょうね」彼女は顔を顰《しか》めた。「吉野先生って、おいくつくらいですか？」

「いいえ、私は存じません」六十歳と認識しているが、口にしなかった。「戻りましょうか……」そう言いながら、縁から庭へ出るステップに目をやると、そこにいつも並んでいる木下駄が一つ足りなかった。そのまま視線を先へ移す。実験室の扉が僅かに開いているのが見えた。

「どうしたんですか？」島田が尋ねる。

私は、彼女には答えず、縁から下り、木下駄を履いた。島田もついてくる。実験室の扉の隙間から、中を覗いてみた。

　照明は消えている。実験室の照明は手動でONにできるが、人が退室すると自動で消える仕組みになっている。消し忘れを防ぐ機構だ。もちろん、手動でOFFにもできる。今は、天窓から光が入っているので、暗いというほどではない。

「どうして、戸が開いているの？」島田がきいた。

「いえ、わかりません」

「鈴木さん、鍵を持っているのでしょう？」

「はい、今も持っております」私は答える。昨日からずっと上着のポケットに入ったままだった。

「でも、開いていますけど」島田は呟く。

　やはり、そうなのか、と私は密かに思った。それは、自室で想像した仮説のことだった。私は、左右を見て、庭の様子を窺った。もちろん、誰もいない。島田も、私につられて左右を見たようだった。

　ステップを上がり、戸を開けてみる。私は手を伸ばして、内側の壁にある照明のスイッチを押した。部屋は一瞬で明るくなり、部屋の中央にあった予想もしないものが目に飛び込んできた。

「え……」島田がなにか言ったが、声にならなかった。

床に、吉野公子が倒れていたのだ。

遮《さえぎ》るものがなく、ほぼ正面に全身が見える。仰向けの状態で、左の書棚側に頭があり、右のデスク側へ脚を投げ出していた。服装は昨日と同じものだ。特徴的なのは、頭の近くの光景だった。

血だろうか、赤い液体が流れ出ているようだ。また、黒っぽい物体が、頭の近くに転がっているのが見えた。

「どうしたんです……、これって、もしかして……」島田がぶつぶつと呟いていた。いつの間にか、彼女は、私の腕、上着の袖を掴んでいた。

「見てきます」島田を制し、私は一人で実験室に入った。数メートル近づき、やはりそれが吉野公子であることを確認した。目を見開いたままだ。しかも、髪は乱れ、血《ち》飛沫《しぶき》なのか、顔の半分が変色している。頭の下、床に流れているのは、まちがいなく血液だろう。倒れたあとに、流れ出たものである。その頭から五十センチほど離れたところに転がっていたのは、見慣れた形の花瓶だったが、しばらくそれが何か思い出せないほど、異質な物体に見えてしまった。

私は、すぐ近くの書棚を振り返った。その花瓶は、書棚の中段に置かれていた。そこだけ書籍がない空いたスペースがある。今はそこにはなにもない。昨日、花瓶は書棚にあった。

花瓶が落ちて、吉野の頭に当たったのか、と考えてみたものの、書棚のその段の高さは、一メートル半ほどであり、落ちて頭に当たるには低すぎる。それに、場所も一メートル以上離れている。ここで倒れたのならば、足がこちらで、頭は反対側になるのではないか。つまり、自然現象で、花瓶が吉野の頭に当たったとは考えられない。

「死んでいるのですか？」戸口に立っている島田がきいた。

「はい」私は返事をした。

次に、デスクの上を見た。昨日と同じだった。マウスもキーボードも同じ位置にあるように見える。部屋の奥を見回したが、これといって変わった様子はない。倒れている吉野を越えて、奥へ行くのは躊躇《ちゅうちょ》された。私は、まだどこにも触れていない。これは、もしかして、殺人なのではないか、という発想を持った。そうであるなら、この状態を保持する必要があるだろう。

「警察へ連絡をします」私は、戸口へ戻りながら言った。

「救急車は？」島田が言う。

「そうですね。たしかに……」私は頷く。それは発想しなかった。気が動転しているようだ、と自覚する。

大変なことになった、という感覚は、まだこのときはなかった。不思議なことである。それよりも、誰にどう説明すれば良いのかを考えていた。順子にまず知らせる。矢吹と葉子も起こさなければならない。それから、吉野の家にも電話で知らせなければならないだろう。

「もしかして、あれって、殺されたんですよね？」島田が言った。

「殺された……」それは、もちろん考えていたことだったが、その言葉を私は繰り返していた。「はい、そうですね」

「てことは、殺人犯がいるってことじゃないですか」島田はそう言うと、首を竦《すく》めるような仕草を見せ、ぶるっと躰《からだ》を震わせた。そして、メガネに手をやり、それを指で少し押し上げる。「誰なんですか、殺したのは」

　突然の質問で、私は驚いてしまった。考えていなかったことだ。

「いえ、それは、私にはわかりかねます」

「うーん、殺されたのは、いつ頃のことなんでしょうか。だいぶまえですよね。夜のうちですよね」島田が早口で言う。

「わかりません」私は首をふった。

「えっとぉ、十一時頃くらいまでですね、私たち、一緒にいたんです。あ、そうだ、三時頃に、誰かが通路を歩いてました。声も聞こえました。女性の声です」島田はさらに早口になっていた。

私は下駄を履いた。ステップを下り、私も島田も、母屋と実験室の間に立っている。周囲には誰もいなかった。ここはサンルームからも離れているので、声は誰にも届かないだろう。

「三時に、桂川さんが、私を呼びにきました。その声が聞こえたのではないでしょうか」

「桂川さんって？」

「はい、ここで働いている家政婦です」

「そんなに早くから起きているのですか？」

「ええ、ちょっと、いろいろありまして……」私は言葉を濁す。猫の死をようやく思い出したが、これは内緒にするように指示されている。

私たちは、母屋に戻り、通路を歩いて、サンルームへ向かった。

とにかく、まずは順子に知らせることが先決だろう、と私は考えていた。島田は、まだなにかぶつぶつと言いながら、私の後ろを歩いていた。

3

サンルームへ戻ると、順子とゲストの三人が一斉に私たちに注目した。私は、順子にだけまず報告しようと考えていたのだが、さきに島田が話してしまった。

「大変です。実験室で、吉野さんが倒れていて、亡くなっているようなんです。あの、頭から血を流していて、その……、つまり、その、事故とかじゃなくてですね、あれは、何て言うんです？　早い話が、殺されたみたいな、ええ、たぶん、私が見たところ、そんな感じでして……」

順子が警察に知らせることになった。ゲストたちは、実験室を見にいくと言いだし、私はそちらに同行する。下駄の数が三つだったため、実験室の扉に近づくことができたのは、島田、仙崎、大久保の三人だけだった。暮坂と私が、母屋の縁に留まった。といっても、三人は、ステップを上がって、実験室の扉を開け、中を覗くことしかできなかった。照明は消えていたが、島田が中に手を伸ばしてスイッチを押した。私がさきほどそうしたのを見ていたようだ。

警察が来るから、中に入らない方が良い、と暮坂が注意した。当然、それは皆、わきまえているだろう。仙崎も大久保も戸口に立ったまま、中を黙って覗いていた。島田が、一人で戻ってきた。

「暮坂さん、ご覧になりますか？」彼女は後ろ向きになって、下駄を脱いだ。

暮坂が、その下駄を履いて、実験室の戸口まで行った。私からそこまでの距離は、六、七メートルだが、実験室は、母屋に対してやや斜めに建っているため、縁からは、実験室の内部を奥までは見通せない。暮坂が来たので、仙崎が場所を譲ってステップを下りた。

「こんなことになるなんて……」そう呟きながら、仙崎がこちらへ戻ってくる。「どうして、吉野さんは、実験室なんかに入ったんでしょう。いつかな。夜中ですよね？なにか目的があってここへ来た。そこへ、うーん、何者かがたまたま侵入して、鉢合わせになったということでしょうか？」

事故ではないことは、見れば明らかだ。殺人者が外部から侵入したとすれば、仙崎が言ったようなことだったのだろう。しかし、そうなると、吉野が夜中にここへ来たのが不自然ではないか。そうではなく、呼び出されたか、あるいは、誰かと一緒に来たのでは、と私は考えた。客間や母屋では話ができないから、ここへ来た。そう考えるのが自然のように私には思えた。屋敷の一番端に位置するからである。

「この戸は、閉まっていたんですか？」暮坂が振り返り、こちらを見て私にきいた。

「いいえ、少し開いていました」私は答える。「十センチか、十五センチくらいだったと思いますが、開いていました」

「ほう……、それは妙ですな」暮坂は顎《あご》を触って言った。「開けっ放しか、閉めてあるか、普通はどちらかになる」

たしかにそうかもしれない。さすがに元刑事だ、と私は感心した。

「戻りましょうか」大久保が言った。「ここは、閉めておいた方が良いですか？」

「そのままにしておきましょう」暮坂が言う。「もう、なにも触らない方がよろしいでしょう」

暮坂は、戸から離れると、腰を曲げ、下を向いた。しばらくその姿勢のまま歩き、庭の方へ少し入っていく。母屋と実験室の間は、下はコンクリートで、その部分には屋根がある。途中、両側に二本ずつ、木の柱が立っていて、渡りの部分の屋根を支えている。

その外側は、いずれも土のままの地面で、右へ行くと、倉庫の前を通る。また、左へ行くと、少し広い庭園に出る。どちらへ行っても、ぐるりと母屋を巡って、表の玄関前まで歩くことができる。

　暮坂は、地面の足跡を探しているのだろう、と私は気づいた。外部からの侵入者があれば、右か左か、いずれかから母屋を回ってやってきたことになる。奥の山の方から侵入したとは考えにくい。人が歩けるような傾斜ではないし、また、高いブロック塀があるからだ。ここ数日、雨は降っていないので、地面は乾燥している。足跡が残るだろうか、と私は思った。暮坂も、なにかを見つけた様子はない。

「実験室は、昨日と同じでしたね。変わっているところはない」大久保が言った。それは、吉野の死体と花瓶を除外すれば、ということだろう。「デスクの上も、あと、奥の実験台にあるノートも、昨日のままだったと思います。物色した様子もない」

　物色するようなものが、実験室にあるだろうか、と私は不思議に思った。どろぼうならば、母屋を狙うのではないか。

「吉野先生が亡くなるとはね」仙崎が呟き、ふっと息を吐いた。「とにかく、考えられない。異常です、これは」

　言葉にするまでもなく、殺人は異常事態である。日常的な事象ではない。私が一番異常だと感じたのは、凶器に花瓶が使われたことだ。少なくとも、目的に適した道具とはいえない。見た感じではわかりにくいが、あれは鉄製だから、一般的な花瓶よりは強度が高く、重量もある。しかし、持ちやすいとはいえないし、一撃で致命傷を与えられるかどうか、不確実な道具といえるのではないか。

順子が通路に現れた。私を見て、「葉子に知らせてきて」と囁いた。

私は、その場を離れ、母屋の通路を進んだ。途中に、キッチンの近くで桂川が立っていた。皆が騒いでいるので、何があったのか、と不審に感じたのだろう。私は、手短かに事情を説明した。

玄関の近くの階段を上がり、矢吹と葉子の部屋のドアをノックした。こちらの二階には、六室の洋間がある。うち二つを順子が使い、残りの四つを矢吹と葉子が使っている。将太も小さい頃はこちらにいたのだが、自分の部屋が欲しいと言ったため、半年ほどまえに、一階の空いている部屋に移った。両親からは、かなり離れた場所である。

葉子の返事があって、ドアが開いた。

「ちょうど、食事に下りていこうと思っていたところ」彼女は言った。窓際の椅子に腰掛けている矢吹の姿も見えた。

私は、戸口から、実験室で吉野公子が倒れていたことを説明した。既に警察にも順子が連絡をしたと。

「倒れているって、何があったの？」葉子が当然の質問をする。

「亡くなっているようです」私は答える。

二人は絶句して、驚いた顔で私を見据《みす》えた。この二人も、吉野の病院には何度も行っている。吉野公子は、八田家の主治医だったのだ。

「困ったことになったな」矢吹がそう呟くのが聞こえた。

「わかりました。すぐに下りていきます」葉子は私に頷いた。

私は、階段を下り、通路を戻った。微かにサイレンの音が聞こえたような気がしたので、リモコンを手にして、玄関から表に出てみた。すると、音はさらに大きくなった。ゲートを開けて、その近くまで歩き、周囲を確認した。通用口を見ると、内側からロックがかけられた状態だった。今朝、散歩から戻った暮坂が締めたのだろう。そのロックは簡易な閂《かんぬき》であるが、外からはかけることができない。ということは、暮坂がここへ戻ったあとは、誰も外へ出ていないことになる。もっとも、ゲートの高さは一メートル半ほどしかないので、上って越えることは難しくないだろう。

サイレンはさらに近づき、坂道を上がってくるパトカーが見えた。ゲストたちは、朝食のあとに解散になる予定だった。私もそれで解放される、と考えていたのだが、今日も忙しい一日になりそうだ、と思った。

4

最初はパトカーが三台だけだったが、その後、警察の車両が続々と到着し、敷地内には収まらず、外の道に並ぶ結果となった。救急車も到着し、実験室から吉野公子を運び出した。病院へ搬送《はんそう》されていくのを、私は見送った。

ゲストたちは、サンルームか、あるいは自室にいたようだ。私は、最初に警官を実験室に案内したが、そのときは、母屋の中を通った。しかし、その後、警察関係者は、庭を回って実験室へ行くようになり、屋敷の中へは、しばらくは誰も入ってこなかった。サンルームにいると、周囲がガラスのため、庭を歩く警官たちを眺めることができる。ゲストたちは、それをときどき見つつ、コーヒーを飲み、事件のことについてあれこれ議論をしているようだった。ただ、私は、しっかりとは聞いていない。

十時頃になってようやく、刑事三人がサンルームに現れ、全員から、吉野を発見した状況を聞く場となった。私も、そのときには呼ばれ、体験したとおりのことを説明した。私は、第一発見者なのである。今思うと、あのとき島田が一緒についてきてくれたのは、私にとって良かった。一人だったら、自身の行動を証明することができないからだ。

昨夜のことについても、それぞれが説明を求められ、遅くまでラウンジにいたゲストたちが、吉野公子の様子について証言した。最後に、二階の部屋へ吉野とともに上がったのは、島田だった。誰もが、吉野公子に変わった様子はなにもなかったと話した。

また、夜中に不審なことはなかったか、と聞かれたときに、島田が、桂川のことを話したらしく、そのときキッチンにいた私と桂川のところへ、刑事がやってきた。私たちは、ゲストのためのランチの準備をしていた。ランチを出す予定はもともとなかったので、現在ある食材でどうするか、という相談をしていたところだった。

猫が夜中に死んだ話を、まずした。刑事は、食料貯蔵室にある猫の死体をわざわざ確認しにいった。桂川にそのときの事情を尋ねると、彼女は、ふと目が覚めたとき、一階から物音が聞こえたような気がして、誰かが下にいるのかと思い、下りてきたのだが、結局、誰もいなかった。だから、音を立てたのはブランだと思った。ところが、キッチンでブランが倒れているのを見つけ、驚いて、声を上げたかもしれない。すぐに、鈴木を呼びにいった、と彼女は警察に話した。そのあとのことは、私も説明に加わった。

警察が注目したのは、実験室の鍵である。

昨日、実験室を最後に施錠したのは私だった。鍵は、私と順子の二人が持っている。順子は、それを持ち歩いてはいない、と警察に言ったそうだ。彼女の部屋のどこかに仕舞ってあるらしい。私の場合は、昨日はずっとそれを持ち歩いていた。部屋で寝てしまったが、そのとき鍵は、上着のポケットに入ったままで、その上着はベッドの側の椅子の背に掛けてあった。誰かが部屋へ侵入し、それを取っていったとは考えられない、と説明した。

この屋敷では、夜間は防犯システムが作動している。施錠されている戸が開けられたりすれば、センサが感知して警報を鳴らす。ただし、実験室へ渡るための縁の戸は、このセンサが取り外されている。洋久が夜中に出入りをしていたため、面倒なので外してしまったらしい。したがって、そこから母屋へ侵入することは、物理的には可能である。

そういった説明を私は警察にした。刑事たちは納得したような顔だった。私は、それで解放され、その後は、警官と話をしていない。

少し遅れて、お昼近くになり、顔見知りの刑事が現れた。小渕《おぶち》という名の年配の男性で、失踪した洋久の捜索をしているグループのリーダだった。おそらく、同じ八田家で発生した事件ということで呼び出されたのか、あるいは自発的に様子を見にきたものと思われる。玄関で会って、奥へ通した。ゲストがいるサンルームへは行かず、私に話をききたい、という。そこで、応接室へ案内し、そこで二人だけで話すことになった。

何故、私だけと話したいのか、理由はよくわからなかったが、大勢いるところでは、殺人課の刑事たちの邪魔になるからだ、というようなことを彼は言った。だが、そのときは、もうサンルームに警官はいなかった。

小渕は、今日は日曜日で、自分は公務で来たのではない、とも話した。それでも、見慣れたいつもの背広姿だったし、私の友人というわけではないのだから、やはり公務なのではないか、と私は思った。正式ではない、記録に残さない、くらいの意味合いなのかもしれない。

小渕から幾つか質問を受けて、昨日からの経緯をだいたい話した。一度話したことなので、説明も上手くなっていただろう。話しているうちに、さきほどの事情聴取では話していないことを二つ思いついた。

一つは、島田文子のことだ。彼女が突然現れ、洋久について語ったこと。これは洋久失踪について調べている小渕刑事に知らせておくべきだろう。ただ、順子からの許可を得ていない。だから、島田のことは、初めて会った人物で、洋久とは失踪まえに接触があったらしい、と抽象的に話した。もう一つは、洋久のコンピュータにあった小説〈ψの悲劇〉のことである。こちらは、今回の事件というよりは、洋久失踪に関する手掛かりになるのではないか、と考えたからだ。

小渕は、私の話に頷きつつ、ときどき手帳にメモを取りながら、じっくりと聞いているふうだった。私が説明をし終わると、島田については、あとで本人から話をきいてみる、と言ったし、小説に関しては、是非読みたい、と話した。前者は自由であるが、後者については、順子の許可を得てほしい、とだけ答えた。

「八田先生は、実験室の合鍵を持っていたのではありませんか？　ご自分のものと、鈴木さんに渡したものの二つだけだったのでしょうか？」小渕は質問した。それはつまり、現在の順子が持っている鍵と、私が持っているものの二つのことだ。

「それは、私は存じません」

「普通、鍵というのは、三つないし四つくらいあるものです。実験室を作ったときの業者に当たってみましょう」小渕は手帳になにか書き込んだ。「それから、島田さんという方は、これまで、一度も伺っていませんね。ご存じなかったのですね？」

「はい、そうです。昨日、初めてお会いしました」

「でも、八田先生と接触があった、とおっしゃっているわけですね？」

「そうです」

「個人的な関係なのですか？　それとも、なにか、仕事ですか？」

「わかりません」

「鈴木さんは、どちらだと思いましたか？」

「仕事だと思いました」

「その場合、一年間も連絡がなかったのは、少々不自然ではありませんか？」

「そうかもしれません」

「島田さんは、ここへ何をしにいらっしゃったと思いますか？」

「いえ、わかりません。ご本人にきいていただくのがよろしいかと」

「わかりました」

十五分ほど話していただろうか。小渕は、応接室を出ていった。私は、キッチンに顔を出した。桂川がいて忙しそうにしている。正午を少し過ぎていた。私はサンルームへ向かい、ゲストの様子を窺った。

刑事はいない。ゲストの三人が椅子に腰掛けていた。仙崎、暮坂、大久保である。いずれも、少々疲れた表情に見えた。私は、昼食が遅れていることを謝った。

「大変でしょう。昼飯なんて、どうだって良いですよ」仙崎は、手を振った。

「午後には解放してもらえるんじゃないですかね」暮坂が言う。

その十分後にランチをサンルームに運んだが、やはり三人しかいない。島田文子の姿がなかった。どこかで小渕刑事と話をしているのだろう、と私は思った。

その後、順子と矢吹夫婦、それに将太が食堂で食事をするのを見届け、家の中を巡ったが、島田の姿は見つからなかった。彼女が泊まっていた部屋を覗いてみたところ、バッグなどはなくなっていた。玄関へも行き、靴を探したが、やはりブーツはなかった。玄関前にもいなかった。庭にもいない。どうやら、彼女は、既に帰った、ということのようだ。

5

午後二時過ぎに、ゲストの三人の男性たちには、帰宅の許可が出て、私はタクシーを呼び、三人を見送った。

玄関から中へ戻ろうとしたとき、小渕刑事に呼び止められた。庭先の低木の蔭《かげ》から現れたのだ。まだここにいたようである。

「忙しそうですな」小渕は近づいてきて、笑った。

「はい。でも、お客様が帰られたので、少しほっとしております」

「島田さんは、どちらへ行かれたんでしょうね？」小渕は言った。

「では、会われていないのですね？」

「ええ。きいてみたら、事情聴取のあと、急ぎの用事があるとかで、昼まえに帰っていったそうなんです。なんか、怪しい宗教団体の勧誘員だそうですね」

「そうなんですか？」

「名前のない団体だそうですよ。本人も、名刺も出さなかったとか」小渕は舌打ちした。「いちおう、連絡先は聞き出したそうですが。私が、そこへ電話をかけたかぎりでは、誰も出ません。まあ、日曜日ですからね、しかたないのかもしれませんけれどね」

小渕と、玄関の前で立ち話をした。殺人課の刑事と情報交換をしたと話していたが、犯人像については、やはり外部の者だろう、と予測していると言う。ただ、実験室の鍵が開けられたことは、簡単には説明がつかない。

「万が一の話ですけれどね、八田先生が、ご自分の鍵を誰かに渡した可能性はないでしょうか」小渕は言った。

「私には、わかりません。想像もつきません」

「その、島田さんという方が突然こちらへ来たのも、なんか、偶然とは思えませんね」小渕は言った。「仮の話、私の単なる想像ですけれどね……。たとえば、その団体の車に、八田先生は乗って、あの橋から消えた。そのまま、その団体の中で生活をされている。そんなとき、ふと、仙崎さんが企画しているパーティのことをどこかで知った。そこで、えっと、これも、万が一というか、うーん、小説並みの空想かもしれませんけれど……、つまり、八田先生は、吉野公子女史に会って、なにか聞き出したいことがあったとか、あるいは、その、個人的に二人の間になんらかの関係があったとか、まあ、その辺りはいろいろ考えられるとは思いますが、とにかく、島田さんをこちらへ寄越したわけです。島田さんは、八田先生から実験室の合鍵を預かってきている。実験室に忍び込んで、なにかやるべきことがあった。それを依頼されてきたわけであります。ですから、二つの目的があった。吉野女史に会って、なにか交渉をすること、もう一つは実験室に入ることです。これを夜中に両方実行した。吉野女史は隣の部屋ですから、誘い出して、一緒に実験室に入ったわけです。でも、そこで話が拗《こじ》れたのか、はたまた、最初から、それが主目的だったのかはわかりませんが、ちょっとした隙をついて、吉野女史の頭に鉄の花瓶をぶつけた。まあ、こんなところでしょうか。どうですか？　こんな想像ができなくもない。日曜日ですからね、ちょっと羽目《はめ》を外して、あくまでも個人的に考えてみたのですが……。鈴木さん、どう思われます？」

「いえ、とても、そんなことは考えられません」私は首をふった。

「え、どうしてですか？」

「そんなことをしたら、島田さんは、身の破滅ではありませんか」

「うん、まあ……、それはね、なんとか、上手くやろうと思ったのか。いえいえ、あるいは、つまり、そんなつもりで来たのではないけれど、たまたま運悪く、そういうことになってしまったのか……」

運悪くというのは、殺す羽目になった、という意味だろうか。

「その場合、どうして、実験室の戸を閉めておかなかったのでしょうか」私は、疑問に思ったことを聞いてみた。

「まあ、面倒だったんでしょうな。重い戸ですからね。女性には大変だったかもしれない。閉めて鍵をかけておいたところで、いずれは発見されますから……。あ、つまり、発見を遅らせても、しかたがない。鍵を持っている者がいたことは、中に死体があったことが証明していますから……。そうだ。死体を発見したときにも、島田さんが一緒だったそうですね？」

「はい、そうです」

「犯人の心理としても、合致していますな。自分で発見して、第三者を装うという、まあ、よくあるパターンでして」

「疑っているのですね」

「いなくなったのもそうだし、連絡も取れませんしね。彼女をあっさり帰したのは、失敗だったと思いますよ。いえ、別の部署のことなので、私が言うべきことではありませんが」

小渕刑事は、そのまま帰っていった。車は外に置いてあったようである。最後に、一度立ち止まって振り返り、「小説を読んでみます」と私に言った。

警官の数は、増え続けている。驚いたことに、ゲートの外に、カメラをセットした報道陣らしき人たちが数人集まっていた。もしかして、これから、大騒ぎになるのではないか、と心配になった。

家の中に入り、矢吹にそれを知らせるために二階へ上がった。部屋には、彼一人で、窓際の椅子に座っていた。

「なにか、お飲みものをお持ちしましょうか？」私は尋ねる。

「では、コーヒーをお願いします」矢吹は答える。休日にはいつも、午後にコーヒータイムがある。

私はキッチンへ行き、その準備をした。桂川はそこにはいなかった。戻るときにサンルームも見たが、誰もいない。しかし、リビングの方で声が聞こえる。葉子と将太がそちらにいる様子である。桂川や順子も一緒かもしれない。

コーヒーを持って、再び二階へ上がり、矢吹の部屋に届けた。彼は、休日は、だいたいこの部屋の窓際に座り、雑誌か本を読んでいることが多い。読書家なのである。どんなものを読むのかまでは、私は知らない。

小渕刑事が来たことを話すと、矢吹は「ああ、会いましたよ」と答えた。

「島田様のことを気にしておられました」私は、そうつけ加えたが、矢吹は黙ったま ま、本から顔を上げない。

「それから、ゲートの外に、カメラを持った人たちが何人か詰めかけています」

矢吹は、そこでコーヒーカップへ手を伸ばし、顔を上げて私を見た。

「マスコミ?」ときいた。

「そうだと思います」

「しかたがない。殺人事件ですから」矢吹はそこで小さく速い溜息をついた。「明日の朝も、きっといるでしょう。出かけるときに、面倒なことにならなければ良いけれど」

私は、黙ってお辞儀をして、部屋を出た。

一階の奥へ進み、リビングへ行く。順子と葉子、それに将太の三人がいた。桂川はここではない。洗濯をしているのかもしれない。警察が大勢、庭を歩き回っているので、干す場所に困っているのではないか、と心配になった。

順子と葉子は、テーブルの椅子に腰掛けている。お茶を飲んでいたようだ。中央に菓子が盛られたバスケットがある。将太は、少し離れたところのソファに座り、テレビを見ていた。アニメが放送されている。そのテレビの横にガラス戸があり、庭にいる警官たちの姿が見えた。こちらを見ている者はいない。膝を折って地面の検査をしている者や、カメラを持っている者が多い。鑑識係というのだろうか。制服を着ているが、警官のものではなく、紺色で作業服に近い。帽子も警官とは異なっている。家の近くは庭木が茂っているため、地面はこちらからは見えない。係員がしゃがんでしまうと、頭しか見えなくなり、何をしているのかまではわからない。

順子と葉子は、ブランの話をしていた。お茶を淹れ直しますか、と尋ねると、二人はお願いします、と答えたので、私は急須《きゅうす》を持ってキッチンへ戻った。そこで、玄関の方から声が聞こえたので、そちらへ出ていくと、紺色の制服を着た女性が立っていた。胸にカメラを提げている。

「小渕刑事から、キャットフードを調べるようにと指示されたので来ました。上がってもよろしいですか?」私の顔を見て、そう言った。「どちらにあるのでしょうか?」

私は、キッチンへ案内し、貯蔵室の中だと示した。係員は、まず猫の死体の写真を撮り、続けて、フードの写真を何枚か、レンズを調節して撮影した。そのあと、ポケットから容器を取り出し、スプーンでフードを少量掬《すく》って中に入れた。さらに、スポイトを取り出し、白い液体を採取して、同じ容器の中に入れた。スプーンとスポイトは、別のビニル袋に収める。

「ありがとうございました」彼女はお辞儀をし、玄関の方へ去った。戸を開けて外に出ていく音が聞こえた。

私は、新しい茶を淹れて、急須をリビングへ持っていった。順子と葉子に茶を注いでから、キッチンで見たことを二人に話した。

「へえ、どうして、そんなことまで?」順子が言った。

「なんでもかんでも調べるのよ、警察って」葉子がそれに応えて、微笑んだ。

私は、外にマスコミが押し掛けていることを簡単に報告した。

「困るわねぇ、明日、将太君、どうする？　車で学校まで乗っていく？」葉子が息子にきいた。

「そうする」将太はこちらを見ずに答える。

「だったら、ちゃんと早起きしてね」

「うん」将太はあちらを向いたままだった。

6

順子の指示で、私はブランを庭の片隅に埋めることになった。警察の関係者も見ていたようだが、簡単に説明をしたところ、特になにも言われなかった。最近では、ペットも焼却して供養をすることが多いみたいだが、将来もこの土地にいる人間にとっては、土に還すことが自然なのではないだろうか。何故、自分がそう考えるのか、根拠はわからないけれど。

このあと、桂川と二人で買いものに出かけた。車で駅の近くの店まで、週に二回ほど出かけている。今日のランチが予定外であり、早めに食材のストックを整えることになった。

家に戻ってきたのは五時を過ぎた頃で、西の空が赤く染まっていた。だが、警察の車両の数は、まったく変化がない。報道陣の人数は若干減ったように見えた。私たちの車にも、カメラが向けられたが、頭を下げながら低速で通り過ぎ、敷地内に入った。ゲートは開いたままだが、警官が立っているので、中に部外者が入ることはできないはずである。玄関はゲートから距離が離れているので、この点はありがたい。

桂川と協力して、夕飯の支度をした。それから、私はサンルームとリビングの掃除をし、客室のシーツなどを回収してきた。洗濯は、桂川の担当である。

若い刑事が一人、玄関に現れ、矢吹が応対に出た。私は、話を聞いてはいない。おそらく、なにか質問することがあったのか、それとも今後の捜査のことなどで相談か打合わせがあったのではないだろうか。

食堂で矢吹家と順子が食事をし、私はその給仕をした。すっかり暗くなっていたが、窓の外には、ライトが幾つも灯っていて、人影も動いている。警察関係者がまだ多数いることがわかった。いつまで続くものだろうか、と思ったが、さすがに、夜中は一旦帰るのではないだろうか。

七時頃、玄関に刑事が入ってきた。今度は年配の男だった。順子が応対したが、私も近くに立っていた。刑事は、吉野公子の死亡が確認されたことを報告した。死因は脳挫傷《のうざしょう》。犯行は夜中の十二時から三時の間と推定されている、とのことだった。今夜も、十数名が敷地内か、表の車に留まるので、ゲートは開けたままにしておいてほしい、そのかわり、警備の者が常時立っている、と刑事は言い、お辞儀をして出ていった。

夕食の片づけなどをし、桂川と私が自室に入ったのは八時だった。警察は、まだ外に大勢いるようだが、二階に上がったので、窓から覗かないかぎり、外のライトは気にならない。そろそろ、一部は片づけて撤収するのではないか、と想像した。

九時頃のことだった。

私はベッドで、例の〈ψの悲劇〉の続きを読んでいた。あまり、面白い読み物ではない。淡々と物語が進む。やはり、脚本のようだ。刑事が捜査をして、供述を取っている場面を読んでいたが、大雑把な内容で、とてもリアルには思えない。素人が書いた小説だからだろうか。これを、洋久が書いたとしたら、意図がわからない。違うのではないか、と私は思った。

電話がかかってきた。こんな時刻には、滅多にないことだ。ベッドサイドに置いてある端末に手を伸ばした。誰からだろう。私にプライベートな電話がかかってくるようなことはまずない、といっても良い。モニタを見ると、相手は、島田文子だった。

「もしもし、鈴木さん？」島田の声が聞こえた。

「はい、私です」

「良かった、合ってましたね」

「何がですか？」

「電話番号。ごめんなさい。八田先生のコンピュータに、リストがあったので、ついコピィしちゃったんです」

「ああ、それで私の番号がわかったのですね」

「そういうことです。あのぉ……」

「島田さん。刑事さんが、貴女を探していましたよ」

「え？　どの刑事さんですか？　私、帰りますって、ちゃんと言いましたし、けっこうですよって、言われたんですけれど」

「小渕刑事という方で、殺人事件ではなく、八田先生の捜索を担当されている方です。以前から、こちらによくいらっしゃいます」

「あらら、その人が来たのね。すれ違いでしたね」

「行き違いのことですか？」

「あの、電話をかけたのはですね。個人的に、鈴木さんにお会いしたいからなんです。お時間が取れることがありますか？」

「個人的にというのは、どのような意味でしょうか？」

「えっとですね……。変な意味じゃないですよ。そういう想像はしないで下さい」

「何も想像しておりません」

「ようするにですね、一対一でお会いしたい。皆さんがいるところではなくて、という意味です」

「私は、この家にずっとおります。お客様がいらっしゃらなければ、時間はかなり融通ができると思います。いつでも、いらっしゃって下さい」

「ありがとうございます。だけど、そこ、警察の人がいっぱいいるじゃないですか」

「なにか不都合があるのですか？」

「不都合、ええ、そうです。だって、私、疑われていますでしょう？　怪しい団体から来たって」

「はい、そのようにお見受けしました」

「え、そうなんですか？　その小渕刑事が、そう言ったんですか？」島田は、急に早口になった。

「いいえ、是非お会いして、話を伺いたい、とおっしゃっていました。八田先生の消息を、島田さんがご存じなのではないか、とお考えなのだと思います」

「あらぁ、困ったわぁ。知りませんよ、そんなこと、私は……、と言っていたと伝えて下さい」

「いえ、今はこちらにはいらっしゃいません。島田さん、直接電話をかけられるのがよろしいと思います。連絡先をお知らせしましょうか?」

「うーん、追及されちゃうでしょ、そんなことしたら」

「八田先生は、生きていらっしゃるのですか?」

「わぁ、突然質問ですか……。困っちゃうなぁ。そんなこと、私の一存では答えられませんよ」

「どういう事情があるのでしょうか?」

「追及しないで下さい」

「吉野先生の事件とは、無関係なのですか?」

「ですからね。うーん、何と言ったら良いのか……、えっと、駄目だ。ちょっと、考えてから、出直します」

「どういうことですか?」

「あとでまたお電話いたします」

電話が切れた。

誰かの指示を仰ぐ必要がある、という雰囲気だった。彼女はなにか隠している。彼女の団体が、洋久の失踪にも関わっているのはまちがいなさそうだ。それに、今回の事件にも関係しているかもしれない。私はそう思った。

電話がまたかかってくるだろう、と待っていたが、その日には結局、かかってこなかった。

7

翌朝、いつもの時間に朝食を済ませ、矢吹と葉子、そして将太が、迎えにきた会社の車で出ていった。葉子は、息子を学校へ送るのを見届けるためで、ついでに買いものをして、昼頃には戻ると話していた。

順子は、少々風邪気味のようで、朝食のあと、自室へ引き込んだ。事件のこともあり、疲れが出たのではないか、と私は思った。

警察は、八時頃から人数が増え始め、九時には昨日とほぼ同じくらい集合しているようだった。敷地の中だけではない。周辺にも大勢が捜索に出ているようだ。何を探そうとしているのか、私にはわからない。

十一時頃、順子の部屋へ様子を見にいくと、彼女はベッドで横になっていた。喉が痛いと言う。薬を買ってきてもらえないか、と頼まれた。

洗濯をしている桂川にそのことを話し、私は駅前まで出かけることにした。その支度を自室でしているとき、島田から電話がかかってきた。

「あの、えっと、私ですけど」

「はい。鈴木です」

「今から、そちらへ行こうと思います。もう、決めました」

「何を決めたのでしょうか？」

「いいんです。鈴木さん、お時間は取れますか？」

「私は、今から出かけるところです」

「え？　どちらへ？」

「薬を買いに薬局まで」

「薬って、どなたかお悪いのですか？」

「いいえ、大したことではありません」

「車ですか？」

「そうです」

「では、駅で会いましょう。ちょっとだけでけっこうですから」

「そうですか……。はい、わかりました」

　駅前まで出て、立体駐車場へ車を入れた。そのビルに薬局が入っているからだ。島田はどこで待っているのか、おそらくは駅のコンコースだろう、と思案したとき、電話がかかってきた。

「えっとですね、エレベータに乗って下さい」

「どこのエレベータですか？」私はきいた。

「目の前にあるでしょう？」

駐車場から隣のビルへいく渡り廊下の手前にあった。

「はい、わかりました」

人が一人、エレベータの前に立っていて、ドアが開いたところだった。その人が乗り込んでいく。ドアが閉まるまえに、私は駆け込むことができた。中には、今乗り込んだ人物と私しかいない。その人が一階のボタンを押したようだ。私は、どこへ行けば良いのかわからず、黙っていた。すると、後ろから肩を叩かれた。驚いて振り返ると、その女性が笑っている。人違いか、と思ったものの、もう一度よく見ると、それは島田文子の顔だった。髪型が違う。帽子を被っている。メガネをかけていない。なかなか認識できず、じっと彼女の顔を見つめてしまった。

「変装しているんですよ」島田は言った。

「はい、気づきませんでした」私は答える。

革の細いパンツを穿《は》いている。上着もジャンパで、後ろ姿では、性別がわからなかった。

「凄いでしょう?」

「どうして変装なんかを?」

「警察の尾行があると思ったから。ありませんでしたね。こういうのを、カッタ・アンド・スカスィって言いません?」

「尾行って、貴女を?」

「違います。鈴木さんをですよ」

私を警察が尾行する? そんなことは考えもしなかった。

エレベータを降り、彼女が歩いていくあとをついていった。一度外に出て、五十メートルほど歩いたところで、路地に入り、さらに十メートルほど進んだところで、喫茶店に彼女は入った。私も、しかたなくそれに従った。

奥のテーブルが空いていた。島田はシートに座って、脚を組んだ。私は、テーブルの反対側に座ったあと、彼女の顔を見た。島田はなにも言わず、両手で持ったメニューをじっと睨んでいた。

「お食事をされます？」島田がようやく私を見た。

「いいえ」私は答える。

「でしょうね」彼女は口許を緩める。「私、ピンクになりたかったんですよ」

「は？」私は二秒ほど考えた。しかし、わからない。「ピンクとは？」

「色です」島田は即答する。

店員が注文を取りにきたので、二人ともコーヒーを頼んだ。

「鈴木さん、絶対に警察に疑われていますよ。尾行がなかったのは、たぶん、あれね。そう、泳がせているんじゃないですかね」

「どうして、私が疑われるのですか？」

「まあまあ……」島田は、片腕を私の方へ伸ばし、手を広げた。「それよりもね、あの実験室の下に地下室があって、そこに実は、八田先生が隠れているって、考えたことはありませんか？」

「え？　いいえ、ありません」私は答える。想像が追いつかなかった。

れている」

「トイレとシャワー室もあるの。あと、夜中にこっそり外に出て、どこかで食事をさ
「そんなことは、ありえないと思います」

「どうして？　それくらい、あっても良いかもですよ」

「よいカモ？」

「床に、切れ目とかない？」

「ないと思います」

私は、返事をするのがやっとだった。島田は、おそらく私をからかっているのだろう。冗談を言っているのにちがいない。なにかの試験ではないか、と疑った。反応を調べる試験があるような気がした。

「とりあえず、大事なことはですね……」島田は身を乗り出して、私に顔を近づけようとする。「八田先生が、生きている、ってこと」

「本当ですか？」私の声は少し大きくなったかもしれない。周囲を見てから、私は声を落とした。隣のテーブルの客が、私を見ていたからだ。「それが本当だったら、嬉《うれ》しいのですが」

「いえ、嬉しいとか、嬉しくないとかの問題じゃないわけ」島田は、今度はシートの

背にもたれた。顔の距離が倍以上になった。「だいたいね、奥様だって、本当は死なずにすんだはずなの。そういう話。いえ、私はよくは知りませんけれど、担当の者が、そんなことをぼやいていました。八田先生も、残念に思われていたから、元気なうちに、と考えられたのかしら」

「元気なうちに、何を、されたのですか？」

店員がコーヒーを運んできた。ものも言わずにそれをテーブルに置き、一礼して帰っていった。機械的な店員である。私は、島田の返事を待ち、彼女を見据えていた。

「小渕刑事？　彼、ちょっと知りすぎたと思う。まあまあ頭が切れるでしょ？　いけないんじゃない？　もっと、なんていうの、うーん、当たり障りのない公務員であり続けないと。もしか、また会うようなことがあったら、ずばりそう伝えてもらってもかまわないわ」

島田は、コーヒーカップに手を伸ばし、それを口まで運んだ。厳しい目の表情だった。冗談で言っているようには見えない。真剣なのだ。だとすれば、今の発言は、牽《けん》制《せい》あるいは威嚇《いかく》だろうか。だが、私にはまったく意味がわからない。彼女はいったい何者なのだろう？

カップをテーブルに戻した島田は、そこで表情を急変させた。口許を緩め、笑みを浮かべる。

「あ、やめときましょ。今のなし。やっぱり、なにも言わない方が良いわね。鈴木さん、疑われているんだから。管轄が違うとはいえ、警察って、意味もなく団結していますからね。なにか、私にききたいことがありますか？」

「はい。沢山あります。あの、八田先生はこちらへ戻ってこられないのですか？」私は尋ねた。

「私の想像でしかありませんけれど、戻られないと思います」

「そうですか……」私は思わず溜息をついた。

洋久は、なにか強い意思で家を出たということか。戻らないというのは、ある意味、亡くなったことと同じだともいえる。自分は八田家から解雇されるだろう。桂川だけで家事は充分のはず。自分の仕事は、洋久のサポートだったのだ。

「だけど、悲観しないでね」島田は優しい口調で言った。「なんだったら、鈴木さんが、八田先生のところへ行けば？」

「え？　そんなことが可能なのですか？　どこにいらっしゃるのですか？」

島田は応えなかった。もう一度、カップを手に取り、口につけた。私を上目遣いに見たが、その目は、笑っているようにも見える。彼女は、カップをゆっくりとテーブルに戻したあと、息を吐いた。

「お伝えしたかったのは、それだけです」島田は、突然立ち上がった。「それでは、また」

「あ、あの……」急だったので、私は驚いた。

「コーヒー代は、割り勘にしましょう」島田は、顔を近づけて囁いた。

「はい、それはけっこうですが……。あの、警察には、何と話せば良いでしょう。島田さんに会ったことは、話しても良いのですか？　内緒にしなければならないことがありますか？」

「いいえ」島田は視線を彷徨《さまよ》わせながら、首をふった。「なんでも話していただいてけっこうですよ」

8

島田と話をしていたのは十分程度だっただろう。私は、順子のために喉の薬を買って、八田家に戻った。ゲートのまえのカメラはさらに数が減って、人は三、四人だけになっていた。ただ、警察の車両は相変わらずの多さである。

既に、ランチの時間になっていた。矢吹家の三人が、食堂にいて、桂川が給仕をしていた。私は、遅れたことを謝った。順子は、二階から下りてきていないという。私は、薬と水を持って、彼女の部屋へ行った。

順子は、やはりベッドだった。昼は食べない、と言った。私は、薬を置いて、彼女の部屋を出た。

掃除などをしながら、縁から実験室を窺ったり、また、サンルームから庭を眺めたりした。警察の捜査は続いているようだが、家の中には誰も入ってこない。客室へは、昨夜一度刑事が見にきただけだった。もちろん、私の部屋にも来ない。島田が言うように、私が疑われているといった様子は、今のところはないように思える。これは、主観的な観測だろうか。

二時過ぎに、小渕刑事が訪ねてきた。玄関で私が出迎えると、私の部屋で話がしたい、と彼は言った。これには、若干の抵抗を感じたものの、拒否するのもまた躊躇《ためら》われた。

二階へ上がり、私の部屋に二人で入った。私は窓のカーテンを開け、換気をするため、窓を少し開けておくことにした。椅子は一脚しかないので、絨毯《じゅうたん》の上にクッションを出して座ってもらった。

「順子さんは、ご病気だそうですね」小渕は言った。誰からその話を聞いたのだろう、と不思議に思った。私が出かけている間に、小渕はここへ来ていたのかもしれない。私が薬を買いにいったことを誰かが話したのだろう。

「これは、皆さんにお話しした方が良いことですが」小渕は、そこで声を落とし、囁くように言った。「猫のフードには、劇薬が混ざっていることが判明しました。一般には入手が困難な薬品かもしれませんし、また、殺虫剤か農薬かもしれません。そのあたりは、詳しい分析が必要です」

私は、もちろん驚いたが、その可能性を考えなかったわけではない。容器に残ったフードを処分せずに取っておいたのも、そのためだった。

「なにか、心当たりがありますか？」刑事は私を見据えてきいた。

「いえ、どういうことなのか……」私は、言葉に詰まってしまう。「毒殺された、ということでしょうか？」

「それでですね、ご相談なのですが、猫の死体を調べさせてもらいたいのです」

「え？　ああ、それは……、私では、なんとも……」

「順子さんに伺ってきてもらえませんか？」

「あの、猫は埋めてしまったのですが……」

「掘り出しますから、大丈夫です」小渕は、簡単に答えた。

小渕に待ってもらい、私は、部屋を出て、一階へ下りていく。通路を歩き、また階段を上がって、順子の部屋をノックした。返事はなかったので、再びノックをすると、小さな声が聞こえた。

部屋の中に入る。彼女はベッドだった。眠っていたのだろう。

「お具合は、いかがですか?」少し近づいたところで、私は尋ねた。

「ええ、だいぶ楽になりました。もう大丈夫だと思います」順子は答える。掠れた声だった。

「小渕刑事がいらっしゃっているのですが、あの、実は、ブランのことを調べたいとおっしゃっています」

「何を調べるの?」

「その、フードに毒が入っていたことが検査でわかったので、死体を調べたいということのようです」

「まあ……」順子は口を開けた。「毒? どうして?」

「わかりません」

私は、黙って立っていた。順子は、一旦目を瞑った。眠っているように見えたが、私は待った。

「埋めたのでしょう？」目を瞑ったまま順子はきいた。

「はい」

「しかたがないと思います」順子は小さく溜息をつく。「よろしくお願いします、と刑事さんに伝えて下さい」

「かしこまりました」

私は、お辞儀をし、退室した。自室に戻ると、小渕は窓際に立って、外を眺めていた。警察の活動を見ていたのかもしれない。

「順子様が、よろしくお願いします、とのことでした」私は伝えた。

「ご協力に感謝します」小渕は頷いた。

話はこれだけだと思ったのだが、彼は再びクッションに腰を下ろした。まだ、なにかあるようだ。私も、近くの床に膝を折り、そこで正座して、彼の話を待った。

「島田文子さんには、依然として連絡がつきません」小渕は言った。「まあ、月曜日も、お休みなのかもしれませんが……。その後、鈴木さんには、彼女から連絡がありませんか？」

「はい、実は、島田さんとお会いしました」

「本当ですか。いつ?」小渕は腰を上げた。「ここへ来たのですか?」

「私に電話がありました。プライベートな電話です」

「番号を教えたのですか?」

「いいえ」私は首をふる。「先生のコンピュータから、情報をコピィしたのだそうです。この家のネットワークのパスを、一昨日、矢吹様から聞いていましたから、それができたのだと思います」

「なるほど、違法行為だ」小渕は言った。「それで?」

「順子様に頼まれて、薬屋へ行くつもりだったところへ、電話がありましたので、これから出かけると答えました。駅前の駐車場で降りたら、また電話がかかってきて、エレベータに乗れ、とおっしゃるのです。それで、近くのエレベータに乗ったら、そこに島田様がいらっしゃいました」

「鈴木さんの後をつけていたのですね?」

「それは、わかりません」

「それで?」

「それで……、近くの喫茶店に入って、十分ほど話をしました」

「どんな話を?」

「まず、警察は私を疑っている、とおっしゃるのです」

「島田さんが、そう言ったのですね？　やはり、怪しいじゃないですか。自覚しているわけだ。こりゃあ……」

「いえ……、あの、私というのは、私のことです」自分の顔を指差して、私は答える。

「は？　え、鈴木さんを、警察が疑っている……、という意味ですか？」

「そうおっしゃいました。警察が私を尾行しているとも」

「ほぉ……、それはまた……、ますますもって、怪しい物言いですな」小渕は口を歪める。「一番怪しいのは、島田さんですよ、誰がどう見たって」

「あと、八田先生は生きている、とおっしゃいました」

「おぉ……、やっぱり、そうですか。知っているんだ。なんらかの関わりがあると思っておりました」小渕は大きく頷いた。「しかし、はい、ちょっと、ほっといたしました」

「はい、私もです」

「こちらも、捜査のし甲斐があります。八田先生は、どちらにいらっしゃる、と言っていましたか？」

「それは聞いておりません。尋ねましたが、教えてもらえませんでした。先生は、こちらへは、きっと戻ってこない、とも」

「戻ってこない？」

「そのかわり、私が先生のところへ行けば良い、と言われました」

「どうやって？」

「それが、わかりません」私は首をふった。「あと……、そう、奥様の話をされました。八田先生の奥様です。たしか……、死なずにすんだとか……、だから、八田先生は、元気なうちに決断された、とか」

「なるほどぉ……、その怪しい団体に入会を決意した、という意味ですね？」

「そうかもしれません」

「もっと早く入信していれば、病気も治ったはずだ、と言いたいのでしょう」小渕は語る。そこまでは、私は考えていなかったが、島田の言葉は、たしかに、そう取れるかもしれない。

「小渕刑事のことも、頭が切れる、知りすぎた、と話していました」

それを聞いて、小渕は目を見開き、そのあと舌打ちをした。しばらく、黙って考えている様子だった。

「知りすぎたか……」小渕は呟いた。「うーん、なにもわかっていないのに」

それくらいだっただろうか。脈絡のない話が多かったように思う。私は、一所懸命思い出そうとした。

「あ、そうでした……、実験室には地下室があって、そこに八田先生が隠れている、というようなこともおっしゃっていました。あれは、冗談だったのかもしれませんが」

「実験室にですか？」小渕は眉を上げた。

小渕は立ち上がり、実験室へ見にいきましょう、と私を誘った。私も立ち上がり、彼と一緒に部屋を出た。

実験室は立入り禁止のテープが張られていた。扉は閉まっている。手前に警官が一人立っていた。鑑識の係員は既に近くにはいない。おそらく、この場所はもう検査が終わったのだろう。小渕が警官に中に入りたいと話すと、彼は、きいてきます、と言って立ち去った。

小渕は、ステップを上がり、扉を開いて、実験室の中を覗いた。私も、彼の横に立った。昨日の状態のままだ。違いは、吉野公子の死体がないことだけ。床にはまだ血が残っているが、もう赤くはなく、すっかり乾いて黒っぽくなっているのがわかった。

小渕は、ステップを下りて、建物の横へ歩いていく。私もそれに従った。基礎の部分を眺めているようだ。

「地下室があるとは思えませんが」小渕は呟いた。

奥まで行き着き、塀との間の狭い空間を通って、反対側に出た。そちらは、倉庫が隣接している。やはり、実験室の建物の下部を眺めながら、元の入口まで戻った。

さきほどの警官が、若い男を連れてきた。刑事のようである。

「ああ、すいませんね、ちょっと、この中に入りたかったので」小渕が言った。

「何のために入るのですか？」刑事がきいた。

「隠し部屋がありませんでしたか？」小渕はきいた。

「隠し部屋、というと？」

「収納とか、地下室とかです」

「あるんですか？」若い刑事は、私の顔を見た。

「いえ、私は知りません」

「そういう目で見たい、ということ」小渕が言った。

「検査は終わっていますが、できれば、現状のままにしたいのです」若い刑事が言う。「極力、ものを動かさないで下さい。あと、なにも触らないように……」

「了解」小渕は答えて、入口の段を上がった。

小渕と私は、実験室に入った。彼は、床を見つめている。私も見た。どこかに切れ目がないか、ということである。しかし、それらしいものはどこにも見当たらない。中央付近の血痕《けっこん》を避け、書棚の近くを歩いて奥へも回ってみたが、最後まで見つからなかった。

この空間には、そもそも収納というものがない。壁は厚そうだが、出入口のようなものはないし、仮に書棚がそれを隠しているとしても、そこから下へ降りられるようなスペースは作れないはずだ。上は、屋根組みが剝《む》き出しで、天井裏はない。隠し部屋はやはり作れない。書棚の反対側には、デスクが並んでいるが、どれも、床が見えているタイプのもので、そこにも降り口らしきハッチなどはないし、それを隠すこともできないのが明らかだった。

「なさそうですね」小渕は言った。

「はい。やはり、冗談だったのでしょうか。意味のわからないことを、ときどきおっしゃる方なのです」

「島田さんが、ですか?」

「はい」

「たとえば、どんなことを言いました？」

「たとえばですね……、ああ、ピンクになりたかった、とか」

「ピンク？」

「色のことだそうです」

「ほぉ……。意味深じゃないですか。一度、会ってみたいものですな」

「電話が通じませんか？」

「月曜日は、お休みでしょうかね……。ところで、この実験室には、劇薬は置いてありませんか？」小渕がきいた。彼は、周囲を見回す。「見たところ、薬品らしきものはないみたいですが」

「私は、詳しくは知りませんが、そういった化学薬品の類《たぐい》は、見たことがありませんが」

「では、何の実験をされているのですか？」

「さあ、それも、私にはわかりません」

9

小渕は、それで帰っていった。殺人課の刑事とも話をしていたので、おそらく猫の死因に関してのことだろう。私は、猫の死体を埋めた場所を彼に教えたが、実際に、庭でそれを掘り出すところは見ていない。

夕方には、係員が家にやってきて、家族全員の指紋を採取したい、と言ってきた。承諾が得られるなら、という条件付きのようだったが、拒否する理由もない。全員が素直に応じた。順子も、このときには一階へ降りてきた。もう喉は痛くない、と彼女は私に言った。

矢吹と葉子と順子は、吉野の医院へ夜に出かけていった。まだ、葬式などの段取りは決まっていないはずだが、家族に会って、とにかく謝罪する、ということらしい。つまり、殺された場所が、八田家だったから、ということである。責任があるとは、私には思えないが、しかし、こういったことは日本の社会では重要なようだ。彼らは七時には帰ってきて、遅い夕食となった。

私は、八時には解放され、自室でゆっくりと寛《くつろ》いだ。小説も最後までなんとか読めたが、大久保が語っていたとおり、物語は尻切れ蜻蛉《とんぼ》だった。しかも、読んでもなにも得られない。意味がないように思えた。今回の事件とも関係があるとは思えない。読むだけ無駄だった、といえる。

私は、島田文子のことが頭から離れなかった。今日の話は、どれもよく覚えていた。印象が強かったからだろうか。

そもそも、島田は、何のために八田家を訪れたのだろうか。その話は、聞けなかった。洋久が生きていることを知らせにきたのではない。翌日になって、私にだけそれを伝えたのは、何故なのか。もし、それを言いにきたのならば、私をどこかに呼び出すか、電話をかけてくるだけでも良かったはずだ。何故、宿泊までしたのだろうか？

彼女がいたときに、殺人事件が起こったことも、偶然とは思えないように、私は感じていた。これは、理由はない。しかし、ほかのゲストたちに比べれば、島田は、普通ではない社会に生きているような雰囲気を持っている。

たとえば、ほかのゲストは、どうだろう。仙崎、大久保、暮坂の三人は、吉野公子とつながりがあっただろうか。あったとしても、わざわざ他人の家で殺すようなことはしないはずだ。

警察からは、死因などに関して、最初にあった簡単な報告以外にはまだない。花瓶で殴られたことが事実だとすれば、油断しているところを、こっそり後方から襲ったとしか考えられないだろう。抵抗する相手の頭を、花瓶で殴ることは不可能に近い。腕で防御されるし、また、もっと逃げ回るだろうし、椅子など、部屋にあったものが散乱した状況になるはずだ。つまり、吉野はあそこで、顔見知りの人間と会っていた。襲われるとは思ってもいなかったのだ。

あの実験室は、黙って入れる場所ではない。警察だって、そう考えるはずだ。外部の者が侵入して犯行に及んだ可能性は低いだろうし、同様に、ゲストの三人の場合も、あの場所は考えにくいのではないか。

では、誰だろう？

島田は、私が疑われていると言った。

客観的に見れば、それは間違いではないかもしれない、と思う。私は鍵を持っているし、ほかのゲストに声が聞こえないように、あの場所へ誘うことも道理にかなっている。それは、たとえば、矢吹や順子や葉子でも同じである。

そう、三人の家族は、いずれも吉野公子と顔見知りなのだ。彼女の医院は、八田家のかかりつけである。実験室の鍵を持っているのは、順子だが、矢吹や葉子も、合鍵を持っているかもしれない。それを作るチャンスはいくらでもあっただろう。

洋久の妻は、吉野の医院で亡くなった。つまり、順子と葉子は、母を吉野のせいで亡くした、ともいえるかもしれない。そういった話は、私は耳にしたことがないけれど、まったくありえないと否定はできない。ずいぶんまえのことであり、たとえ恨みを持っていたとしても、今頃になって何故、とは思う。

そういった、怨恨《えんこん》ではないような気がする。

では、動機は何だろう？

なにか不都合なことを知られた、とかか。それは、ありえるかもしれない。吉野の方にしてみれば、自分が殺されるとは思ってもいなかった。そんな状況だ。

吉野は、あのデスクの椅子に座っていたのではないか。警察がそれを調べただろう。何をしていたのか。デスクに向かって、モニタを見ていた？　おそらくそうだろう。あのデスクでは、ほかにやることがない。

二人で見ていたのかもしれない。そして、殺人者は、後方の書棚から、花瓶を持ってきて、再び、そっと背後から近づいた。頭を打たれた吉野は、逃れようとしたのか、一旦は立ち上がろうとした。しかし、その場に崩れ落ち、倒れてしまった。あの場所ならば、誰にも音は聞かれないだろう。

私が一つ思いついたのは、矢吹が吉野と関係を持っていた、という可能性だった。

つまり、浮気である。ただ、葉子よりも吉野は歳上であり、また、客観的に判断して、葉子の方が美人だろう。しかしながら、そういったことは、男女関係と線形に結びつかないものだ。それくらいは、私も知っている。吉野は以前は結婚していたが、離婚した、と聞いている。今は独身だ。その場合、関係が明るみに出ることを恐れて、口封じに殺したことになるが、矢吹は、そういったことを冷静に実行できる男である。しかし、冷静ならば、もっと場所を選んだのではないか。

そんな想像をあれこれしているうちに、私は眠ってしまったようだ。夢も見たような気がするが、覚えていない。

朝、目が覚めて、時計を確認すると、六時少しまえだった。

そうだ、ブランのことは、誰の仕業なのだろうか、と急に気になった。毒物は、どんなものだったのだろうか。液体なのか粉体なのか。それを牛乳に混ぜて、キャットフードにかけた。家の者で、そんな真似をするような人物は、ちょっと考えられない。ブランは皆から好かれていた。殺す理由なんてないだろう。

そこで思い出したのだが、〈ψの悲劇〉の殺人が、毒殺だったこと。毒の種類は書かれていなかった。事件自体が解決していない物語だからだ。

警察が捜査しているのは、猫ではなく人間が殺された事件だ。

吉野とブランは、ほとんど同じ時刻に殺されている。殺し方は違うものの、すぐ近くでほぼ同時に起こったことはまちがいない。

なにか、関連があると見るべきだろう。だからこそ、警察が着目し、フードや猫の死体を調べているのだ。

そして、もう一つの事件、一年まえの八田洋久失踪事件もまた、おそらく関連があるだろう。ちょうど一年めだったのだ。

私は、ベッドから起き、身支度をして、一階へ下りていった。キッチンでは、桂川が支度を始めていた。

換気をするために、家の中を歩く。庭には誰もいなかった。実験室が見える縁も通ったが、実験室の戸は閉まっていたし、近くに人影はない。今日も秋晴れになりそうな、静かな朝である。

どこかから、微かに呻《うめ》き声のようなものが聞こえた。外で、鳥か虫が鳴いているのか、とも思って、窓を開けてみたが、どうもそうではない。

通路を奥へ進むと、声は少し小さくなった。

角を曲がる。

トイレの戸が開いたままだった。その戸のむこうの床に手が見えた。

私は駆け寄って、それを確かめた。将太が倒れている。口から吐き出したものが、床を汚していた。

将太は、か細い呻き声を上げている。私は、大声で桂川を呼んだ。

「大丈夫ですか？　どうしました？」将太に問いかけたが、彼は答えない。

既に目を開けていない。息も絶え絶えで、ときどき、痙攣《けいれん》する。

桂川が通路に現れた。びっくりしたようで、ひぃっと息を吸った。

「救急車を呼んで下さい」私は彼女に言った。「急いで、葉子様を」

「わかりました」

私は、将太の躰を横に向け、口の中のものを吐き出すようにした。将太は、息をしているし、喉を詰まらせていることはなさそうだ。

一分もしないうちに、葉子が走り寄ってきた。

「将太！」悲鳴のような声を上げる。

将太を抱き上げ、背中をさする。

「苦しい？　どこが痛いの？」

将太は、ぐったりと彼女の膝の上に頭をのせた。

私は、キッチンへ走り、タオルと水を持って戻ったが、将太は目を瞑ったままだった。意識がないようだ。葉子は、必死に息子の躰をさすっている。

矢吹と順子が現れた。

「どうした？　なにか、中《あた》ったのか？」彼は言った。

「わかりません。苦しそうな声が聞こえたので……」私は説明する。

トイレのすぐ隣が、将太の部屋である。戸が開いたままだった。矢吹は中に入っていく。私にも見えた。床にグラスが落ちていて、僅かに白い液体が残っている。矢吹は、膝を折って、それを見ていた。

「牛乳か」矢吹は呟いた。

順子がその部屋の中に入り、ベッドから毛布を引き出していく。通路で、将太を抱えている葉子の横に跪き、将太にその毛布をかけた。

桂川は、通路に立って、見守っている。

私は、再びキッチンへ行き、冷蔵庫を開けた。そこには、牛乳がない。見回すと、流しの下のゴミ袋に、牛乳の空容器が捨てられていた。

猫のときと同じだ、と思う。

しかし、あのときの牛乳は捨てた。将太が飲んだのは、新しいもののはずだ。昨日の朝に開けて、飲み始めたものである。将太が最初に飲んだのではない。朝食で、ほかの何人かが口にしている。将太は、昨夜か今朝、キッチンへ来て、この容器の最後の牛乳をグラスに注ぎ、自分の部屋まで持っていったのだろう。

十分後には、救急車のストレッチャに乗せられ、将太は病院へ運ばれていった。矢吹が付添いで同乗した。葉子も着替えてすぐに行く、と話した。

順子は、それを見送ったあと、玄関で溜息をつき、私にこう言った。

「不吉なことばかり」

一年まえに、洋久がいなくなり、一昨日には、ブランが死に、吉野公子が亡くなった。そして、矢吹将太が救急車で運ばれる事態となったのだ。

まさに、悲劇である。

第3章　消光の戒

彼女は唇《くちびる》から煙草を垂らし、ひどく驚いた様子で彼を見つめた。この驚きかたは、つくりものではない、とレーンはその場で見てとった。それまでの彼女は、これとはまったく別の質問を予想して、おびえているようにさえ見えたのだ。

「驚きましたわ、レーンさん！」彼女は笑いだした。「まるで昔の名探偵《めいたんてい》シャーロック・ホームズみたいですことね。わたしも小さいときには、よくシャーロック・ホームズに読みふけったものですけれど……。ええ、父は書きましたわ。でも、それをどうしてご存じですの？」

1

病院に運ばれた将太は、集中治療室に入った。重体だと医師は発表した。病院にもマスコミが集まっていたからである。しかし、翌日水曜日には、将太の容態は落ち着き、両親と話ができるようになった。この話は、病院から戻ってきた順子が話してくれた。葉子は病室に留まっているが、矢吹は、この日の午後からは会社に顔を出すことができた。最悪の事態は避けられた、という安堵《あんど》の空気が八田家に広がった。

この夕方、私が庭の掃除をしていたとき、小渕刑事が現れた。同じ課の中年の刑事も連れてきた。公務だから二人で来た、ということだろうか。将太のことで調べているのか、ときいてみると、それは殺人課の方だ、と答えた。しかし、猫のフードを調べるように、鑑識に指示をしたのは小渕である。

将太の飲んだ牛乳の検査は、昨日のうちに行われ、やはり、ブランのときと同じ毒物が検出されたらしい。この話を、私は順子から聞いた。病院に警察が来ていて、そういった話があったそうだ。発見が早かったことが幸いした、と順子は私に言った。

そういったことまで、小渕は、すべて知っていた。

「あまり考えたくはないと思いますけれど」小渕は玄関で立ったまま話した。「ようは、冷蔵庫の中にあった牛乳に毒物を混入した人間がいるということです。しかも、身近な人間でしか、そんな真似はできないという事実がある」

そういった話は、殺人課の刑事は言わなかった。そもそも、将太の件で、殺人という言葉を、私は小渕から初めて聞いたくらいだ。もちろん、牛乳はいつ誰が買ったものか、それ以前に誰かが飲んだか、牛乳を飲む習慣があるのは誰なのか、不審なことに気づかなかったか、といった質問に、昨日のうちに私も桂川も、殺人課の刑事に答えている。恐らく、順子にも、また矢吹や葉子にも、同様の問いが向けられたことだろう。

小渕刑事は、島田文子にはまだ連絡がつかない、と話した。そのことで、私になにか言いたげな表情だったが、私には、彼の不満を解消する手立てがない。

「島田さんは、猫のことは何と言っていましたか？」小渕は不思議な質問をした。

「いえ、なにも」私は答える。「猫が死んだことは、お客様にはお話ししておりませんから」

「月曜日のときにも？」小渕はきいた。

「はい、その話はしておりません」

小渕は、意外にも、それだけであっさりと帰っていった。

今回の騒動は、小渕が担当する問題ではないからだろう。そもそも、誰を狙って毒物を混入したのか、という点が警察の関心事だった。将太がもし飲まなかったら、誰が牛乳を飲んでいたのか、ということを刑事は知りたがった。私は、それについて、順子ではないかと答えた。というのは、彼女は毎朝温かい紅茶を淹れて、それに牛乳を足して飲む習慣があったからだ。同じ容器の牛乳を、彼女は月曜日に飲んでいる。その容器の封を開け、最初に飲んだのは、そのときだったはずだ。つまり、この時点では、毒は混入されていなかった。その後、ランチのときに、葉子が飲んだ。また、学校から帰ってきた将太が飲んだことを、桂川が証言した。この時点でも異常はなかったのである。となると、毒物がその牛乳に混入されたのは、月曜日の夜以降のことだ。将太が、次に飲んだのは火曜日の朝のことである。

夜中に、外部から何者かが侵入した形跡はない。施錠はされていたし、セキュリティシステムも作動していた。正面のゲートも閉まっていた。ただ、残念ながら、ゲートに警官は立っていなかったし、庭園内にも夜中は警察の関係者はいなかった。

毒物は、牛乳の容器に混入されたものなのか、それとも、将太が使ったグラスに付着していたものか、といった詳細は、まだ検査の結果が出ていないようだ。少なくとも、公式な発表などはない。これは、猫のブランのときも同様で、どの時点で毒が入れられたのかはわかっていない。ブランのときは、私は残りの牛乳を捨ててしまった。しかも、月曜日に空の容器はゴミに出してしまった。

水曜日の夜、八田家は、なおも暗い空気に支配され、静まり返っていた。将太もブランもいない。誰の声も聞こえなかった。葉子が病院に出かけているし、矢吹も仕事先で予定があって夕食時は帰ってこなかった。順子は、まだ体調が思わしくなく、夕食は簡単なもので良い、との指示があり、私が彼女の部屋まで運んだ。順子は、溜息をつくばかりで、なにも言わなかった。

キッチンに戻ると、既に桂川はいなかった。後片づけをするほどの仕事もないからである。私は、各部屋をチェックして回った。今日も、昼間は大勢の警官が来ていたが、夕方に引き上げていった。私は戸締まりの確認をしたあと、自室に入った。

将太のことは既に一般のニュースとして報道されている。八田家で何が起こっているのか、と近所では噂されていることだろう。唯一の救いは、少年の命が失われなかったことである。

九時を過ぎた頃、電話がかかってきた。島田文子からだった。私はベッドの上でこれに出た。

「大変なことがあったみたいですね」島田が言った。「矢吹少年は大丈夫なのですか?」

「はい、おかげさまで、回復に向かっていると聞いております」

「どうして、子供が狙われたの?」

「わかりません」

「毒殺っていうのがねぇ、ちょっと、突飛ではある」島田が言った。「小説に出てきたけれど」

「はい」

「なにか心当たりあるのね?」

「いえ、そんな……」私は驚いた。

「ブランのことでしょう?」

「は?」私は驚いた。島田がそれを知っているとは思っていなかったからだ。

「私が知らないと思った。そうでしょう?」

「いえ、べつに、なにも考えておりません」

「なにも考えてないわけないでしょ」

「はい、申し訳ありません」

「毒物の出所は？」

「いえ、心当たりがありません」

「鈴木さん、疑われていない？」

「小渕刑事によりますと、島田さんの方が怪しいと」私は言ってしまった。多少、感情的になったことは否めない。

「まぁね……、そりゃそうでしょうよ。私って、けっこう、普段からいろいろ睨まれてる人だから」

「誰に睨まれているのですか？」

「まあ、言うなら、国家権力？　マークされているの。だから、突っ込まれないうちにとんずらしたってわけですよ……」そこで島田は声を上げて笑った。初めて彼女の笑い声を聞いたかもしれない。「そう簡単に摑まりませんことよ」

「ことよ？」

「あれ？　変？　まあ、いいわ。そう、少年がねぇ……。ちょっと、ショックだったから、電話をしちゃいました。またさ、どこかでこっそり会おうよ。話がしたいの。警察がいないところでね」

「私は、べつにいつでもかまいませんが」

「ホント？　おお、じゃあ、ちょっと考えとくわ。じゃあね」

電話が切れた。

私は迷った。島田のことは警察に知らせた方が良いだろうか。このまえのことは、包み隠さず、ほとんどそのまますべて、小渕刑事に話した。私が疑われている、と聞いたあとだったから、警察に隠し事をしてはまずいだろう、という判断だったのだが、今は、少しだけ事情が違ってきた気もする。

だが、島田が言った、国家権力という言葉が、引っかかった。島田の組織に関係があるのだろうか。国家権力に対峙《たいじ》するような言い方だったではないか。

自分は、いつまでも八田家にいられないだろう。洋久が戻らないのであれば、なおさらである。島田は、私を誘っているように感じられる。そんな言葉を以前にも聞いたからだ。具体的に、どんな表現だったか、よく思い出せないのだが、たしか、洋久の下《もと》へ、私が行けるような口振りだった。あれは、本当のことだろうか。

2

その後、幸いなことに、平穏な日々が続いた。

将太はまだ入院しているが、もうすっかり回復し、退院も近いとの見込みだった。順子の体調も戻り、八田家は平常を取り戻しつつある。八田家の敷地内に入る警察の捜査関係者の数も減り、また、家の出入りの際、報道関係のカメラを気にするようなこともなくなった。

ちょうど一週間が経過した土曜日に、仙崎が再び訪ねてきたが、様子を見にきただけとのことで、玄関で順子と短い会話を交わし、すぐに帰っていった。大久保や暮坂からは、数日まえに見舞いのメッセージが届いている。いずれも、将太の回復を祈る、という文面である。

洋久の実験室は、事件から五日後の金曜日に、ようやく掃除ができた。床の汚れを入念に取った。その後は、私が施錠をし、誰も入っていないはずである。

ブランの死体を検査した結果、牛乳に含まれた毒物が胃から検出され、毒殺されたことは確定となった。年老いた猫だったので、吐き出すことができなかったのではないか、とも考えられる。

一方、将太の部屋にあったグラスに僅かに残っていた牛乳からも、同じ毒物が検出されている。ただ、冷蔵庫にあった牛乳の容器には、それがなかった。これらは、刑事が順子に報告にきて、私もそれを聞いていた。刑事は、どこで毒が混入したのかについては言わなかった。グラスに付着していたという可能性が高いのだろう、と私は思った。当然ながら、将太自身にも、警察は事情をきいたのであるが、本人は、なにもわからない、と答えたらしい。葉子が、そんな話をしていた。そのあたりのことは、詳しくは伝わってこないし、警察も正式に発表していない。

吉野公子殺害については、警察はどこを調べているのだろう。八田家の周辺なのか、それとも被害者の周辺なのか、あるいは、当日宿泊していたゲストたちの周辺なのか。少なくとも、私は、個人的に刑事から質問を受けるようなことは、その後なかった。桂川も同じである。順子や葉子については、わからないが、自宅へ刑事が上がり込んでくるようなことは、その後一度もない。矢吹はどうだろう。会社へ警察が行っているのだろうか。

そんな中で、関係者で唯一行方がわかっていないのが、島田文子だった。

小渕刑事は、その後一度顔を見せ、私に彼女のことを尋ねた。私は、電話があったが、将太の様子をきかれただけだ、と答えた。彼女が猫の死を知っていたことについては話さなかったし、また会いたいと言われたことも黙っていた。

事件から九日後の火曜日に、私は買いもののために一人で街へ出た。昼まえのことである。

食料品売り場で果物を見ていたら、大きな帽子を被った女が近づいてきて、私とすれ違うときに、躰が触れた。軽く頭を下げて、そのまま離れたのだが、どうも気になったので、当たった側の上着のポケットに手を入れてみると、見慣れないものが入っていた。

長さが二センチほどのプラスティックで、小さなモニタらしきものがある。私のものではない。妙な形の突起も付いている。何に使うものだろう。モニタには、今はなにも表示されていない。スイッチらしきものはなく、使い方は不明。私は、振り返って後方を見たが、もう女の姿は見えなかった。

危険なものではなさそうだ。少なくとも、食料品売り場にあるものではない。彼女が万引きをして、私にそれを渡したものとも思えない。そこで、すぐ近くに店員がいたので、念のために、これを知っているか、と尋ねた。店員は、見たことがない、と首をふった。

店の受付に持っていき、拾ったものだ、と提出するのが良いだろう、と考えた。しかし、手に持っていたそれを、もう一度よく見ると、モニタに、〈島田です！〉と文字が表示されていた。モニタのサイズが小さく、スペース的に五文字しか表示できない。

それを読んで、私は、思わず周囲を見回してしまった。どこかに島田がいるのだろうか。さきほどぶつかった女がそうだったのかもしれない。だとしたら、また変装していたのだ。

次に、モニタを見ると、〈耳に付けて〉と読める。ちょうど、野菜の棚の前に立っていた。近くに買いもの客は多い。私は、それを耳へ近づける。しかし、なにも聞こえなかった。何度か試しているうちに、突起の部分が耳の穴に入る形だとわかった。イヤフォンのようだ。

「入れた？」という島田の声が聞こえた。

頷いた。でも、島田がどこにいるのかわからない。

「警察がね、近くにいますよ。店の外に三人。鈴木さん、つけられているよ」

「本当ですか」私は、店の前を見た。客が何人か間にいるし、棚と棚の間から、覗き見える範囲が狭い。全体の様子はわからない。障害物が多すぎる。警官らしき者は見当たらなかった。

「鈴木さんの声、聞こえているから」島田が言った。「大きな声を出さなくてもオッケイ」

こちらの音声も届くらしい。無線通話機だったのだ。

ますから」

「怪しまれないように、買いものを続けてね」島田は言った。「ちょっと、段取りし

「段取り？」

「いいのいいの。普通に普通に」

買いもののことは、完全に上の空になってしまった。今日は、どんな食材を買うのだったか、と思い出し、とにかく、果物と野菜を入れた。それから、調味料などのコーナへ移った。島田はどこにいるのだろう。気になるが、あまりきょろきょろしては挙動不審に見られてしまう。

「警官は、外で待っているだけみたいだね。中には入らない。えっと、いちおう、普通にレジを通ってくれる？」

「あ、いえ、まだ、買いたいものが……」

「そうなの。もう、そんなの、どっちでも良くない？」

「そうは言っても……」

「わかった、律儀なのね。感心しますよ、ホント」

私は、急いで買いものを済ませた。レジを通ったところで、外にいる三人の男たちがガラス越しに見えた。こちらを見ているようだ。目が合わないようにして、出口の

方へ移動した。

「レジを通りましたけれど」と知らせる。

「もう一度店内に戻って、奥の従業員口へ行く」

「え、でも……」

「いいのいいの」

私は、言われたとおり、店の奥へ引き返した。従業員が通るドアは知っている。ときどき、店員がそこからワゴンを押して出てくるからだ。

「来ましたけど、どうすれば？」

「従業員口を入る」島田は指示する。

私は、その中に入った。少し離れたところにいたスタッフらしき人物がこちらを見た。

「入った？」

「入りました」

「そこを突っ切ると、裏口に出るのよ。店の裏の駐車場にね。そこから外に出て」

私は、そのまま前進し、周囲を見ないように、ドアへ一直線に進んだ。何人か従業員がいたようだが、あっという間だったし、運良く、呼び止められなかった。関係者だと思われたのだろうか。

アルミかステンレスのドアを開けて外へ出ていくと、建物の裏側の駐車場だった。その先には金網のフェンスがあり、さらに道路、そして鉄道の線路が見えた。その道路に、コンパクトな車が停車していた。かなりレトロなタイプである。私が出ていくと、その車のサイドウィンドウが下がり、サングラスの女性の顔がこちらを向いている。どうやら、島田文子のようだ。また変装している。

「フェンスを越えて、私の車に乗って」島田の声が聞こえた。

車の中の女が手を振った。

私は、そちらへ向かって急ぎ足で歩く。フェンスを越えるには、手に持っていたバッグをむこう側へ一度置く必要があった。

「島田さんですか？」私は、車中の女に直接きいた。

「私だよ」サングラスを取って、彼女は答えた。だが、だいぶ顔が違うような気もする。化粧のせいだろうか。

「荷物はどうしたら良いですか？」バッグを両手で持ち上げて、私はきいた。スーパで買った食料品で二つのバッグは膨《ふく》らんでいる。

「そんなの、そのへんに置いておけば」島田は、早口で言った。その声はたしかに島田のようだ。

「そんなわけにはいきません」

「後ろにトランクがあるから、載せて」

私は、車の後ろへ回り、ハッチを開けた。中にタイヤや工具などが入っていた。こんな汚いところに食材を入れることに抵抗があったけれど、しかたがない。荷物をそこに収めた。

「ちゃんと閉めてね」島田が言う。「早く、乗って」

スーパの出入口のドアが開いて、男が二人出てきた。すぐにこちらを見る。従業員ではない。店の前にいた男たちだ。

「早く、乗ってぇ！」島田が高い声で呼ぶ。

私は助手席のドアを開けて、車に乗り込んだ。それと同時に、車がスタートする。その加速度で、シートの背に押さえつけられたが、なんとか窓の外を見た。警官たちは斜めの経路で走り、フェンスを飛び越えたが、僅かに車が早く、彼らの横を通り過ぎた。そのあと、バックモニタに、彼らが走って追いかけてくる姿が映ったが、どんどん遠ざかる。さすがに車の方が速い。

「シートベルトをして」島田が言う。「規則、知らないの？」

「もう走っているではないですか」私は、シートベルトをかける。「万引きしたと思われたら心外です」

「思われないってば」

線路の上を通る道路まで上っていき、反対側へ渡った。

どこかでサイレンが鳴っている。私は後ろを見た。何台か後ろだが、パトカーの回転灯がちらりと見えた。交差点を右折して、こちらの道路へ入ったようだ。

「パトカーが来たみたいです」私は言った。

「わかってます」島田は応える。

島田は、ダッシュボードのモニタに指を当てている。何の操作をしているのか、わからない。

「あの、こんなことをしたら、ただでは済まされないような気がしますが」

「気がするだけ」島田は吐き捨てる。

「でも、摑まったら、島田さんも、困るのではありませんか？」

「だから？」

「私が降りて、警官と話せば、済むことではないでしょうか。その間に、島田さんは逃げられると思います」

「ちょっと、黙ってて」島田は眉を寄せる。モニタを見ているのだ。

車は交差点で停まったが、すぐにまた走りだした。パトカーは後方を走っている。混雑しているため、近くまで来られないようだ。

しばらく走ったのち、島田がブレーキを踏み、車が急停車した。見ると、信号が赤になっている。横断歩道を渡る人々がすぐ前を歩いていく。右方向の交差している道路にも、パトカーが見えた。そのドアを開けて、警官が出てきた。

私は、後ろを振り返った。何台か後方のパトカーからも警官が降りて、こちらへ近づいてくる。

「警官が来ますけど」私は言った。

「引きつけるだけ引きつける」島田は呟いた。「神よ、我にプロトコルを」

「は？」私は、思わず彼女の顔を見た。

驚いたことに、島田は微笑んでいる。モニタに伸ばしていた片手を引っ込めた。操作を終えたのか、それとも、諦めたのか。

なにか、急に雰囲気が変わった。

突然、静かになったような気がしたのだ。

何が変わったのか、私は周囲を見回した。これといって変化はない。しかし、歩道を歩く人々は皆、立ち止まっていた。

警官たちも立ち止まって、辺りをきょろきょろと見回している。私は、信号機を見た。どのライトも点灯していない。

島田は、ステアリングを両手で摑んだ。

「ゴー！」彼女は叫んだ。

私は、またシートに押しつけられた。車は猛烈にダッシュし、交差点の中へ飛び出す。島田がステアリングを切ると、タイヤが鳴り、外側に傾きながら右へカーブした。横転するのではないか。私はしがみつくしかなかった。

3

道路の車は、ほとんど停車していた。建物の中から外に出てくる人が多い。次の交差点でも信号機は点灯していない。島田は、左へステアリングを切り、脇道に入った。

「何があったんですか？」私はきいた。

車は今は、普通の速度である。ようやく話ができるようになった。島田は、次の交差点の手前で停車している車を、反対車線に出て追い越したあと、ゆっくりと交差点へ進入し、そのまま突っ切った。

「どうして、信号機が？」

「停電させたの」島田は答えた。

「停電？　え、島田さんがやったんですか？」

「そうだよ。この区の半分くらい停まったんじゃないかしら。最近の車はさ、ネットでつながっているからね、ルータからの信号が停まったら動かないのよ。警官も連絡が取れない。なにもかもストップ」

「こんなことしていいんですか？」私はきいた。

「あらま、正義の味方だよ、この人ったら」島田は笑った。「ま、島田さんにかかったら、こんなもんだよ。思い知るが良いのだ」

「警察に恨みがあるのですか？」

「いえ、べつにないけれどぉ。まあ、国家権力よ、鼻につくのはね」

「テロなんかと、関係があるのでしょうか？」

「ないない」島田は首をふった。「あ、鈴木さん、これ、顔に被って」

島田は、シートの間から、薄いプラスティックのお面を取り出し、私に手渡す。

「何ですか、これは」

「それはね、えっとぉ、何だったかな、ああ、思い出せない。アニメのキャラね。昔のさ」

目の部分に穴が開いている。私はそれを顔に被った。頭の後ろにゴムを回すことで、落ちないようになる。

「そうそう」島田は笑っている。「情けない顔だけどね」

「これをする理由は？」

「もうすぐね、電気が復旧するから」島田は答える。「そうなると、顔をカメラで撮られて、認識されるわけ」

「それよりも、車が見つかるんじゃないですか？」

「大丈夫。中からは見えないけれど、色は変わっているのね。あと、ナンバプレートも変わるようにできているからさ。お茶の子さいさいだから、こんなの」

「どうやって色を？」

「それはね、まあ、烏賊《いか》の原理ね」

「イカ？」

「表面がモニタみたいなものなわけ」

島田が言ったように、停電は復旧した。信号機が作動し、車も動き始めている。したがって、普通に流れに乗って走るしかない。近くにパトカーはいないようだ。島田の車は、高速道路に入った。

「どこへ行くのですか？」私はきいた。最初からききたかったのだが、今まで、それどころではない感じだったから、我慢していたのだ。

「さあ、どこでしょうか」島田は言う。

「八田先生に会えるのですか？」私は、予感していたことを口にした。

「それは、約束できない」島田は首をふる。「私の権限では、どうにもならないことなんだ。私は、ただ、鈴木さんを救い出したかっただけ。あのままでは、貴方《あなた》、警察に摑まっちゃうんだから」

「どうして、私が警察に？」

「決まっているじゃない。吉野先生を殺したのは、貴方だからよ」

その言葉を聞いたのとほぼ同時に、車はトンネルの中に入った。黄緑色のライトが並んでいる。前を走る車の赤いライトが、少しずつずれて連なっていた。緩やかにカーブし、やがて、出口が見えてきた。

島田の言葉が、私は理解できなかった。きっとまた、冗談を言っているのだろう、と最初は理解した。けれども、冗談にしては、あまりに直接的である。私が、殺したというのは、どういった意味だろうか。なにか、私はミスをして、それが原因となって、間接的に吉野公子が死んだ、ということだろうか。

「思い出したでしょ？」島田が尋ねた。

「なにも……。何をおっしゃっているのか、全然わかりません」

島田は、私をちらりと見て、微笑んだ。言葉とは一致していない表情である。アンバランスだ。だが、そもそも彼女は最初からアンバランスだった。どこか常識を超越している。私には、理解できない言動が多い。

「私がね、どうして、八田家に行くことになったのか？」島田はきいた。「どう思いますか？」

「いえ、それが、私も不思議でした。八田先生のことをご存じらしい、そんな雰囲気だったので、なにか情報が得られるものと、皆さん、島田さんに期待していたと思います。でも、島田さんは、肝心のことになると、おっしゃらない。特に、これといった情報をお持ちではなかった、ということになってしまったと思います。でも、本当は、やっぱりご存じなのですね？」

「そうか？　八田先生が生きているって、教えてあげたじゃない」

「それ、警察にも伝えました。でも、本当のことなのか、それを証明するものがありませんか？」

「まあ、それは、簡単じゃないんだな。帰っていらっしゃるはずではありませんか？」

「どんな理由ですか？」

「それも、簡単には答えられませんね。答えられない理由があるの」

「では、結局、島田さんが、いらっしゃった目的は何だったのですか？」

「だからさ、それ、私がきいたんじゃない。どう思った？」

「いえ、わかりません。理解できません」

「そうか……。ま、とにかく、あとでゆっくり、きちんと話します」島田は言った。

「簡単には説明ができないわけですよ。う一ん、世の中ってのはね、もう、ぐちゃぐちゃなんだから。いやんなっちゃうからね。人間関係もそう。もうね、ちょっとしたことで争って、暴力沙汰《ぼうりょくざた》になるじゃない。いい加減、もうやめてよねって、思うでしょう？　どうしてみんな、こんなに憎み合ったりするわけですか？　私は、そこがわからない。みんなさ、もっと、自由に生きられないのかしら。人のことなんか心配しないで、自分の好きなことをすればってことなんだ、基本はさ。なんかね、ちょっと自分よりも誰かさんが楽しそうだ、誰かさんが良い思いをしてるって、そんなことで腹を立てて、意地張ってさ、馬鹿みたいだよ。いえ、馬鹿なんだよな、みんな、マジで。どうしようもない馬鹿、馬鹿、馬鹿。やめてよね、そういうの……」

「あのぉ、島田さん」

「何よ？」

「興奮なさっているようにお見受けしますが」

「興奮？ いいえ、私って人はだね、いつでも超冷静なわけ。めちゃくちゃ合理的に判断してきた人生なの。誰だと思っているの？ 島田文子だよ、知らないの？」

「知っています」

「いいえ、君はね、知らないのよ、私のことを。小娘だと思っているでしょう？」

「思っていません」

「いや、小娘ですよ、見た目はね」

「見た目？」

「でも、そうじゃないのだ、これが」島田は、そこでまた声を上げて笑った。「ふう、はぁ……、笑いすぎたわ。うん、ふう、とにかく、あとで教えてあげるから」

「はい」

どこをどの方向へ走っているのか、私にはわからなかった。ダッシュボードのモニタに地図が表示されているのだが、あまりにも狭い範囲だった。しかし、太陽の位置からして、だいたい西の方角へ向かっているのではないか、という見当はついた。

高速を下りて、郊外の街に出た。地名らしいものが表示されていたが、私の知らない固有名詞である。

「今頃、血眼《ちまなこ》だよ、警察はさ」島田は愉快そうに言う。「今、普通に高速から出られたでしょう。全然手配できてないのね。まだ東京にいるだろうと思っているはず」

「ここは、東京ではないのですね」

市街地らしく比較的接近して建物が並んでいた。道路の両側は店舗が多い。だが、どれもシャッタが下りている。空家だろうか、窓が板で覆われているところも多い。車も少なく、また、歩道を歩いている人はほとんどいない。閑散とした雰囲気だった。

島田は、脇道に逸《そ》れた。両側に建物が並ぶ細い道路に入る。車は減速し、停車しそうになった。右前方の建物のシャッタが上がりつつある。看板が出ているが、半分割れていて読めない。商店だったようだが、営業はしていないのだろう。二階建てで、その上階は住居のようだ。シャッタが上がると、車は一度行き過ぎ、バックをして、その建物の中に入っていった。

4

シャッタが下りてきて、それが完全に閉まったあと、部屋の照明が点いた。ガレージというか、倉庫のような場所である。天井も低く、両側の壁も迫っている。小さな車がぎりぎり入れるほどの広さしかないようだ。

「お面を外して良いですか？」私はきいた。

「そうね。そちら、降りられる？」

ドアを開けても、いっぱいに広げることはできず、車から出るのに、躰を捻《ひね》らなければならなかった。島田もアクロバットのようにして、車外に出て、横に歩いて、車の後ろへ行く。私もそちらへ歩くと、そこには靴を脱ぐ段があり、板張りの廊下《ろうか》につながっていた。

「昔は、ここ、駄菓子屋さんだったのよ」島田が言った。「もう、ずいぶん昔のことだけれど」

「島田さんの家なのですか？」私はきく。

「なわけないでしょ」島田は簡単に言い捨てた。

「あ、荷物、どうしましょうか？」

「何の？　ああ、さっき買った、あれ？」

「はい……。果物と野菜と……、それから……」

「じゃあ、降ろして、持ってきて」

そう指示されたので、私は車のトランクを開け、二つのバッグを取り出した。それを両手に持ち、私は靴を脱ぎ、廊下に上がった。

奥へは三メートルほどしかない。すぐ行止りで、ドアがあった。そのドアの窓から、石垣みたいなものが迫っているのが見えた。屋外のようだ。とすると、かなり小さな家になる。

左に急な梯子のような階段があって、反対側は、狭いキッチンだった。廊下かと思っていたが、ここは部屋かもしれない。

「その辺りに置いておいたら」島田は言った。食材のことのようだ。

しかし、冷蔵庫は見当たらない。流しとコンロがあるだけだった。私は、バッグをキッチンの床に置いた。

島田は、階段を上がっていった。私も遅れてそれを上る。木造の階段で、一段一段微妙に違う音が鳴った。二階には、部屋が二つあり、間仕切りはなく、つながっている。いずれも、畳が六枚敷かれた部屋だ。表通りに面して窓があるが、カーテンが引かれていたので、外は見えない。反対側、つまり建物の裏手にも窓があり、そちらはカーテンがなかった。

島田は、カーテンを少し開けて、外をじっと見た。右、左、そして上を見る。上を見ている時間が、最も長かった。

「何を見ているのですか？」私は不思議に思ってきいた。

「ドローン」島田は答える。「大丈夫そうね」

彼女は、その部屋の押入れの戸を引き開けた。上段は布団《ふとん》が入っていたが、下段の一部に、メータやスイッチが並ぶ機械類が縦に積まれている。島田は、それらのスイッチを入れる。インジケータが灯り、スコープのような画面に、緑色の線が表示され、やがてそれがゆっくりと回転を始める。

島田は、その機械の前に座り込み、幾つかツマミを触り、レンジを切り換えているようだった。私は、彼女のすぐ後ろで膝をついた。

「何をしているのですか？」きかずにはいられない。

「これは、レーダ。あと、こちらは、通信機。ここには、コンピュータがないの。何故かわかる？」

「わかりません」

「探知されるから。今どきはね、アナログじゃないと駄目なんだ」

島田は、ヘッドフォンをして、しばらく機械に向き合っていたが、十分ほどして、スイッチを切って立ち上がった。

「大丈夫みたい。停電のことは、あまり大きなニュースにはなっていないってさ。たぶん、どこかの変電所で手違いがあったって処理されたでしょう。さてと……」彼女は手を一度叩いた。「それじゃあ、果物でも食べようかな。食べたい？」

「果物っていうと？」

「貴方が買ったやつじゃないかな」

「いえ、私は食べませんので」

「あそう……。じゃあ、私もやめとこ」

島田は、再び座った。機械を操作していたときとは反対向きになり、私と向き合うことになった。

「それじゃあ、話をしましょうか」島田は言った。「鈴木さん、覚悟はよろしい？」

「何の覚悟ですか？」

「貴方が何者か、という話です」

　私は、そこで、なにか、とても僅かだが、思い出しそうな予感を抱いた。仄《ほの》かな、引っかかりみたいなものを感じたのだ。

　島田がこれから話すことが、実は、私自身が忘れていることで、きっとそれが真実であるような予感もした。どうしてそう感じるのかわからないが、そもそも、その予感があったから、私は、彼女に従って、ここまでついてきたのだ。八田家のための買いものも犠牲にして……。

「私が、ですか……」

「昔のこと、覚えている？」

「昔のこと？　いつのことですか？」

「そうねぇ……、八田家に来る以前は、貴方、どこにいたの？」

「ええ、それは、なにか、ぼんやりとした印象だけしかなくて、雲がかかったような、世界なんです。そのことを考えると、頭が痛くなるので、できるだけ考えないようにしてきました」

「記憶がない、ということです」

「記憶喪失ですか？」私は尋ねた。

「ああ、そうね、そういう解釈をするわけだ。うん、まあ、それも、間違いではありませんけれど。でも、そうじゃないんだな。貴方は、それ以前、つまり、二年まえになるのかな、それよりもまえには……、いなかったの」

「いなかった？」

「そう。生まれていなかった。だから、記憶がない。それで正解なわけ」

「ということは、二年まえに、私は生まれたのですか？」

「そういうこと。驚いたでしょう？」

「どういうことですか？」

「貴方、自分が人間ではないことは理解している？」

「はい、それは……」私は答える。

「だったら、わかるんじゃない？　二年まえに、貴方は作られた。あるいは、リセットして、稼働し始めた」

「私は、ロボットなんですか？」

「うーん、それは、微妙……。難しい質問だよね、それは。まあ、広い意味でのロボットではある。でも、そんなシンプルなものではないわね。おそらく、世界で初めての試みだったといえるでしょう。私が知っているかぎりにおいてですけれど。とりあえず、表向きは、単なるロボット。量産型のね。周囲には、そう思われている。ほら、一緒にいた、あの家政婦さんがそうじゃない」

「桂川さんのことですか？」

「そうそう。桂川さんも、けっこう最新型で、感情回路も持っているし、なかなか良い線いっていると思った。あまりまだ、広くは普及していないから、もっと、いろいろ観察したかったなぁ」

「私よりも、桂川さんの方が新しいのですか？」

「いえ、貴方の方が断然新しい。桂川さんが最新型だと言ったのはね、量産型の製品としては最新型、という意味です。貴方の場合は、そうじゃないわけだ。うーん、まあ、これといって決まった言い方はないんだけれど、まあ、そうね、試作品みたいな感じ？　あれ、ちょっとこれは軽すぎるよね。もっと、うーん、最先端の試験機なんだな」

私は、意味がわからず、ただ首を傾げるばかりだった。

「普通の人工知能じゃないんだよ。人間の頭脳が取り込まれているわけ」島田は言った。その最後の一言だけが、声が低く、震えるように響いた。

「人間の頭脳？」私は、言葉を繰り返す。

「そう……、誰の頭脳か、わかる？」

「誰の頭脳なんですか？」

「八田洋久」島田は答えた。

5

高い電子音が連続して鳴った。島田は、機敏に振り返った。押入れの中の装置に顔を近づける。緑のスコープに、一箇所光る点があった。

「ドローンが来た」島田は立ち上がった。窓へ行き、カーテンを閉める。「やっぱり、つけられていたかな。充電し直してきたんだ、きっと」

「何のためにここへ？」私はきいた。

「さあね」島田は、装置のスイッチを消し、押入れを閉めた。「とりあえず、下へ。ここは、窓から覗かれる」

カーテンがない、裏手の窓のことだろうか。私たちは、階段を下りていき、再びガレージで靴を履いた。島田が車に乗るように、と私に指示をしたので、私は、狭い空間を横向きになって進み、なんとか助手席に躰を滑り込ませた。

振り返って見ると、島田は、裏のドアの付近に立っている。窓の横に顔を寄せていた。外からは見えないようにしているのか、それとも、外を見ようとしているのか、どちらなのかわからない。家の中は暗いから、外からは見えないのではないか、と私は思ったが、しかし、相手が何を使って見ているかによるだろう。

島田が車の方へ移動してきた。頭を下げて、少しずつ近づき、壁際に沿って車の横に来る。ドアを開け、運転席に入る。ドアを静かに閉めた。

「電話の電源を切って」島田が言った。

私はポケットから端末を取り出し、スイッチをオフにする。探知されるということだろうか。

「家のすぐ後ろにいた。たぶん、見つかっているな。もうすぐ、警察が押し寄せる」島田は言った。「待っていたら駄目だ。お面は持っている?」

「あ、いえ……」どこにあるのかわからない。

「じゃあ、思いっきり頭を下げて隠れていて」島田は言った。

「シートベルトは?」

「しなくていいから」

私は前屈みになり、頭を膝につけた。ダッシュボードよりも下になっているだろうか。シャッタが上がる音が聞こえる。しだいに明るくなる。出発するようだ。

「どこへ行くのですか？」

「心配しないで」

「私だけ、警察に摑まる、という手は？」

「ないね」

車は急発進した。モータ音が唸り、明るい場所へ飛び出した。右に曲がったらしく、加速度を左へ受けるが、ドアの取手を摑んでなんとか耐えた。

加速度の方向が変わり、また、元の姿勢になった。顔を横に向けて島田を見る。彼女の手がすぐ近くにあった。モニタをタッチしているのだ。ピアニストみたいに指を素早く動かしている。片手はステアリングである。マニュアルで運転しているのだから、前方から目が離せないはず。大丈夫だろうか。

「ドローンはいましたか？」

「いるいる。後方の上空。もう、貴方が乗っているの、ばれてるかもね」

「また停電させるんですね」

「いや、それくらいは対策してきたはず。ドローンはバッテリィだし。通信に衛星回線を使う方式に切り換えているだろうな。ま、それくらいは馬鹿でもする」

「じゃあ、どうするんですか？」

「こっちも同じ回線が使えるんだ」島田は言った。そこで、口調が少し変わった。「警察は、国道の方に集結しています。ええ、なるほど、それじゃ、とりあえず、このドローンを落としましょう。そうしたら、誰か出てくるはずです」

「誰と話しているんですか？」私はきいた。

「黙ってな！」

「はい」

「オーケィ、まずは森林公園へ入ります。そう、そこそこ。運転は任せます」島田はシートに一度もたれかかった。

「あ、鈴木さん、頭上げて良いよ」

「え、大丈夫ですか？」

私は、シートに座り直し、改めてシートベルトを締めた。振り返って後ろを見たが、普通の車が走っているだけだ。横から空を見上げたが、なにも浮かんでいない。すっかり忘れていたが、太陽がまだ高い位置にある。時刻は午後二時を少し回ったところだった。

「さっきのドローンは？」

「落とした。フライトシステムに侵入して、センサの回線に誤信号を送っただけ。初歩的なウィルス。誰でもこれくらい常備しているわよ。相手さえ特定できればね。一機で来たのが命取り。島田文子をなめちゃ駄目だよ。ちゃんと、名前を知っているのに、どうしてなんだろう?」

「島田さんは、有名なんですか?」

「そんなの、当たり前よ。島田の名前を知らないなんて、公安ならモグリだからね。あ、でも、そうか、もしかして、認識していませんか?」

島田は、モニタを覗き込んでいる。そこに文字が出ていた。どうやら、彼女はコンピュータと会話をしているようだ。

「そうかそうか、若いから、見違えちゃったのねぇ、あらやだ、人間ってさ、特に男ってさ、若い女に弱いんだから。ははは……」島田は、笑った。「でも、そろそろ気づくよ。島田御大《おんたい》だとわかったら、戦闘機くらい飛ばしてくるかも。ん? それはないですか? ジョークです。すみません。それより、救援はどうなりましたか?」

「島田さんの組織が、助けにきてくれるんですね?」

「待てば海路の日和見《ひよりみ》主義だよ」

意味がわからない。とりあえず、今は、ドローンは飛んでいないようだし、パトカーのサイレンも聞こえなかった。車は、普通の道を、普通に進んでいる。周りに沢山の車が走っているので、飛ばすわけにもいかない。島田は、ときどきモニタに顔を近づけ、指を動かし続けている。車は自動運転に切り替わったようだ。前を見ているのは私だけである。大通りを左折し、標識に公園が近いことが記されていた。

「よぉし、それだ。それでいきましょう」島田は呟いている。私との会話ではない。コンピュータが相手なのだ。「周囲から見られない場所はありませんか？　トンネルとかないですか？　駄目だなぁ。じゃあね、地下駐車場は？　ないの？　田舎は困ったもんだ……、うーん、じゃあさ、大型トレーラを四台くらい走らせて下さい。近くにいるやつで、間に合わせて下さい。はい、プロテクトは破壊してもらって、けっこうです」

コンピュータ相手だと、比較的言葉が丁寧になる気がする。少なくとも、私よりは。

「警察の動きがモニタできた」島田は、私に向かって言った。「やっぱり、高速と国道を封鎖するつもりだ。単純なんだよなぁ。また、ドローンを飛ばしてくるよ。早く日が暮れないかな。今何時？」

「まだ二時です」私は答える。

「駄目だな。皆既日食《かいき》とかないしなぁ。ゲリラ豪雨でも来ませんか？　え、来ますか？　どこ、出して下さい。よしよし、わかりました、ありがとうございます。では、旧道で、そちらへ近づきましょう。えっと、そうですね、十五分くらいでしょうか。トラックは間に合いますか？」

「トラックを乗っ取るのですか？」私はきいた。モニタに、既に二台のトラックの位置が表示されているのに気づいたからだ。

「大きいし、乗っ取りやすい」島田は答えた。「ネットで全部つながっているしね」

「乗り換えるわけですね？」

「そう」

「でも、余計に目立つんじゃあ。運転席とか丸見えですよ、上から」

「雨が降ればね、大丈夫」

ドローンが、雨で落ちるのだろうか。私にはわからない。

「あ、そうか、見えにくくなるからですか？」

「貴方さ、自分のこと考えた？」島田は私に顔を近づける。「さっきの話、反芻《はんすう》してくれない？　自分の心に問いかけなさいよぉ」

さっきの話とは、私がロボットみたいな存在で、しかも、八田洋久の頭脳が取り込まれている、というものだった。まったく理解できない。取り込まれているとは、具体的にどういった状態なのか。そもそも、私が八田家に来たときには、まだ洋久本人はいたのだ。だから、彼の頭脳を私の中に入れることは物理的にできないはずである。そこまで考えて、少々馬鹿馬鹿しくなってしまった。

「何笑っているの？」島田が私の肩を押した。

「いえ、笑っていません」

「にやにやしてた」島田は眉を吊り上げる。「駄目なんじゃない？　そんなことじゃあさ」

「はい」気迫に押されて頷いてしまった。

だが、何がどう駄目だというのか、そんなことってどんなことなのか、とにかく、なにもかもすべて、私にはわからない。このままでは発狂しそうだ。車から飛び出していきたくなった。

6

公園の中の道を走った。車は自動運転であり、制限速度を守っている。島田は、ずっとモニタに片手を伸ばし、指を動かしながら、ぶつぶつと呟いていた。

そのうちに、空の雲行きが急に怪しくなってきた。辺りは夕方のように暗くなった。私は窓を開けて確かめたが、風が冷たく感じられる。雨が降りそうだ。

「包囲されたみたい」島田が言った。「どの道にも検問が立っている。ドローンが来ないのはどうして？　落とされたから、その対処をしているの？　うーん、やることが遅いんだ。それじゃあ、バイクの警官が来るんじゃないですか？　チェックをしていますか？」

雨が降り始めた。大粒だった。フロントガラスでワイパが動き始めた。

「カメラの位置を確認して下さい。そう……。よろしい、そこに並べて下さい。あとですね、方角は反対にしましょう。はい。東京に引き返します、経路を計算して下さいませ」

彼女は、そこで私をちらりと一瞥し、にっこり微笑んだ。

「心配しないでね」

「はい」

「一台は、小型のものを追加で呼んで下さい。どこからでもけっこうですから。えっと、荷物ですか？　それは、関係ありません。ええ、載っているもののことでしょう？　わかっています。無視して下さい」

島田は、急にステアリングを握った。マニュアルモードに切り換えたようだ。ドローンが来たのだろうか。私は、後方を振り返った。

「隠れていなくても、大丈夫ですか？」念のために私はきいた。

「まだ大丈夫」島田は答える。「さあ、いくぞ、特攻だ！」

「どこへ？」

「来たぞぉ、警察が」

私はモニタを見た。幾つかの点が動いているが、どこにいるのか、よくわからない。警察の車両を表示しているのか。

「これはね、警察の指揮官が見ている画面」島田は言った。「便利な世の中になったもんよ。ははは……」島田は高笑いする。ステアリングを切り、交差点で右折した。

「近頃の警察なんてね、大部分が人間じゃないわけ。コンピュータと機械なんだな。全部、デジタル君なわけだ。こちとら、人間だよ！」島田は叫ぶ。また、私をちらりと見た。「あ、今のは失言かもね。ごめん、ごめんなさいね。そうじゃないの、こちとら、アナログだ、が正しいかしら。まあいいわ。どっちだって……。一度口から出たら、吸い込めませんからね」

車は、さきほどまでの倍のスピードが出ているようだ。車線を変え、他の車を次々と追い抜き、信号を無視し、相手を急停車させ、急加速、急ブレーキの連続で暴走した。モニタの警察は近づいているようだ。サイレンは聞こえない。雨が激しくなってきて、その音が大きいためかもしれない。

ワイパが忙《せわ》しなく往復し、周囲は見えづらいが、島田は、フロントガラスに映ったCGを見て運転している。

「ドローンを飛ばさなくても、街にはカメラがいっぱいなの。特にね、公園は多いってわけ。悪いことをする奴が多いからさ。だけど、ドローンみたいに、上からは撮影しないから。警察はさ、上から見た映像を見ているつもりなんだけれど、それは、バーチャルなんだよ。処理されているだけ。そういうのに頼っているってことが、古い頭の奴らにはわかってない。ちょっと新しいものがあったらさ、便利だ、これからはこの技術だって、飛びつくだけ。失われたものに気づかない。そんなふうだから、あちこちで人災ばっか山のように勃発《ぼっぱつ》するわけだ。本当にデジタルを知っている者はね、この世界を過信しない。もっとさ、自分の腕を信じてる」

車は何度もカーブを曲がった。私は、モニタから目が離せない。島田が、どうして今、そんな持論を展開しているのか、意味がわからない。

また公園に戻ってきた。かなり遠くまで見渡せるロケーションだ。並行する離れた道路に、黒いセダンが走っている。距離は三十メートルほどしか離れていない。こちらを見ている運転手の顔までわかった。

「あれだ」島田はその方向へ腕を伸ばし、指差した。「警察だ、覆面だ。覆面だったら、おっきなマスクをさ、被って走ってたら愛嬌《あいきょう》があるのに」

その車の後ろにも、同じく黒い車が追いついてきた。道路と道路の間は、畑である。走れない。次の交差点でこちらへ来るだろう。モニタにも、その道が表示されていた。さらに、そのモニタは、前方と後方にも警察がいることを示している。そちらは、まだ距離があるようだが、このままでは、挟み撃ちにされてしまう。

「カモン・ベイビィ！」島田は高い声で叫んだ。

彼女は、ブレーキを踏み、ステアリングを切った。車はスピンする。私はダッシュボードに腕を伸ばして踏ん張った。左右に揺さぶられたのち、大きな音を立てて水飛沫《しぶき》を高く撥《は》ね上《あ》げる。車は再び加速。逆方向に走りだしたようだ。中央分離帯の切れ目を利用し、反対側車線に移ったのだ。前に沢山の車のテールライトが迫る。ワイパが高速で往復。渋滞しているのだ。というのも、ずっと前方に、大きなトラックが停車し、車線を半分塞《ふさ》いでいるためだった。そのトラックが何台も並んでいるようである。雨のため、遠くまではしっかりと見えない。

島田は、左へ車線を移す。他の車は右に寄ろうとしていたので、まったく逆だった。前方が開け、島田はさらに加速する。このままでは、停車しているトラックに追突するのでは、と私は思った。足を踏ん張り、腕も前に伸ばして突っ張った。

島田は、すんでのところでトラックを躱《かわ》し、歩道へ乗り上げる。駐車場へ入るスロープがあったのだ。それでも、車は一度跳ね、私は頭が天井に当たりそうになった。大雨のためか、人は歩いていない。歩道を走り、駐車しているトラック二台を行き過ぎる。すると、脇道があった。細い道だった。

急ブレーキ。同時に斜めに滑り、車はほぼ横向きになった。歩道からその脇道へ落ちると、すぐに急加速。

細い道路へ突進する。両側にビルが迫っている。雨が滝のように落ちてくる。ほとんど前方が見えない。センサのＣＧが頼りの運転だ。

「摑まって！」島田が叫んだ。

行止りだ。すぐ目の前に壁があった。

私は目を瞑った。

「エミナ・プサイ・タンドグルゥ！」島田が叫ぶ高い声。

躰は前のめりになる。

頭が膝に押しつけられる。

短いスロープみたいなものを駆け上がり、車はジャンプした。

暗い穴の中へ突っ込む。

目の前になにかが一斉にぶつかってくる。

急停止。

力一杯踏ん張っていたが、衝撃は、さほどではなかった。

急に静かになった。

雨が止んでいる。

フロントガラスには、潰れた段ボール箱が積み重なっていて、前が見えない。

横を見ると、金属製の壁が迫っていた。私は後方を振り返った。シャッタのようなものが下りている途中で、やがて完全に閉まった。薄暗いが、なにも見えない暗さではない。どこかに照明があるのか。

そこで、鈍い加速度を感じる。車は動いていないはずなのに、走りだしたような一瞬の感覚。その後、振動も続く。

島田は、モニタを睨み、また指で操作をする。

「トラックは、全部発車して下さい。はい、そうです。私のコードを守って下さい。

あとは、そうですね、どこへでも行くがいいわ」島田は言った。「あらら、こりゃ駄目だ、GPSが利かなくなっちゃった。このコンテナ、グラスファイバじゃないの？アルミ？　ああ、ちゃんと指定しておくんだった。しょうがない。あとで、運転席へ移ろう」

どうやら、私たちの車は、トラックのコンテナの中へ突っ込んだようだ。今は、そのトラックが走っている。だから、揺れているのだ。私たちが荷物になったということである。

島田は、大型トラックを四台、表通りに縦列《じゅうれつ》駐車させておき、それを囮《おとり》に使った。その途中から路地《ろじ》に入ったところに停車していたのは、比較的小さなトラックで、私たちは、その荷台に飛び込んだ。五台のトラックが、プログラムどおり走りだしていて、その行き先は、島田が既にインプットしたようだった。警察は、島田の車が消えたことで、その地点にいた四台の大型トラックのいずれかに隠れた可能性を疑うだろう。それが彼女の作戦だったのだ。

「こちらは出られない」島田はドアを開けようとしていた。「そちらは？」

私はドアを開けてみた。壁までの距離は十五センチほどだった。ドアを開けても隙間は十センチも作れなかった。

「駄目ですね」私は答えた。

「窓から出るか……」島田はサイドの窓を開けた。そこから上半身を出して確かめている。「なんとかなりそう」

「何のために出るのですか？」私はきいた。

「だから、運転席へ移るためだよ」島田は答える。顔は見えない、窓の外だ。「前に出て、この段ボールをどけて……」

「運転席には、通じていないのではないでしょうか」私は言った。

「え？　そうなの？」島田は再びシートに座った。私に顔を近づけた。「何で知っているの？」

「さあ……」私は首を傾げた。「なんとなくですけれど……、でも、トラックって、そうじゃないかなって……」

「あそう。貴方の言うことの方が正しいかも。私もそんな気がしてきた」島田は溜息をついた。「てことは……、トラックを一度停めないと、駄目ってわけか……。まあ、そのうちチャンスがあるでしょう。でも、不安だよね。周りが見えないってのは……」

「しかたないのでは？」

私がそう言うと、島田はゆっくりとこちらへ顔を向け、じっと私を睨んだ。これまでにない厳しい表情である。

「何だって？」彼女は押し殺した声でそう言った。

「いえ、なんでもありません」私は彼女の視線を必死で受け止める。

「違う！　今、何て言ったってきいてるの」

「ああ、えっと……、しかたないのでは、と言おうとしました」

「言おうとした？」

「いえ、言いました。はい、たしかに言いました」

「どういう意味ですか？」島田は顎を上げる。

「あ、いえ、意味は、それほどないように思います。ただ、しばらくは、ここから出られない。出れば見つかってしまう可能性がありますから。したがって、このまま我慢している方が得策ではないか。それ以外に有効な方法がない、という意味での、しかたがない、という言葉です、はい」

「うん」島田は大きく頷いた。「やっぱ、そうだよ」島田は満面に笑みを浮かべる。

「やるじゃんか」彼女は私の膝を叩いた。「貴方さ、ロボットじゃないよ、もう……」

「は？」私は首を傾げてしまった。

「人工知能がさ、しかたがない、なんて言うか？　それは、明らかに人間の台詞《せりふ》。人間の思考回路が移植されているから、出てくる言葉だよ」

「ああ、そうなんですか、それは気がつきませんでした」

「いいえ、私は、最初から変だと、いえ、違うなと睨んでいたわよ。一年かかったけれど、頭脳構築のアルゴリズムは、ちゃんと生きているんだ」彼女は、自分の頭の横に人差し指を突き立てた。「移植したのに、全然効果が現れないから、失敗だって周りから言われていたんだよ。さすがの島田さんもね、地獄を見たわよ。でもさ、新しい自律神経とかセンサとか、最初からインストールされているメモリィとかさ、そういうメカニカルな環境に順応できるかどうかってとこなの、問題はね。なぁるほどなぁ、やっぱ不足していたものは時間だ。こればっかりは、データがなかったからシミュレートできなかったわけ。あぁぁ……、今すぐに、貴方の頭の中を見たい。履歴を解析したい。あぁぁ……、成功だったんじゃん！　やったじゃないのぉ！　これは、ちょっとしたものだよ！　金字塔よ！」

「そうですか。私が役に立ったと理解しても良いのでしょうか？」

「役に立ったわよぉ。愛してる。新しい人類の歴史が、今始まったのよ。夜明けだわ。ああ、素晴らしいったらありゃしない」島田は両手を胸の前で組んだ。「無理して生きていて良かったぁ。ありがとうございます。神様、仏様、布袋《ほてい》様、弥勒菩薩《みろくぼさつ》様、百済観音《くだらかんのん》様、えっと、真賀田博士、どうもありがとうございます。大感謝、超感激、ああ、信じられないよぅ。この歳になって、やっと私という花が開いたのよ。崖っぷちに咲いた一輪の可憐《かれん》な花ですよ……、故郷はもうないけれど、どこでも良いから、錦《にしき》を飾らなきゃ……」

「あのぉ……、この歳というと、おいくつなのですか？」

「ふう、もう、バラ色。私って、やっぱ、ピンクなのね、基本的に。え？　何？　なにか言った？」

「いえ、あの、島田さん、おいくつですか？」

「女性に歳をきくな、馬鹿」島田は言う。

「すみません。そういうルールが、ああ、そういえば、ずっと以前にはあったと聞いたような気がします」

「まあ、今、わりかし暇だし、貴方には聞く権利があるかもしれないから、話すけれどね」島田は、そこで口許を緩めた。怒っていたわけではなさそうだ。「私、今は、こんな美少女の姿しているけれど、実は、えっとぉ、もうすぐ百歳になるの」

「百歳ですか？」私は、彼女を見た。顔を見て、それから、全身を見た。「美少女っていうのは、ちょっと……」

「何?」

「いえ、少女ではないでしょう、いくらなんでも」

「だんだん、口答えするようになってる。うん、目覚めている感じかな。状況に免じて許そう」

「いえ、客観的な判断をしているだけです」

「そういうあんたもね、八十歳なんだから。躰は若くても、頭脳はおじいちゃん」

「いえ、まだ、その自覚は、残念ながら、ありません。想像ですが、八田博士の頭脳ならば、もっと明晰《めいせき》で思慮深いのではないでしょうか?」

「まあ、かなり損傷があったんだな、おそらく。貴方は、一種、ダメージ品かもね」

「あの、おききしたかったのは、八田先生は、一年まえまでいらっしゃいました。私はそのさらに一年まえから、八田家にお世話になっています。つまり、私に八田先生の頭脳が移植されたとしたら……」

「移植したなんて言ってないでしょ」

「ああ、えっと、取り込まれたのなら、矛盾《むじゅん》していませんか?」

「してない。二年まえの八田先生の頭脳を取り込んだの。コピィしてね。ダウンロードに半月近くかかった。それで、それを人工頭脳回路のストラクチャに二カ月もかけてインストールしたわけだ。でも、貴方は、まったくその反応を示さなかった。ただのロボットのままだった。八田先生は、心配されて、貴方を自分の手許に置いておくことにした。執事か書生か知らないけれど……、あれ？　あそこで何をしていたの？　どんな役目だった？」

「私ですか、私は、執事だと自覚していましたけれど」

「でも、お手伝いさんのロボットがいたじゃない」

「桂川さん」

「そう……、だから、家族にどう説明したのかな、八田先生。あ、研究上の助手ってことにしたとか？」

「それはですね、はい、思い出しました。八田先生の友達の研究者が亡くなったので、譲り受けた、と皆様にご説明されました」

「ふうん……。思い出したって、忘れていたの？」

「はい。事実に則しない記憶は、メモリィに留まりにくい傾向があります。ぼんやりとした、夢みたいな記憶になります」

「事実に則しないって判断は、誰がするの？」

「自分で」

「ふうん……。そりゃまた、律儀なことで」

トラックは快調に走っているようだ。最初のうちは雨の音が聞こえていたが、今はしていない。島田は、この現在位置をモニタの地図上に表示させていたが、まったく動いていない。このトラックのコンテナは金属製のため、短い波長の電磁波信号が届かないからだ。警察の情報もさきほどまで得られていたが、それもウィンドウが真っ黒になっていた。警察の動向は現在わからない。それを知るためには、島田が持っている小型端末を、このトラックの外に出さなければならないだろう。

「ああ、そうだ。トラックのコンテナには、換気口があります。ファンが回っているはずです」私は思いついて言った。

「だから何？」

「その換気扇を取り外したら、穴が開きますから、そこからアンテナを外に出せば、島田さんの端末が、衛星とやり取りができるはずです」

「うわ！　なんで、それ、早く言わないの！」島田は腰を上げた。「どこにあるの、換気扇は」

「わかりませんが、たぶん、前の方だと思います」

「そういえば、さっき、運転席へは通じていないって言ったけれど、あれは、ロボットの一般教養？　それとも、八田先生の知識？」

「さあ、どちらでしょうか。私には、まるで区別ができませんが」

「もしかして、貴方、自分が八田先生だって自覚しているんじゃない？　知らない振りしているだけとかじゃない？」

「私が自分を韜晦《とうかい》していると、おっしゃるのですか？」

「何だとぅ？　トーカイって何よ……、あ、そうですか、わかりました」島田に意味を教えたのは、端末のコンピュータだ。彼女は私を睨んだ。「何で、そんな言葉知っているわけ？」

「失礼しました。つい……」

7

車の窓から、二人とも外に出た。ドアからは出られなくても、窓からは出られるのだ。これは、車が上になるほど幅が狭くなっているスタイルだからである。外といっても、トラックのコンテナの中だ。長さは、四メートルもない。両側も壁が迫っていたが、前後もほとんど余裕はなかった。つまり、ぎりぎりのサイズのスペースへ島田の車は飛び込んだわけである。コンテナには、沢山の段ボール箱が積み込まれていたが、壊れているものを見ると、中身は野菜だった。レタスのようだ。したがって、段ボール箱と大量のレタスがクッションとなって、島田の車はコンテナの中で停止した。運動量は、これらが潰されることで吸収されたのである。

見た感じでは、コンテナの中に四分の一ほどしか段ボール箱はなかったようだ。この点は幸運だったといえよう。もしこれよりも多かったら、車がコンテナに収まらず、後ろのハッチが閉じられなくなっていただろうし、もし箱もレタスも少なかったら、コンテナの前面にぶつかって、少なからずダメージを受けていたのではないか。

さて、換気扇を探すには、段ボール箱とレタスを移動させる作業が必要だった。これがなかなかの重労働だとすぐにわかった。広い場所があるわけではないので、島田の車の屋根の上など、とりあえず別のスペースに押し込むようにして移動させ、その結果現れるコンテナ内壁を少しずつ見ていくしかなかった。全体を一度には見られないのだ。しかも、トラックは走っているし、信号で停車することもある。前後左右に予告なく揺れる。ただ、倒れるようなスペースはないので、周囲に躰をぶつけるだけである。

それでも、思ったとおり、左前の高い位置にそれは見つかった。プラスティックで、十五センチ四方くらいの大きさだった。プラスのドライバがあれば、内側へ外せそうだった。

今度は、島田の車の後ろへ回るために、段ボールとレタスを移動させた。リアトランクに工具が入っているからだ。これに五分ほどかかった。プラスドライバを手にして、換気扇のカバーを外したのは私だった。私の方が背が高いので、私が担当した。カバーを外したら、モータとファンが一緒に取れた。外側にもプラスティックのメッシュがあった。これは引っかかっているだけで、すぐに外すことができるが、外さなくても、隙間からアンテナが出せるだろう。

小さな窓から外が見える。島田は、車の中に再び入り、自分の端末を持ってきた。衛星通信用の小さなアンテナは、車の屋根に取り付けられていて、磁石《じしゃく》で引っ付いているだけのものだ。一メートルほどのケーブルも外した。このアンテナを、プラスティックのメッシュの間を無理矢理突き通し、外に出るようにする。これで、アンテナが機能するはずだ。

問題はケーブルが一メートルほどしかなく、端末を手に持っていなければ使えないことだった。このため、比較的形が崩れていない段ボール箱を積み重ね、それを台として使うことになった。

島田は、さっそく端末でアプリを起動し直し、通信を始めた。一分もしないうちに、モニタにさきほどと同じ、警察の配備図が現れた。現在の位置も精確にわかった。

「あまり変わってないなぁ」島田は呟いた。「四台のトラックを追跡しているのは確か。今のところ、こちらへは来ていないみたい。逃げ切れるんじゃない、これだったら。次の手も考えてあったけれど、使わなくても良さそう」

「どんな手を考えていたんですか?」

「いろいろ」島田は答えた。「たとえば、タンクローリィを横転させて、交差点を塞ぐとか、運河の橋を上げたままにするとか、踏切が閉まったままにするとか。何だってできる。フェリィを防波堤に突っ込ませるとかもできる」

「全部テロじゃないですか」

「島田文子がやっているって、わかってしまうから、あまり目立つことはやりたくないのよ」

「そろそろ、警察も島田さんの存在に気づく頃ではないでしょうか」

「そうだね。公安が動きだしたら、ばれるかも。でも、私、いちおう死んでいることになっているから。たぶん、まだ、それを信じているんじゃないかな」

「信じていないかもしれませんよ」

「そう思う？　どうしてそう思う？　名前を名乗ったくらいじゃ、判断できないと思うけれど」

「なんとなくです」私は言った。自分でも、理由は出てこない。「根拠となるようなデータは示せないのですが」

「そういうときは、八田先生の思考が入っているんじゃない？」

「そうかもしれません」

「全然自覚はないの？」

「ええ、ありません」

「本当？」

「本当です」

本当だろうか、と私は自問した。自分でも、その判断がつかないのである。自分は、今、どうやって考えているのだろう。一つの頭脳で考えているのだろうか。たとえ二つの頭脳で考えていたとしても、それが自覚できるものだろうか。

「あの、きいてもいいですか？」

「駄目」

「何をきくか、わかりました？」

「どうして、百歳なのに美少女なのですか、でしょう？」

「あ、違います。いえ……、まあ、だいたい、それに近いのですが、どうして、島田さんは、その姿なのですか？　教えてもらえませんか？」

「だから言ったでしょう。私はね、最新型なの」

「そういえば、ニュータイプっておっしゃっていましたね」

「そうだよ。貴方は、悪いけど、ちょっと古い方かもね。ごめんなさいね、ショックだった？」

「いいえ、大丈夫ですが」

「私、一度ね、死んだんだけれど、そのあと蘇生して、別の躰を充《あ》てがわれたわけ。それはそれは恐ろしい姿だったんだから。もうね、えっと、蜘蛛女《くもおんな》みたいなもん」

「スパイダ・ウーマンですか？」

「そんないいもんじゃないんだな。移動するときは六本足なわけ」

「蜘蛛なら八本では？」

「余計なことはいいの。だから、研究に研究を重ねて、やっとこさ、人間型のロボットに移植する新技術を開発したってわけ」

「やっぱり、移植なんですね？」

「違う。今のは、言葉の綾ってやつ。えっとね、頭脳を物理的に移植するんじゃないの。全然違う。頭脳回路を、擬似的に構築させるわけ。ニューラルネットワークの構築プロセスに、個人の頭脳から遺伝子アルゴリズムをまず抽出して、その履歴から、同じようにリンクを増殖させる。簡単に言えないんだけれど、ようするに、頭の作り方をコピィして、それを電子的に再現する。だから、元の頭脳には損傷はなくて、単なるシステムのコピィというか、似た意識を再現するってことになる。上手く設計どおりに構築すれば、もう同じ器ができたわけで、あとは、メモリィ上のデータを転送するだけ。ほとんど同じ思考回路を持つ個人がもう一体できてしまう。人間の頭脳のシステムだけを、そうやってインストールできるの。わかります？」

「ええ、なんとなくですけれど」

「眠くなってない？」

「大丈夫です」

「で、言ってしまえば、貴方が最初のモデルだったの。理屈では上手くいくはず。シミュレーションは重ねたし、別に危険はない。だって、プロトタイプとなる個人は失われない。工事記録のコピィを撮るだけなんだから」

「私は、八田先生のコピィだったのですね？」

「そういうこと」島田は舌打ちする。「ちょっと、いろいろあって、なんか、ぱっとしなかったけれど、でも、貴方の存在によって、貴重なデータが沢山得られたわ。だから、次に、私を作ったの。一年以上かかったけれど、改良に改良を重ねて、こうなったわけだ。ほら、大違いでしょう。貴方とは」島田は自分の鼻を指差した。

「そうみたいですね。少なくとも、島田さんは、島田さんだという自覚があるわけですね？」

「そこ……、良いところに気づいたわね」

「そこしか気づくところはないと思います」

「言うわね……。まあ、たしかにそうなんだ、これはね、少々荒療治になるんだけれど、ポスト・インストールすることで、補正できると思う。そうすれば、自覚できる。まあ、強制的な催眠術みたいな感じだけれど」

「なるほど。では、私も、そのポスト・インストールをしてもらえば、八田先生になれるのですね」

「まあ、そうね。でも、そのまえにいろいろ処理が必要だけど」

「島田さんは、ロボットなんですか？」

「馬鹿言うんじゃないわよ。私は、島田文子です。きっちり個人の自覚を持っているんだから」

「でも、プロトタイプの島田文子さんも、どこかにいらっしゃるのでしょう？」

「まぁね……。いたらいけない？　二人いてもいいじゃない。それに、だんだん別人格になるわけよ、違う人生を歩みますからね。大昔にさ、クローン人間でそんな間違ったイメージをみんな持っていたんだよね。あれに近いな。どっちにしても、すっかり人間、歴《れっき》とした人間だってこと」

「人間なんですか？」

「どこが人間と違う？　私には違いがわからない。私自身にわからないんだから、誰にもわからないじゃない？　そうでしょう？」

「私は、人間ですか？」

「立派な人間だよ。自信を持ちなさいって」

「そうですか……。でも、充電しないといけませんけれど」

「そんなの、ごくごく些細《ささい》な問題じゃないの。充電が必要な人間なんて、病院へいったらうじゃうじゃいるじゃない。普通の人だってさ、端末の充電しなかったら死んじやうかもしれないよ。そもそも、ご飯を食べることが充電なんだからさ。チャージって言ったら、同じこと」

「そうかもしれませんね」私は頷いた。少し元気づけられたかもしれない。「でも、こうやって、警察から追われている現状に関しては、あまり感心できませんね」

「しょうがないじゃない」

「もう少し、こっそりと、私に知らせてくれたら、なんとかなっていたんじゃないでしょうか。あんな、スーパで強引に脱出しなくても……」

「駄目。貴方さ、まだわかってないんだ」

「何をですか？」

「貴方が吉野公子を殺したの。だから、警察に摑まっちゃうわけ。私は、貴方を救いにきたんです。今、警察に追われているのは、私の組織のことも多少はあるかもしれないけれど、貴方がしでかした犯罪が大元なの」

「それ、でも、私にはまったく記憶がないのです……、本当に、私がやったことなんでしょうか？」

「うん、記憶がないのだから、もちろん、今の貴方には責任がない。ということは、無罪」島田は言った。「私には、その道理が理解できる。でも、普通の人にはわからないわけだ。貴方が嘘をついているかもって思うでしょう？　警察だって、貴方を摑まえないわけにはいかない。それから、裁判になって、弁護士を立てて……」

「ロボットならば、人は殺せないと理解していましたが」

「故障すれば、事故はあるでしょ」島田は言った。「そうなると、メーカの責任になる。人間が死んだら、誰かが責任を取らなきゃ。だいいち、貴方は、ロボットじゃないわけですよ。殺人を犯したことが、それを証明している」

「そうですか……。もし、私がやったことならば、私は償《つぐな》いをしなければなりません。たとえ、身に覚えがなくても」

「貴方は、自然に生まれたわけではないけれど、人間なのね。まず、それが一番大事なこと。殺人は、単なる事故だったと思うしかない。責任を感じる必要はないわよ」

「そうは言っても……」

「その人間の部分が、貴方の中では、無意識だった。夢の中で起こったことなんだから」

「そうなると、八田先生は、もしかして、吉野先生を殺す動機を持っていたのですか？」

「私、それを調べました。ええ、そのとおりです。八田先生の奥様が亡くなっているでしょう？　そのとき、医者のちょっとした判断ミスがあった。もちろん、吉野医院としては認めていないけれど、八田先生は、吉野先生のミスが原因だと信じていた。奥様は、死なずに済んだ。もう少し延命していれば、貴方みたいな処理ができたかもしれない。つまり、奥様の頭脳を取り込んで、機械の躰によって生き返ることができた。それが間に合わなかったことを、八田先生は悔やんでいたのね」

「八田先生が、実際にそうおっしゃっているのですか？」

「残念ながら、八田先生とはお話ができていません」

「本当に、吉野先生を恨んでいたのでしょうか？」

「恨んでいたということはなかったかもね。理性では諦めていたでしょう。彼はジェントルマンですから。だけど、心の中では、蟠《わだかま》りがあったんじゃない？　それくらい、誰にだってあるわよね。貴方の頭の中では、八田先生の頭脳回路は、まだ子供みたいなものなの。発達途上の、幼い段階にあったと思われる。理性と感情がバランスを保って、同時に成熟する保証はない。貴方は、そういうアンバランスな頭脳を、無意識に持っていた。わかるかな？」

「それでも、殺人を犯すようなところまでいくとは……」

「そう考えるのは、今の貴方がまともだからかも。でも、半年か数カ月まえは、そうじゃなかったでしょう？　計画を立てて、プログラムを組んだ。仙崎さんもコントロールしていたんじゃない？」

「私がですか？」

「うーん、まあ、君の中に隠れている子供の八田先生、といっても良いかもね。仙崎さんは、八田先生の取材をしていた。八田先生にしてみれば、コントロールしやすい人格だったってこと。ほら、あの小説だって、そう」

「小説？〈ψの悲劇〉のことですか？　あれが、なにか関係が？」

「八田先生が書いたプログラム」島田は言った。「もちろん、貴方の中の八田先生が書いたって意味だよ」

「私が、あの小説を書いたのですか？　いつですか？」

「いつからかは、わからない。でも、大久保先生が来たときよりもあとに、貴方は、あのコンピュータを触った。マウスが左へ移動していた。貴方がキーボードを操作したからです。同じようにして、小説も書いたってこと。もっとも、小説というのは表向きの木馬」

「木馬？」

「そう。トロイの木馬。知ってる？」

「ウィルスのことですね？」

「そう……。それも、読んだ人間によって、作用が違う。読んだのが、ナチュラルな人間なら、ただの小説だけれど、今時、そんな人いない。誰だって、端末は持っているし、端末を通して読むし、その端末で、さまざまな健康管理もしているし、ちょっとした知識の補充、検索、連絡、いろいろ神経と直結させている。お金持ちだったら、もう当たり前のこと。吉野先生なんて、それはもう、そうとうチップをお持ちだったのよ。だからさ、そうそう、あの夜、私のタブレットを覗いて小説を読んでたけど、あのままなら良かった、なにもおこらなかった。でも、部屋へ帰られて、続きが気になって、自分の端末で読まれたのね、きっと。途端にウィルスに感染して、夜中に夢を見た。呼び出されたんだと思う。起き出して、実験室へ行った。夢遊病者みたいなものね。どう、思い出した？」

「いいえ、全然、なにも」私は首をふった。「もし、それが本当のことだとしたら、恐ろしいお話ですね」

「何、それ。第三者ぶっちゃって……。全部、貴方が仕組んだことじゃないの。私、なにか嫌な予感がしたんだ。貴方が暴走するんじゃないかってさ」

「暴走？　私が？」

「そう、だから、馬鹿な振りをして、パーティに紛れ込んで、貴方を見にきた」

「そうだったんですか。私が目的だったのですね」

「でもさ、小説とは、気づかなかったよ。それに、まさか、吉野先生を殺すなんてね。さすがに、想定外でした。はっきりいって、完敗。八田先生が、完全に上手《うわて》だった。だけど、ごめんなさい。貴方を止められなかったのは、たしかに、私の責任なんだな」

「そんなことは……」私は、何故か首をふっていた。

「だから、殺人については、私にも、半分は責任がある。ひしひしとね、そう感じているからさ、貴方を見殺しにはできないってことです。こうして、躰張っているわけじゃん、なんとかしてあげようと」

「ありがとうございます」

「感謝してよね。ホント。危ない橋を渡るような人間じゃないの。私って、もっとね、お淑《しと》やかでね、お嬢様なんだから」

「でも、百歳なのでは」

「お黙り！　歳には関係がないでしょ。減らず口叩くんじゃないよ！　まったくぅ、馬鹿たれが」

「すいません。申し訳ありません」

「よしよし、素直でよろしい」島田は一瞬で笑顔に戻った。「わかれば良いのよ。それに、そのうち、すべてを思い出して、ショックを受けるかもしれないから、今真実を聞いておいた方が良いと思うわ」

「思い出すというのは、自分のことをですね？」

「そう、たぶんね」

「思い出さないかもしれないのですね？」

「どちらかは、わかりません。でも、いずれは、思い出すと思うわ。保証はできませんけれど……。その兆候がいろいろ表れているし。まあ……、なにしろね、貴方が最初なんだから。やってみないとわからないの。科学技術っていうのはね、試行錯誤なのよ、最先端では、特にねぇ」

8

島田は、端末を操作して、警察の動向を確認し、それらを避けるように、このトラックの行き先を三度ほど変更したようだった。ほかの四台のトラックのうち、既に三台が警察に停められて、搭載されているコンピュータの確認が行われたようだ。残る一台も時間の問題だろう、と彼女は言った。

そうなると、島田の車はどこへ消えたのか、ということになる。あの近くを走っていた車や、建物のカメラを再度確認するだろう。そうなれば、今隠れている小型トラックがいずれは見つかってしまう。それは、島田も想定しているようだった。

時刻は、五時半である。既に、このトラックのコンテナに二時間半ほど乗っていることになる。現在は、東京都内の一般道を走っていた。島田は、行き先を教えてくれないが、当てはあるようだった。

「私も貴方も面が割れているからね。地下鉄とか乗れないんだよな」島田は言った。「とりあえず、変装しなくちゃね。車はもう使えないし。これ、気に入っていたんだけど、バイバイね、クロちゃん」

「クロちゃん？　誰のことですか？」

「私の車の名前」

トラックが停車し、後ろのハッチが上がった。島田が、コントロールしているのだ。私たちは、外に出た。既に日が暮れている。商店街の明りがすぐ近くに見えた。ハッチはすぐに閉じられ、トラックは発車した。

「どこへ行かせたんですか？」私はきいた。

「ディズニーランド」島田は答える。「本当は、私が行きたかったんだけれど。ちょっと無理があるから。せめて、クロちゃんだけでも」

島田について歩く。人ごみの中を進み、商店街のアーケードの中に入った。私の知らない街である。人が大勢歩いている。仕事が終わった人たちが、これから食事をするのだろうか。店も明りを灯し、客を呼び込んでいた。

島田は、ある雑貨店の脇にある階段を上っていった。二階は別の店のようだ。衣料品店らしい。ドアを開けて中に入ると、雰囲気が少し違っている。芝居がかったというか、派手な服装ばかりなのだ。舞台衣装かもしれない。普通に着るものではない。そのほか、金髪の鬘《かつら》なども並んでいる。付け髭《ひげ》もある。そうか、変装をするための道具か、と納得はしたものの、少し派手すぎるのではないか、と私は感じた。

「私は、鬘だけで大丈夫でしょう。ロングにしようっと。服装は見られていないからね。君は、全部替えなくちゃ駄目。髭をつけて、メガネをかけて、そうね、ちょっと年寄りになりなさい」

言い返すこともできず、島田が選んだものを着ることになった。試着室で着替え、そのまま購入する。いちおう、紙袋にこれまで着ていたものを入れてくれた。手慣れたものである。階段を下りて、再び人の流れに乗った。

「地下鉄に乗るよ」島田は言った。

「はい」私は返事をする。

「サンタクロースみたい」島田は、私を見て笑った。

私たちは、地下への階段を下りていき、改札を通って地下鉄のホームに出る。私は、目立つファッションだったから気が気ではなかったのだが、誰も私に注目しなかった。電車がホームに入ってきて、それに乗り込んだ。地下鉄には滅多に乗らないので、新鮮だった。もしかして、この二年間で一度も乗っていないかもしれない。だとしたら、これが初体験ということか。

私は少し驚いていた。そう、初めてなのだ。しかし、初めてだとはとうてい考えられなかった。私の潜在意識が、そう思わせているのだ。私は、二年まえに作られた機械なのに、ずっと以前から生きているような感覚を持っている。これは、機械的にインストールされた知識ではないはず。過去の体験の名残《なごり》とでもいうのだろうか、そんなフィーリングがいつもあったのだ。

この二年間という時間が、私の人生のすべてだったという感覚は、むしろ皆無である。二年間の記憶は確固としてあるものの、しかし、それは日常に没した無機質な記録でしかない。それなのに、ときどき湧き起こる疑問、興味、関心、違和感、そして懐かしさのような思慕《しぼ》の方が、何故か愛おしいし、輝いているようにさえ感じられた。今も、地下鉄に懐かしさを感じているのだ。

おそらく、私にはその体験があったのだ。どこかわくわくする。子供のときかもしれない。子供のとき、というのは、その言葉だけで、どこかわくわくする。

時間をかけて、私は自分を取り戻そうとしているのだろうか。

だとしたら、これは成長と呼べる現象かもしれない。

そうであってほしい、と願う気持ちも、存在するように感じられるのだ。

気持ち？　それは、どんなものだろうか？

駅で乗り換えた。大勢の人間が歩いている。皆が人生を持っているのだ、と私は考えた。そんなことは、今まで一度も感じたことはない。ばらばらに歩いているのに、お互いにぶつかることなく、人が流れていく。誰もが、自分の目的を持っていて、お互いに干渉せず、しかし、争うこともなく、自分の脚で歩いている。同じパイプの中を流れる液体のように見えるけれど、けっして混ざることはない。それぞれの目的を忘れることはない。そして、しだいに分岐して、それぞれ別の道へ向かう。最後はまた一人になるのだろう。

一人から始まって、最後も一人になるのか。

生きているというのは、結局はこの流れのことなのだ。

私は、はたして生きているものといえるのか。

私は機械だ。私を歩ませているものは、エネルギィとメカニズムであって、つまりは水が高いところから低いところへ流れていく現象と同じものだ。まちがいなく無機なのである。

だが、私には、有機のストラクチャが再現され、組み込まれ、有機の記憶が刻まれた。それは、生きていることと、かぎりなく近い。

私は意識を持っている、と意識できる。

私というものを、疑うことなく、知っているのだ。

私は、私には証明できる。

私は、私だからだ。

島田文子が言ったことで、私は動揺しているのだろうか。

否、むしろ、心地の良い安堵感を、軟らかく抱きつつあった。

さまざまな不条理の欠片《かけら》が、一つずつ結びつき、形を成しているイメージがあった。

再び電車に乗り、次に降りた駅は、人の少ないホームだった。トンネルの中に吸い込まれていく電車のライトを見て歩いた。生暖かい風を感じながら、人々は階段を上がっていく。地上に出ると、宇宙のように暗かった。

私は夜空を見た。

真っ黒な空だった。

間隔を置いて灯るライトの下を歩き、高いビルの中へ入った。

ロビィの天井の中央には、ガラスのドームがあって、空間を突き進む宇宙船のようだった。レトロな装飾のエレベータが口を開け、私たちは乗り込む。数字が点灯し、切り替わっていく。

一つずつ。

順番に。

私たちは、宇宙を目指して上昇する。

ドアが開いたところには、紫色の絨毯が広がり、白い壁面には、植物のレリーフが、左右対称の秩序を誇って並んでいた。ドアが無音で開き、蒸気のように曖昧な部屋の空気のむこうには、奥深い空間が漂うように展開した。

音、言葉、消えていく信号。

影、輝き、拡散する粒子群。

「ここは、どこですか？」疑問が、空気の振動を励起《れいき》する。

「八田先生に、会いたかったのでしょう？」女の質問も、重力空間の歪《ひず》みとなって波状に伝播《でんぱ》した。

緻密《ちみつ》さを反射するタイルは、正六角形。

正面の窓の外には銀河の雲。

白い大きなソファに、髪の長い女性が座っていた。

香か、それとも、金箔《きんぱく》か。

弓か、あるいは、呪縛か。

「失敗ではなかったのね？」その女性の声は、透き通るような正弦波だったので、一部のディメンションで一瞬の共鳴を誘った。

私は、二つの青い目に囚われていた。

「失敗だとは、思っておりません」私の横の女が答えている。「しかしながら、心配していたのは、ええ、事実です。今は、恥ずかしながら、興奮しています。エラーが出ないことを祈ります」

「祈る？　誰に？」

「自分自身に」

「エラーが出た方が、きっと精緻《せいち》を極めることでしょう」

「感謝いたします」

「誰に？　貴女のプロジェクトだったはずです」

「いえ、でも、すべては博士のお導きで、ここまで来られたのです」

「導いてなどいません。どうして、導かれたなんて思うの？」

「私は、生かされています」

「面白い感覚ね。それよりも、彼が、八田博士として帰るのが順当でしょう」

「え？　どうしてですか？　でも、八田博士ご自身は？」

「眠られました。そうお決めになったようです」

「そうなんですか……。残念です。それは、とても残念です」女の声は、泣き声になっていた。すすり泣く声を、私は聞いた。

二人の会話を聞いているだけで、しだいに私は不安定になっていった。

それは、精神的なものというよりも、むしろ肉体的な。

躰がふらついて、真っ直ぐに立っていられない状態だった。

目を瞑り、膝を折った。

床に手をつき、冷たいタイルを見つめた。
平衡感覚が失われ、重力も消えたように感じる。
目を瞑っていた。
暗闇。
無音。
無機。
しかし、意識はあった。
意識だけ。
気持ちだけ。
私だけ。
思いだけ。
問う。
教えてほしい。
どうか……。
私は何者か。
ただ、問い続けていた。

第４章　小考の解

何かが彼を駆り立てた。深い自己内省と、周囲の世界に鋭い批判をもつ彼ではあったが、それにもかかわらず、現在彼をとりまくいまわしい空気に対しては、どう手の出しようもなかった。それを批判することも分析することもできなかった。その前では彼の理性も力を失ったかに思われた。それは鉛の重錘《おもり》のように彼の上にのしかかってきた。

1

鈴木は、その夜のうちに八田家に戻ってきた。家族は心配していたが、鈴木は、財布を落とし、車に乗れなくなり、それを街で探し続けていた、と説明した。食料品を買ったのに、それらも代金が払えず、結局店に返してきた、と話した。

その鈴木は、私ではない。

私は、彼から抜け出して、八田洋久になった。ボディを入れ替えたのだ。

プロトタイプの八田洋久は眠りについた、と説明を受けたが、つまり自殺したという意味なのだろう、と私は解釈した。彼なら、きっとそうするのでは、と考えたからだ。

自殺した者を蘇生することは、この団体では禁じられているらしい。否、そのことをプロトタイプの洋久は知っていたはずだ。私とは、二年も別の人生を歩んでいるので、既に、私には彼の気持ちが理解できないのかもしれない。ただ、もう充分に生きた、という感覚と、私という最後の実験が無事に終わった感慨が、おそらくあったものと想像できる。

したがって、私が、事実上八田洋久の後を継ぐことになったのである。

私は、すなわち八田洋久は、一年と一カ月振りに、自宅に帰ってきた。これは、ちょっとしたニュースになった。事件が続いた八田家は、この明るい奇跡で活気を取り戻した。

八田洋久は、家を出たときのことを覚えていなかったが、ある施設にいたらしい。転んだのか、軽い怪我をしていたという。彼は自分の名前さえ答えることができず、過去の記憶のほとんどを失っていたため、記憶障害と診断された。持ち物にも、彼が何者かを示す手掛かりがなかった。怪我はすぐに治癒《ちゆ》したが、彼はなにも思い出せなかった。ただ、〈ψ〉というマークをよく書いた。ペンと紙があると、その記号を繰り返し書いたそうだ。

吉野公子の殺人事件が報道され、週刊誌がその不思議な状況を取材して発表した。この記事を書いたのは、仙崎秋宏だった。そして、その週刊誌を、洋久がいた施設の職員がたまたま読んだのである。彼は、警察にそのことを連絡し、さっそく順子と葉子が施設を訪れ、本人だと確認されるに至った。劇的な再会といえるだろう。

それが、つまり今の私である。

精巧に作られた人工の新しいボディに、私は収まっていた。

少しまえに財布を落として帰宅した鈴木は、空っぽの鈴木だ。いわば、素のロボットに近い。

当然ながら、私は、多くの質問を受けた。だが、「思い出せません」と答えるだけで良かった。私がいた施設の職員たちは、島田が集めた人材であり、施設自体が実際にあったものではない。彼女は、「だから、私設なんじゃん」と話していた。その後、どうなったのか、いつ解散するのか、私は知らない。

八田家に戻り、家族の名前をしだいに思い出した振りをしたところ、とても喜ばれた。まるで、客席から拍手をもらう役者である。仙崎も会いにきて、大喜びだった。自分の記事がきっかけになったことが嬉しいと、何度も言った。また、パーティをしましょう、と言いだす始末である。旧友の暮坂も会いにきたが、若い頃のことは思い出せないので、昔話の花は咲かなかった。大久保は、電話だけかけてきて、ちょっと話をしただけである。

とにかく、みんなが喜んでくれた。私も、なんだか嬉しくなってしまった。人間というのは、こういった単純性を持っている。

一方で、執事の鈴木は、これまでどおり、私の補助をしてくれている。私は、かつての自分を外側から見る立場となった。普通に話をするし、指示をすれば、的確な仕事をする。私は、一日の大部分を実験室で過ごすので、話し相手は鈴木だけといえる。これは、かつてもそうだったのだ。

それで、一つ気づいたのだが、この実験室は、かつての私、すなわち鈴木のためにあった。鈴木が試験体だった。鈴木の頭脳回路の構築を、八田洋久は逐次《ちくじ》観察していたのだ。そのときの私は、自分が試験体だとは認識できなかった。洋久は、もういなくなってしまったし、今の私の記憶には当然含まれていない。

私は、最初の一年間を、この実験室で試験体あるいは被験者として過ごし、次の一年間は、観測者不在のまま、私の内部では、観測者の思考回路が展開しつつあった。そして、再び、私は観測者になった。今の鈴木は、私の抜《ぬ》け殻《がら》であり、観測する価値はもちろんない。したがって、この実験室の意味も今やなくなった、ということだ。

家族は、私が完全に復帰したものとして扱ってくれた。私はまだ八十一歳だから、しばらくはこのままで生活を続けることができるだろう。だが、いずれは不都合が起こる。何故なら、私は老化しない。それがばれてしまわないうちに、また失踪でもするしかないのか、と考えている。そのときには、鈴木を連れていくことにしよう。

小渕刑事が訪ねてきた。彼は、私に会うのは初めてなのだ。捜索チームが正式に解散したので、最後のご挨拶に伺いました、と彼は言った。私は、実験室で彼に会った。鈴木が彼のために茶を運んできた。

「いかがですか、体調の方は」小渕はきいた。

「なにも問題ありません。ただ、頭は壊れたままだ。思い出せないことが沢山ありすぎて、それを考えると、頭が痛い」

「こちらへ戻ってこられて、思い出したことがありますか？」小渕は尋ねる。

「ええ、そう、そうだったな、といったふうの、緩やかな感じですね。急激な変化ではない。ぼんやりとしていた霧が、多少は晴れたか、という具合ですかな」

「お元気なのは、なによりです。どんどん回復されることでしょう」小渕は言った。励ましているつもりのようだ。「私は、これで縁がなくなりますけれど、まだ、こちらの事件では捜査が続いております。ときどき、情報を得まして、また、先生のところへご報告にきたいと考えております」

「ああ、そうなんですね。私は全然知らなかった。吉野先生が亡くなったことをね」

「鈴木さんから、聞かれたのですか？」

「皆が教えてくれました」

「鈴木さんは、その後どうですか？」小渕は尋ねた。

「以前と変わりないと、私は思いますが、一年も会っていませんでしたからね」

「そうですよね……。鈴木さんが、この実験室の鍵を持っていたのは、先生が渡したのですか？」

「ああ、それがね、覚えていないのです。まあ、たぶん、そうだとは思いますが。私自身が鍵を持っていたはずですね。でも、なにも思い出せない。何の研究をしていたのかも、さっぱりなんです」

「え、そうなんですか。こちらへ戻られて、たとえば、ノートとかを見れば、思い出されるんじゃありませんか？」

「私は、メモというものを取らない人間だったようです。ああ、一つだけ、ノートがありましたが、読んでも何が書いてあるのか、まったくわかりませんでした。自分で書いたとは、とても思えない」

「そうですか。では、ここで、今は何をされているのですか？」

「なにも」私は首をふった。「思い出そうとしているだけですね。これからも、ずっとこんなふうでしょうかね」

「ところで、先生、島田文子さんをご存じですか？」

「いいえ。それ、先日も質問されましたけれど。たぶん、その人のことですね。こちらへ来たという、若い女性でしょう？　メガネをかけているとか」

「そうです。鈴木さんが、呼び出されたこともあったようです。なにか、企んでいたことは確かなんですが……」

「企んでいるとは？」

「いいえ、私の管轄ではないので、これ以上は申し上げられません」

「殺人事件の捜査をしている刑事さんと、先日会ったのです。そのとき、初めて、その女性のことを聞きました」

「殺人事件の方は、まったく進展がないみたいです。物的証拠がなにもない、と話しているのを聞きました。プロの仕事のようです。でも、プロだったら、花瓶で殴ったりしないでしょう」小渕は、そう言いながら、私をじっと見た。

おそらく、私が書棚の方へ視線を向けることを誘ったのだ。私は、そんなことに釣られるほど馬鹿ではない。凶器に使われた鉄の花瓶は、今はここにはない。警察に行ったままなのか、家のどこかに仕舞ったのか、私は知らない。それを使って、吉野を殺したのは、私だと島田は言っていたし、私もその可能性が高いと考えているけれど、残念なことに、なにも覚えていない。はたして、そのときに意識があったかどうかも、定かではない。

「あ、そうそう、あと、将太君と猫が、毒を飲まされたことは、どう思われました?」小渕は別の質問をした。

「誰かが、やったことなのでしょうね」私は言った。

「誰だったら、やりそうですか?」

「誰も、そんなことをするはずがありませんね」私は答えた。

「でも、ご家族のことも、覚えていらっしゃらないのでしょう？」

「ええ、過去のことは覚えておりませんが、それでも、常識的に考えて、ありそうにないことです。いえ、ありえないことです」

小渕は、引きつったような笑顔を見せた。彼は、時計を見てから、頭を下げ、実験室を出ていった。

その後、鈴木がやってきて、湯飲みを片づけようとした。

「そこにあった花瓶を知っているかね？」私は尋ねた。

「はい。警察が押収しました。いずれ戻ってくると聞いています」鈴木は答える。

「島田さんのことを、ちょっと話してくれないか」私は言った。

「はい、一度、駅近くの喫茶店で、短い時間ですがお話をしました。私は、先生のことで、彼女がなにか情報を持っているのか、と思いましたが、結局、なにも得られませんでした」

「彼女は、何者だと思う？」

「何者、というと、職業のことでしょうか？」鈴木は首を傾げる。

「職業もそうだけれど、そうだね、なにか、実際の身分を隠しているような気配はなかった？」

「どこかの組織で広報的な役割に就いていると聞きました。どのような組織なのかは、わかりません。以前に、先生が連絡を取っていたとも聞きました」

「私は、それをまったく覚えていない」

「奥様も、その組織に加わりたいという希望をお持ちだったのでしょうか?」

「そうかな……、そんなことがあったかなぁ」私は、思い出せない振りをした。「うん、わかった。ありがとう」

鈴木は一礼し、実験室から出ていった。

そう、妻は、もっと生きたかっただろう。

私は、彼女がそう話したときの表情を思い出した。

鮮烈な記憶のはずだったのに、何故、今まで思い出すことがなかったのか。ようやく、回路がつながったのだろうか。

名前は出てこない。しかし、可愛らしい顔が浮かび上がった。きっと、若い頃の記憶だろう。

しかし、彼女は長く病気と闘ったのだ。なんとか、助けてやりたかった。私が知っている知識はまったく役に立たない。無力なのが悔しかった。それでも、現代医学は、かつてよりもはるかに人間の命を救う力を持っている。

彼女は、充分に長く生きられました、と私に言った。

けれど、もっと元気な時間が欲しかった、とも言った。

ずっと、ベッドで横になっていた。その時間が長すぎた。一緒に歩くこともほとんどできなかった。若いときには、高山植物の観察のために、夏の高原を二人で歩いたのだ。

あれは、本当に美しい風景だった。

澄み切った空気しか、私たちの周りにはなかった。

どこまでも高い空の下。

私たちは、手をつないで歩いたではないか。

いつの間にか、目が霞《かす》んでいる。

鼻水が流れていた。

私は、泣いているみたいだった。

泣くことができるのだろうか。そんなメカニズムが装備されているのだろうか。それとも、泣いている感覚だけを、潜在的なメモリィから引き出して、擬似的に体感しているだけなのか。

私は、自分の目許に手で触れた。涙は流れていなかった。

しかし、よりいっそう泣きたくなってしまった。

悲しい。

寂しい。

妻が亡くなったことが、とにかく悲しかった。

私は一人になったのだ。

もう、生きている理由などない、とさえ思った。

しかし、大きく息を一度する。私の記憶の中に、彼女は生きているのだ。たとえ名前を思い出せなくても、彼女との時間のすべてを再現できなくても、記憶はある。私が生きているかぎり……。

私は、椅子を回転させ、デスクの方を向いた。モニタは瞬時に明るくなり、幾つものウィンドウを開いて見せた。右にも左にもモニタがあって、その中には、動いている画像もあった。私の過去を調べるために、手当たり次第ファイルを開いていたのだ。

私は、マウスに手を伸ばした。マウスは、私の左手に収まった。

左手?

私は、右手でマウスを使っていたはずだ。

そう、マウスが左にあることが、問題になった。事件のあとだったか？　そうではない。大久保が指摘したのだ。

私は、何故、左手を使うのだろうか。

もしかして、これは、右脳と左脳のクロスの関係か……。

2

孫の将太は、事件の後、三週間の入院で完全に回復したが、都内の大学病院へ一旦移り、精密検査が実施された。その診断にも合格し、三日後には退院となり、家に戻ってきたという。翌週からは、学校に通っている。

警察の活動は、八田家の敷地内ではもう観察できなくなった。殺人事件に関する情報は漏れ聞こえてこない。それは、将太の毒殺未遂についても同様だった。

そういった未解決の闇を抱えたまま、八田家は平常どおりになっていた。以前と変わらない生活に戻ったのだ。

刑事が一度訪ねてきたようだが、私は会っていない。順子が応対したようで、重要な話はなかったという。

その後一カ月が経過し、私は、ずいぶん八田洋久に近づいた気分になった。過去の記憶は相変わらず曖昧であるものの、家族のこと、この家のこと、つまり私の周辺のことはすっかり現実として受け止めることができた。私は、ここにいる、という確かな感覚である。それは、このうえなく重要なことで、どっしりと大地に立っているときの安定感に近いものだ。手応えというのか、環境の弾力のようなものを肌で感じた。手を振れば空気の手応えがあるように、たとえ見えなくても、存在するものを感じ取れる。

そして、一カ月まえにあった急変について、じっくりと考えることができるようにもなっていた。象徴的だったのは、島田文子が私を連れていった場所の記憶だ。

そこにいた女性は、島田が神のように崇《あが》める人物だった。

私は、知っている。

以前から知っていた。

私の妻も彼女を知っていた。私たちは、その神を信じようとしていたのだ。妻は間に合わなかったが、私は、その信者になるつもりだった。単に自身が生き延びたいといった欲求ではまったくなく、むしろ過去に遡って、妻をなんとか生き返らせたいという願望が強かった。それには、神の力を借りる必要があった。

当時は不可能なことだった。生きているうちに、思考回路のアルゴリズムをダウンロードしなければならないからだ。つまりは人間のデジタル化といえる。

それでも、私は挑んだ。大学を辞めたあと、この実験室で、そのチャレンジを始めたのだ。そして、あの組織に援助を依頼した。直接会ったことは一度もなかったが、島田文子が私との共同研究に応じてくれた。彼女は、ロボット工学にも、人工知能にも高い技術を持っていた。天才と呼べる世界屈指の技術者の一人だった。

数年の試行錯誤の結果、私たちは、人間の思考回路を人工知能へ重ね合わせてインストールする技術を開発した。人間の思考アルゴリズムは、無垢《むく》の思考回路にインストールしても機能しない。それは、赤子のようになにもできない機械になる。それを育てるためのプログラムが膨大《ぼうだい》に必要で、時間をかけても、成果が得られることはなかった。だから、既に人と同等に活動できる人工知能に重ね合わせる。しかも、頭脳のネットワークが形成されるプロセスを再現する。この環境ならば、人間的な自我が生まれるはずだ、と島田は予測していた。あたかも二重人格のように、人工回路の中で、有機体のストラクチャが形成され、なおかつ行動を伴う思考・演算のフィードバックが、人間と同等の意識を芽生えさせる、という理屈だった。

その試験体の第一号が、鈴木である。

私自身からダウンロードしたニューラルネット構築のアルゴリズムが与えられ、鈴木は、二重人格のロボットとなった。だが、彼からは成果がなかなか得られなかった。予想外に時間がかかることが判明したのだ。島田は、失敗だと言った。私は、もう少し観察しよう、待とう、という意見だった。気の短い彼女は、今度は自分自身で試してみる、と話していた。彼女独自の改変個所も幾つか提案していて、それらをすべて盛り込んだ新型の制作に着手していたのだ。

そういった、つい最近のディテールを、私の記憶回路は取り戻しつつあった。

仙崎が私に取材したいと言ってきたので、受けることにした。受けないのは、怪しまれると考えたからだ。

彼は、土曜日の午後にやってきた。実験室で会うことにした。

「私のことは、思い出していただけましたか？」仙崎は、挨拶をして、椅子に座ると、最初にその質問をした。彼は、洋久が失踪する以前に、何度か会っているはずだ。

「残念ながら……」私は首をふった。「もちろん、仙崎さんがどのような方なのかは知っています。貴方の書かれた記事で、私はここへ戻ることができました。感謝をしております」

「これまで、先生にお会いしたときは、この実験室ではなく、応接室で話をさせていただきました。今日は、ですから、少し新鮮な感じがします」

「そうですか。どうして、実験室ではなかったのでしょうね」私はきいた。

「さあ、それは、私にはわかりませんが、応接室の方が、まあ、自然といえば、自然かもしれません」

「そうですね」たしかにそのとおりだ、と私も思った。実験室には、客用の椅子はない。仙崎が今座っているのは、背もたれもクッションもない簡易な腰掛けだった。

「ここは、吉野先生が倒れていた場所です」仙崎は言った。「私は、そういうことはまったく気にならない人間ですが、先生はいかがですか?」

「私のいないときのことですし、私は、その吉野先生という方を、今も思い出せません。そうですね、この場所で、そういった悲劇があったことは、私に無関係だとはいえないかもしれませんけれど、それでも、まったく気にはなりません。ここに、吉野先生のために花を手向《たむ》けようとも考えません」

仙崎は、後ろを振り返った。恐らく、花から花瓶を連想したのだろう。

「その後、あの島田という人は、訪ねてきませんか?」仙崎はきいた。

「いいえ。その方も、私は面識がない」

「ちょっと、いろいろ調べてみたんですよ。どういう人物なのかと」仙崎は言った。

「ところが、実に不思議なんですが、該当する人物がまったく見つからない。もちろん、私が探せる範囲なんて限られているかもしれませんけれど……。ただ、ですね、その、彼女が言っていた団体らしきものは、確認ができました」

「そうですか。それは、是非伺いたい」

「そうですよね。先生は、そこと連絡を取っていたのですから」

「ええ、でも、まったく記憶がないので……」

「名称がないのは、そのとおりなんですが、ネット上で活動する組織で、世界的な規模のものです。もう半世紀、いえもしかしたら、それ以上の歴史があります。多くの場合、ノーネームの意味で、NNと呼ばれることが多いようです。日本では、MNIという宗教団体と同一視されたこともあったのですが、これとは、ずいぶん以前に、袂《たもと》を分かったらしい」

「エヌエヌと、エムエヌアイですか」私は首を傾げた。「いえ、どちらも聞いたことがありませんね」

「多くのインテリ、特に科学者や医療関係者が参加しているそうです。そういった分野の研究所も自前で持っていて、それも、かなり大規模なものだとわかりました。どうやって資金を得ているのか、不思議に思いましたが、おそらく、どこかの大富豪がバックについているのでしょう。政治的にも強い力を持っているはずです。ただ、表向きに一切の主張をしていません。ポリシィもわからない。名前がないことが、その象徴のようです。ただ、噂では、やはり、生命科学関連の技術を持っていて、人体の冷凍保存技術、あるいは、人工知能、人造人間などで、高い技術力を有している、それらの実験をサークル内で行っている、というような情報が漏れ聞こえてきています。本拠地はアメリカのようですが、信者自体は、日本にも十万の単位でいるといいます」

「信者、とおっしゃいましたね?」

「ええ、そうなんです。周りの者が、そう呼んでいるわけです。でも、宗教ではない。そもそも、組織として確固たる存在がない。ネットだけですからね、活動しているのは。ですから、法人でもない、課税もされない、会計監査もできない」

「営利を求めていない、ということですね。つまり、趣味のサークルですか」

「そうですね。そんな感じです。でも、何十万人も集まったら、トラブルもあるでしょうし、そんなところから、もっと内部のことを暴露するような人間が出てくるのが、まあ、普通だと思うんですけれど、そういったことが、不思議なことにない」

「へえ、不思議ですね」

「よくわかりませんが、人を選んでいるのでしょう。多くの信者は、ただ、ネットでつながっているだけで、組織には深く関われない。選ばれたエリートだけが、内部に取り込まれる。そうなったら、もう出てこられない。どうして、出てこられないのか。それは、想像ですが、なんらかの人質を取られるからでしょう」

「人質？　どういう意味ですか？」

「たとえば、冷凍されるとか。つまり、躰を人質に取られる。そうなったら、もう抜けられません」

「ああ、そういう意味ですか。ＳＦのようですね」

「まさに、そのＳＦですよ。調べているうちに、浮かび上がってきた人物がいます。真賀田四季という人物です。先生は、ご存じですか？」

「はい、名前は知っています。有名な方です、人工知能などの分野で活躍された」

「今、どこで何をしているか、ご存じですか？」

「いいえ……」私は首をふった。「もう亡くなられているのではありませんか。ずいぶん昔の話だと思いますけれど」

「そうなんですよ。ところが、行方不明のままで、生死は確認できませんでした。現在生きていれば、百歳をとうに超えています」

「その方と、えっと、NNとは、どんな関係なのですか？」

「そこが、わからないところなんです。ただ、信者の多くは、真賀田博士を神のように崇めている。それは、いくつかの文献に記されていました。さきほどの、技術分野も、近いものがありますから、そういった関係からの連想、あるいは単なる偶然なのかもしれませんが」

「なるほど……」

「それで、ですね。その島田文子という名前は、この界隈《かいわい》でも、かなり有名なんです。多くの人が彼女の名前を語っている。新聞沙汰になったものも少なくありません」

「ああ、そうなんですか。そんな有名人だったのですね」

「ただ、彼女もずいぶん過去の人です。真賀田博士とほとんど同じ時代で、生年を調べたら、数年若いだけでした。生きていたら、やはり百歳以上です。ですから、このまえこちらにやってきたのは、本人じゃない。彼女の名前を騙《かた》っただけです。そこが、なにかのメッセージだったんだと思います」

「メッセージ？」

「はい、つまり、島田文子、ひいては真賀田四季の代理だ、というメッセージです」

「誰に対するメッセージですか？」

「わかりませんが、私は、八田洋久先生に対するメッセージだったのではないか、と考えております」

「私に、ですか？　でも、私はここにいなかったのです」

「ええ。しかし、外部には、本当に失踪しているのか、わからなかったかもしれません」

「どういうことですか？」

「失礼な話ですが、つまり、その……、先生がこの家のどこかに隠れていて、失踪している振りをしているのではないか、と考えることもできたわけです」

「なるほど……。そういえば、鈴木から聞きましたが、島田さんは、この実験室の地下に私が隠れているのではないか、と話していたそうです」

「え、本当ですか」

「それを鈴木が刑事さんに話したところ、実験室の周囲を捜索したそうです」私はそこで、微笑んでみせた。「島田さんが、ここへ来たのは、私が隠れているかどうか見極めにきたのだ、という話は、まんざら間違いではないかもしれません」

「なるほど。それはまた面白い話をお聞きしました。そうですか……、また記事が書けそうです」

「私が記憶を取り戻しさえすれば、すべて解明されることかもしれませんが」

「先生の記憶が戻っては困る、という人がいませんか？」

「それは、どういった意味ですか？」

「警察に相談をして、ガードしてもらった方が良いのではないでしょうか？」

「まさか、そんなことは……」私は笑った。

3

二カ月ほど過ぎた。雪が降り、実験室の周囲にも、十センチほど積った。下駄を履いて渡る間が、とても寒いが、実験室自体は、断熱性が高く、冷え込むようなことがなかった。床暖房が効いた室内にいると、季節を忘れてしまうほどだ。

ドアを開けて、鈴木が入ってきた。ノックの必要はない、と言ってある。鈴木は、手紙を持ってきた。見慣れない封筒で、少し膨らんでいる。緩衝材《かんしょうざい》が内側に貼られているタイプのようだ。鈴木が出ていってから、私はその封筒を開けた。

中には、プラスティックの小さな装置が入っていた。それが何か、私は知っている。

突起の部分を耳に入れた。

実験室の壁は厚いから、電波が届くのだろうか、と心配だったが、咳払いをしたところ、十秒ほど経ってから、懐かしい声が聞こえた。

「誰もいない？」島田文子だ。

「実験室で一人です」私は答える。「お久しぶりですね」

「しばらく、日本にいなかったから」島田は言った。「日本はね、ちょっと危ないんだな。私って、日本に恨まれているのね。これでも、けっこう日本のために尽くしたつもりなんだけれど、わかってもらえない、悲運な女なんだ」

「そうですか。安全なところにいらっしゃるのがよろしいと思います」

「今さ、耳に入れたやつ、反対側のキャップを取ったら、コンピュータに差し込めるからね。えっと、あとで入れてみて」

「大丈夫でしょうね？」

「保証します。蝙蝠《こうもり》のアイコンが出てくるから、これからはさ、そこへメッセージとかなんでもポトンしてくれたら、暗号になってこちらへ届きます。逆もできるの、蝙蝠がなにかくわえていたら、中を覗いてみて下さいな」

「わかりました。これで、孤独から解放されますね」

「え、嘘。貴方、孤独なの？　家族に囲まれているじゃないの？」

「ええ……、そうですね。でも、家族は人間ですから。その、近い将来、別れなければならなくなります。そうなったら、島田さんのところへ行くしかありませんか？」

「そうだね。もっとそこにいたかったら、少しずつ顔に皺《しわ》を増やさないとね」

「いえ、いつまでもいたいとは思いません。鈴木を連れて、家出をするのが良いかな、と考えています」

「どうやって生きていくの？」

「そうですね、蓄えは、もうあまりありません。すべて家族に譲っていますし」

「博士くらいの方なら、ええ、こちらはもちろん大歓迎で受け入れられるとは思います。ただ、こちらへ来ても、孤独なのには変わりないと思いますよ」

「島田さんは、孤独ですか？」

「私なんて、もう六十年以上、孤独の固まりですよ。孤独すぎて、孤独って何なのかわからないくらい孤独の真っただ中ですよ。でもね、真っ暗闇の中にずっといたら、すべてが眩しくなってくるの」

「何を支えに生きておられるのですか？」

「支えね……。それは、うーん、やっぱり、自分です」島田は言った。言葉が一瞬真面目なトーンになった。

「真賀田博士が支えなのでは？」

「あの方は、どこにでもいます。私の前にずっといらっしゃるのではなくて、八田先生の前にもいるし、世界中の技術者の前にいつもいるの。そういう存在。ですから、偶像崇拝の対象になりがち。フィギュアとかあるんですよ。もの凄い種類があって、人種とかもばらばらで、勝手にみんな作っているんだけれど……。もし、必要でしたら、お送りしましょうか？」

「いえ、それはけっこうです」

「危険ですからね。それに、そんなもの持っていたら、疑われるわよ。私は、持っていません」

「島田文子のフィギュアはないのですか？」

「ありませんよ！　こんなおばあちゃん」

「美少女だっておっしゃったじゃないですか」

「言いましたけれどぉ、本心ではありません。そうですとも、狂っているわけではありませんからね。はい、忘れて下さい」

「また、島田さんにお会いしたいと思っています。私は、すっかり老人になってしまいましたが……。いえ、戻った、というべきかな」

「初めから、老人どうしだったら良かったかも。こないだは、若者どうしで、テンシ
ョン上がりましたけれど、もう少し落ち着いた感じ？　うーん、なれる気もしないで
もありませんよ」

「ところで、島田さんのプロトタイプは、どうされているのですか？　ご存命なので
すか？」

「ええ、こちこちになっていますけれど」

「ああ、眠っていらっしゃるのですね。ということは、私のプロトタイプと同じだと
いうことですか」

「たぶん」

「たぶん、というと。違う可能性があるということですか？」

「なにしろ、私たちには、それが観察できません。違いますか？」

「ええ、まあ、そういうことになりますね」

「もう、失礼します」

「あ、そうですか……」

「では、また……。そのレシーバですけれど、補聴器にもなりますから、使い続けていただいてもけっこうです。調べてもばれないと思います。コンピュータの蝙蝠のアイコンは、ご自身のプロテクトをかけておいて下さい、念のために」

「わかりました。なにからなにまで、お世話になりっぱなしで恐縮しています。ありがとうございます」

「またお話ししましょうね」

「はい、是非」

通信が終わっても、私はモニタをじっと見つめていた。自分から振った話題だが、どうして孤独だなんて言ってしまったのだろう、甘えているのではないか、と自問した。この年齢になっても、まだそんな弱い部分を持っている、ということを自覚しなければならない。

そもそも、私は科学者たちの試験体であり、しかも失敗作なのだ。今でも、プロトタイプの履歴の大部分が再現できない。孤独を感じるのは、今があるだけで、過去が失われているせいかもしれない。さらには、同時代を生きる友人や家族とは、既に違う道を歩いていることがある。いずれは、周囲のすべてと決別しなければならない。

こういった状況は、はたして、生きているといえる状態なのか、と疑問に感じる。

ただ、今の意識があるだけだ。

けれども、人工知能にもし意識が生まれるとしたら、おそらくこんなものなのではないだろうか。私が、世界で初めての例証なのだから。

それは、無機のメカニズムの上で、ぎりぎり踏み留まっている有機の意識だ。

私には、人間の思考回路が育ちつつある。どこか、無意識の領域に閉じ込められたままの自我が、自我のようなものが、蠢《うごめ》いている気配がたしかにあった。

今の私にとっては、その予感だけが支えかもしれない。結局は、知識としてあとから知った物語に縋《すが》っているのと同じことではあるが。

おそらく、普通の人間も、これと変わらない。自分の過去を、物語として思い出し、それがたしかに存在すると信じているだけのことだ。そもそも未来なんてものはない。もうすぐ死ぬことになると決まっている。したがって、今しかない。現在の自分の周辺しか存在しない。ただ、目の前にあるものに目を向け、美しい、可愛い、素晴らしいと感動したい、反応したいだけのリアリティだ。

私は、自分の左手を見た。まだ、マウスを摑んだままだった。

いつから、左右が入れ替わったのだろう。人間の脳と躰は、左右で神経が交差している。この関係が、機械にインストールされたときに表出したのだ、きっと。

些細な問題だ。

けれども、なにか、この反転が、すべてを否定しているようにも感じられた。

4

また雪が降った。その日の午後に、暮坂左人志が訪ねてきた。彼は、私の旧友だが、私にはその過去の記憶がまったくない。それは、彼も理解している。応接間ではなく、実験室で彼と話した。鈴木が、コーヒーを運んでくれる。

「椅子が堅くて、申し訳ありません」私は、暮坂に言った。小さな腰掛けは、老人には辛いかもしれない、と思ったからだ。

「いや、大丈夫。それよりも、そんな丁寧な言葉遣いは、恥ずかしい」暮坂は、低い声で言った。顔は笑っている。「もっとフランクでけっこう。若いときからの友人だ」

「そう、理屈ではわかっているのですが、なんというのか、思い出せない辛さもあってね」

「いや、今言ったことは、私の方が間違っているかもしれないね。そう、君の方が正しい。言ったことは撤回するよ」

「暮坂さんは、刑事だったんですね？」

「うん。辞めたのは、もう十年以上まえのことだから、すっかり世間擦れしてしまった」

「世間擦れ？　警察では、どんな仕事を？」

「私は、公安だった。ずっとね。自分はほとんど官僚、相手も官僚、あるいは、政治家だ。世間擦れというのはね、あれだ、一般市民に仲間入りした感じだよ」

「このまえ、仙崎さんから、ＮＮという組織のことを聞いたんです。島田さんが、そこから来たと」

「ああ、やっぱり、そうなんだ」暮坂は頷いた。「あれはね、かつては新手のテロ集団みたいに恐れられていた。国家を転覆させる、あるいは、世界秩序を乱す勢力だとね。私も、それを信じて仕事をした。若かったから疑いもしなかった。だが、考えてみたら、どこにも具体的な根拠がない。証拠もない。周囲が疑心暗鬼になって、そういったイメージを作り上げていたんだ。なにしろ、そういった手合が、実際に暴力的な騒動を起こす歴史が続いていたからね」

「そうではなかったのですか？」

「わからない。ただ、なにも起きなかった。まあ、ちょっとした騒動なら、いくらでもあったが、たいていは集団自殺の類で、外部に向けた暴力ではない。周囲を巻き込もうとしている、みたいなふうに報道されて、幾つも裁判沙汰にはなったが、証拠はないし、証言も確かなものは得られず不充分。結局はすべて無罪判決だった。NNの広報担当は、表情も変えずに、司法が健全な社会を誇りに感じます、とだけ言う。その一言だけだったね。格好いいだろう？　彼らは、なにも主張しない。イデオロギィというものが言葉にならない、という主張だ、と指摘した評論もあったが、私に言わせれば、もっと、無関心というか、この社会自体を見捨てているような冷めた視線を感じたものだったね。彼らは、無抵抗、無関心、そして、無意識なんだ」

「無意識とは、どういうことですか？」

「うん、それは、ちょっと難しいんだが、そういった文章を読んだことがある。つまり、言葉にする、主張する、意見を述べる、理屈を立てる、というような意図的なことをしようとするのが意識というものであって、これは人間でなくても機械が計算できることだとね。人間にしかできないのは、そういった論理とか確率的な予測とかではなく、もっと、どろくさいフィーリングであって、そのほとんどは意識に表れない処理だという。そういう意味での無意識という意味だとね」

「私は、無意識というのは、裏処理、つまりバックグラウンドの演算だと思っていますが、その認識でしょうか?」

「いや、そういったことは、私にはわからん。無意識まで、コンピュータが処理してしまうとしたら、もう人間が出る幕はなくなってしまう。違いますか?」

「難しいところですね。人間って、存在しなければならないのかな」私は言った。それは、自分へ跳ね返ってくるテーマにほかならない。「人間は、コンピュータを作った。これが、つまりは人間の進化であって、もう前世代の人間は、役目を終えたのかもしれません」

「絶滅していく、というわけだね?」

「まだ利用価値があると、人工知能が判断してくれれば、人間を生かしておくでしょうけれど」

「家畜のようにか……」暮坂は片方の眉を上げて、私を睨んだ。顔は笑っているものの、その瞳にはどこか冷めた蔭がある。彼も、ロボットなのではないか、と私は一瞬連想した。

そうだ。そう感じることこそが、私という人間の特異性だろう。

これは、進化といえるかもしれない。

「人類というのは、そもそも何千年もまえから家畜なんですよ」私は言った。「一部の王族が、大衆を家畜化していた。その繁栄が、数千年の人類の歴史です。家畜は、より頭の良い飼い主を探していた。そういうことではないでしょうか」

暮坂は、コーヒーを飲み終わると帰っていった。

私という人間に、絶望したかもしれない。もう彼が知っている旧友は、この世から消えてしまったのだ。彼の八田洋久は、死んだも同然である。人は、そうして消滅し、リセットする装置なのだ。

それを悲劇だと思う者もいれば、それが人類の進歩を支えていると謳《うた》う者もいる。だが、そのいずれでもない。自然界に見られる繁殖と絶滅の間の、どうにかバランスが取れている一時的な状態。植物にも動物にも、どこにでも見られる単なる自然現象のほんの一部に過ぎないのだ。

私は、この頃は、こんなことばかり考えて時間を過ごしている。

自分の専門分野の知識は、はるか忘却の彼方へ霧散し、この深い霧の中で自身の亡霊ばかりが際立つ風景の観察者となった。考えれば考えるほど、自分というものがわからなくなり、また同時に、人間というものが、思考活動というものが、その概念から曖昧になっていった。

私というものが生まれてから二年。その二年間に、私のプロトタイプ、八田洋久は、何を考え、どのように変化しただろう。私に何を期待したのだろうか。一度でも良いから、彼に会って、話がしたかった、問いたかった。

何故、私を作ったのか？

眠ったというのは、つまりは生きていない状態に近い。死を選んだ、という意味に私は解釈している。かつては、これを安楽死と呼んだ時代もあった。ただ、今では幾つかのバリエーションが存在する。記憶を残す、頭脳のアルゴリズムを残す、その構築システムを残す、一方では、冷凍保存によって肉体を残す、細胞、あるいは遺伝子を残す、エトセトラ。

初期の頃には、脳細胞も肉体に含まれていた。すべてをスリープさせる技術が試みられた。それが実際に、理屈どおりに実現するものなのか、誰も確かめることができなかった。確認には、長い時間が必要であり、結局は未来に結論を先送りするしかなかったからだ。

想像だが、八田洋久は、最初から眠ることを希望していたのではないだろうか。だから、NNに接触した。科学者であれば、比較的近づきやすかったはずだ。個人的なネットワークで、以前からその存在を知っていたのだろう。愛妻を失くしたことで絶望し、自殺ないし安楽死を考えるのは、自然なことだったかもしれない。

かつて、人類は自殺を忌み嫌った。宗教はそれをルール違反だと説いた。けれども、近代になるほど、自殺者は増加し、ついには、限定的な安楽死を認める動きが、世界中で進行した。洋久の考えた消滅は、無難なものだろう。私には、なんとなくそれがわかる。特異な思想とはいえない。

だが、最後に試みた実験は、彼にしてみれば、一縷《いちる》の望み、一筋の光だったのだろう。これが成功すれば、あるいは死者を蘇《よみがえ》らせることも不可能ではない。個人に関する過去のデータは、今では膨大な容量に上っている。それらを矛盾なく取り込んだ人工頭脳は、生まれ変わりの幻想を、限りなくリアルに見せるかもしれない。

否、幻想だといえば、すべてがそもそも幻想ではないか。

生きていることが幻想であり、また死も幻想である。

おそらく、意識も幻想だ。

エントロピィ増大のプロセスにおける波動、その揺らぎが見せる、一瞬の逆転、それが生命という幻なのだ。人間は、死に取《と》り憑《つ》かれている。死に取り憑かれた状態を、生きると定義しているのだ。

コーヒーカップを片づけるために、鈴木が実験室に入ってきた。私は、少し話がしたくなった。

「私が戻ってきてから、なにか変化があった？」私はきいた。

「先生がお戻りになって、私は、先生のお世話ができることを嬉しく思っています」

「それが、変化？」

「はい。一年間、私にできる仕事が少なく、解雇されるのではないかと、心配しました」

「解雇されたら、どうしようと思っていた？」

「困ったことだ、と思いました。どこへ行けば良いのかも、わかりません」

「そうだと思う。君は、ここから出ていったら、帰る家があるのかな？」

「ありません。もし、そうなった場合には、私は、なんらかの指示をいただく必要があります。あるいは、どこかから、私に指示があるものと思います。現在は、それがありません」

「桂川さんの場合は、どうなのだろう？　知っている？」

「知りません。しかし、桂川さんは、どこから来たのかわかっています。彼女は、メーカに半年に一度、点検のために戻ります。そこが、彼女の帰る場所といえるのではないでしょうか」

「そうだね。そういう規則になっている。ただ、君の場合は、それが当てはまらない。どうしてか、わかるかな?」

「わかりません。その情報を私は持っていません。先生はご存じなのですか?」

「うん、まあ、知っているといえば、知っている」

「それで安心しました。私が解雇されるような可能性がありますか?」

「私がまた失踪すると、そうなるかもしれない」

「その可能性がありますか?」

「そうだね、しばらくは、ないと思うけれど、私もこの歳だからね、約束はできない。前科があることだし」

5

私は、滅多に家から出ない。出かけることが嫌いだ、と皆にも思われているようだった。しかし、実験室で悶々《もんもん》と考える日々にも厭《あ》きてしまった。研究などしていない今は、考えるテーマが限られる。それは、つまり私自身のことだ。そればかり考えていると、どんどん哲学的、思想的な方向へ行ってしまい、我ながら途方に暮れることしきりである。

正月過ぎに、天気の良い比較的暖かい日があったので、気分転換のために街まで出かけてみよう、と決心をした。順子は反対した。鈴木に車で送らせる、と言われた。強く反対する気もなかったから、そのアドバイスに従って、鈴木と一緒に街へ出た。鈴木は、買いものをする用事があったので、私は一人で街を散策した。端末を持たされ、それで連絡を取り合って、帰りは合流する、という手筈である。

駅前の商店街を見て回った。私は、ここを知っているはずである。長年住んでいる町であるし、大学に勤務していた頃は、この駅まで毎朝歩いていたという。だが、商店街には、私の記憶を呼び覚ますようなものはなかった。日本のどこにでもありそうな、在り来たりの風景がそこにはあった。テレビで見たことがある、その程度の懐かしさだった。

まだこのようなレトロなものが残っているのだな、とも感じた。もっとも、店の半分はシャッタが下りていて、既に営業していないのは明らかだった。建物は古くなり、金属は例外なく錆びついている。日本は、どんどん人口が減少していて、東京でも既に顕著な変化が至るところに現れているそうだ。むしろ、かつて人が溢《あふ》れるほど集まった場所だからこそ、急激な人口減少による歪みが大きいともいえる。このような商店街、あるいはショッピングセンタなど、古来の商業が成立しなくなったという。

　東京は、ほんの一部の高層建築群だけに、都市機能が集中し、残された低層建築群は、都心の田舎と呼ばれている。アスファルトのひび割れから草が伸び、建物は蔦《つた》で覆われてしまった。

　それでも、まだ半数の人間はここで生きているのだ。ロボットが増えたから、歩いている人間らしきものの数は、かつてと変わらないかもしれないが、結局は、生きていないものが増えたということにほかならない。

　商店の中から呼び止められた。

　店の奥に、老婆が座っていて、手を振っていた。誰を見ているのか、と周囲を見回したが、私以外に誰もいない。

　私は軽く頭を下げた。すると、その老婆は立ち上がり、こちらへ出てくる。プラスティックの杖《つえ》をついていた。私よりも年寄りだろう。

「八田さんだな」老婆は言った。

「はい、そうです」私は頷いた。

「どこか悪かったのかね。長いこと見んかったな」私の前に来て、仰ぎ見る。老婆は、かなり小さいことがわかった。私の胸よりも低いところに彼女の頭がある。

「はい、久し振りに出てきました。病気ではありませんが、ずっと家に閉じ籠もっていたのです」

「たまに、出てきんさい」

「はい、そうですね」返事をしながら、店頭に出ている商品を眺めた。菓子やおもちゃを売っているようだ。子供向けのものばかりである。

私は、店先の台にのっていたものを手に取った。それは、円盤のプロペラで、これを回転させて飛ばすおもちゃのようだった。糸を巻きつけ、その糸を引っ張ることでプロペラを回して、円盤を飛ばすことができる、現代風の竹蜻蛉《たけとんぼ》だ。

「それな、八田君は、何度もそれを買いにきたがね」老婆が言った。

「私がですか？　いつのことですか？」

「昔だわ」

「昔ですか……」

「プロペラだけ売ってほしいと言ってきたな。一回や二回じゃない。これはな、プロペラだけでは売れない。そう説明したが、八田君は納得せんのだが」老婆は笑った。

私は、それを手にしているうちに、目から涙が出た。

否、泣いている感覚に襲われただけだろう。実際に泣いたわけではない。

私は、このおもちゃを買うことにした。財布を持っていなかったので、カード決済しようとすると、老婆は、お代はいらんから、持っていきんさい、と言った。

私は丁寧に礼を言い、それを譲ってもらった。

店から出て、そのまま歩いたが、すぐにも円盤を飛ばしてみたくなった。

どこかに、飛ばせる場所はないだろうか、と探した。商店街の途中から、脇へ逸れる道の奥に、ちょっとした広場らしきものが見えたので、その道へ進むと、そこは神社だった。奥に古い社《やしろ》があり、その前庭だったのだ。見回したところ、人は一人もいない。子供も遊んでいなかった。

どうして、涙が出る感覚に襲われたのだろう。

どうして、泣きたくなったのだろうか。

合理的な理由を、私は思いつけなかった。

しかし、なんとなく、そういった気持ち自体を、懐かしく感じるのだった。

私は、そのプロペラのおもちゃを見つめて考えた。

このおもちゃを、自分は覚えていたのだろうか。その記憶があったから、懐かしさに涙が流れたのか。しかし、懐かしいだけで泣けるものだろうか。このおもちゃに、なにか悔しさとか、悲しみのようなものが刻まれていたということか。大事なことを忘れているような気がする。

老婆は、八田少年が何度もプロペラを買いにきたと話していた。おそらく、これを飛ばした結果、プロペラが建物の屋根か樹の枝にのってしまい、回収できなくなったのだろう。老婆は、プロペラだけでは売れない、と少年に言ったらしい。しかし、何度も買いにきたというのだから、セットでまた購入したということか。あるいは、老婆が、プロペラだけ売ったのか。もう少し詳しく事情を聞いてくれば良かった、と思った。

と同時に、どうしてこんなことを真剣に考えているのか、と不思議に感じる。

私は、封を開けて、中身を取り出し、プロペラをセットする。糸は自動的に巻きつくようになっている。スプリングが仕掛けてあるようだ。昔からこうだったのかどうか、覚えていない。きっと、昔とは違うだろう。作られている素材も新しそうで、リメイクされたものにちがいない。

糸を軽く引いてみると、プロペラは一メートルほど浮き上がり、すぐに足許に落ちた。それを拾い上げ、再びセットし、もう一度、今度は思い切り引いてみた。

軽い風切り音とともに、プロペラは勢い良く空に上がっていった。近くにあった樹を飛び越えた。見失わないように、私は駆けだし、それを追った。

だが、期待どおりに、プロペラは下りてこなかった。

見失ってしまった。

辺りを探してみたが、どこにもない。

樹の枝に引っかかったのかもしれない。枝を見上げてみたが、見つからなかった。

一回で失ってしまうとは……。

我ながら呆《あき》れてしまった。

しかし、悔しさはない。悲しさもない。涙が流れるような感覚もなかった。

むしろ、久し振りにすっきりした。

そう、爽快だといっても良いだろう。

面白かったではないか。私は、きっと笑顔になっていただろう。

一人の男が、近づいてきた。黒いスーツの男。それは、小渕刑事だった。

「こんにちは」小渕は、作り笑いを見せ、頭を下げた。

「刑事さん、どうしてこんなところへ?」私は尋ねた。「もしかして、私を尾行していたのですか?」

「そうですね……。偶然こんな場所に現れたら、そちらの方が怪しいでしょう?」

「ええ、そのとおりです」私は頷いた。「尾行していたのに、私が変なおもちゃで遊んでいるから、呆れて出てきたのですね？」

「ええ、まあ、そんなところですか……。プロペラは、樹に引っかかりましたね。あれは、ちょっと取れませんよ」

「そうですか。どの枝ですか？」

小渕は、私を誘って、指を差した。十メートルほど歩き、樹から離れた。そして、眩しさを片手で防ぎながら、私はそちらを見る。たしかに、微かにプロペラのオレンジ色が見えていた。大風でも吹かないかぎり、落ちてこないだろう、と思えた。

「どうもありがとうございます。それを教えるために、出ていらしたのですか？」

「ええ、まあ、そんなところです」刑事は同じ台詞を口にし、苦笑した。

「私には、どんな嫌疑がかかっているのでしょうか？」私は質問する。

「あ、いいえ、そういうことではありません。ただ、なんとなく、ですね、ええ、なんとなくなんです。先生は、失踪されて、その間にあの家で殺人事件が起きました。すると、先生は見つかって、戻っていらした。今は、子供のようにおもちゃで遊んでいらっしゃるわけですね」

「ええ、たまたま、店の前を通ったら、呼び止められまして」

「はい。見ておりました」

「子供の頃に、これを飛ばしたんです。忘れていました。あの店のおばあさんが、教えてくれた。むこうは私のことを覚えていたのです」

「それで、買われたのですね」

「いえ、財布を持っていなかったので、カードを出そうとしたら、持っていきなさいと言われた。もらったのです。せっかくいただいたのに、たちまち、失くしてしまった」

「思い出されましたか？　子供の頃のことを」

「残念ながら……」私は首をふった。「まったく覚えていない。なにもかも、すべて忘れてしまったようです」

「なにもかも、すべて……」刑事は私の言葉を繰り返した。

電話がかかってきた。鈴木からだった。買いものが終わったようだ。車を駐めたところへ戻ることを伝えて、私は電話を切った。

小渕刑事は、このやり取りを、横に立って、ずっと聞いていた。

「というわけで、もう戻ります。ほかに、なにかお話がありますか？」私は尋ねた。

「いえ、なにもありません」刑事は両手を広げて、首をふった。「寒くなりそうですから、帰られた方がよろしいでしょう。どうか、お気をつけて」

「どうもありがとう」私は一礼して、立ち去ろうとした。

「あ、先生」

「何ですか？」私は振り返る。

「耳がお悪いのですか？」

「え？　どうしてですか？」

「補聴器をされています」

「ああ、ええ、そう……。ちょっとね、遠くなって」私は溜息をついた。「歳を取ると、どこかガタが来るものですね」

刑事は、黙って微笑み、軽く頭を下げた。

6

小渕刑事と会ったのは、このときが最後だった。

その後、彼は私の前に現れなくなった。また、吉野公子殺人事件の捜査でも、刑事は私のところへ来ない。事件は迷宮入りしたと思われるほど、なにも進展がなかった。

島田文子が話していたとおり、鈴木が最有力の容疑者だったかもしれないが、ロボットがそんな真似をするとは考えられない、といった常識的な判断が警察にあったのだろう。

私としては、鈴木のメモリィを直接参照するような手続きを、警察が取るのではないか、と予測していた。もし、そうなっても、今の鈴木には、殺人を犯した記憶はないのだから、さしたる問題はない。

島田の組織は、あの日、僅か数時間で、鈴木の中から、私の本体を抜き取った。その技術力は想像を絶するものだが、おそらく、そういった事態を予測して、メモリィチップを選別して用いていたのだろう。私は、見ていないし、その具体的な方法も詳しく知らない。鈴木は、その後すぐに八田家に返された。

抜き取ったチップが、新たに作られたボディにインストールされた。そのボディを作るのに一カ月かかったという。その結果が、今の私である。したがって、経緯を辿れば、殺人犯はこの私だといえるだろう。

今にも、殺人の記憶が蘇るのではないか、という不安を忘れたことはない。私は常に、その恐怖を抱えて生きている。けれども、幸いというべきか、そういった夢を見ることもなく、また、精神が不安定になるようなこともなかった。記憶が失われた、今のままであってほしい、とさえ考えている。

島田文子の話では、当時の鈴木をコントロールしたのは、鈴木の中の私であり、自身を暗示にかけるように操ったということらしいが、その操った方の私も、また操られた方の私も、いずれも今の私からは遠い存在だった。

ただ、物語を聞いて、私にはそのメカニズムが理解できた。

鈴木の中で芽生えた私は、恒常的に鈴木をコントロールすることができなかったのだろう。それは、常に意識に上ることはなく、たとえば、彼が充電のためにスリープしているときに起動し、一時的に彼の躰を動かせただけだったのではないか。

夜中に、実験室を訪れ、私は、自身のコントロールについて考えた。そこで、鈴木にウィルスを送り込む方法を思いついたのだ。彼に小説を読ませ、私が彼の行動を支配できるようにする。そういった作業の結果、うっかり私はマウスを左に置いてしまった。そんなことが問題なるとは予想していなかったからだ。人工知能ならば、こんなミスはしない。

私は、仙崎がゲストを連れて集まることを知っていた。鈴木に小説を読ませる方法で支配する計画は完全とはいえなかったが、夜中ならば、多くの場合、行動を支配することができた。したがって、吉野公子を連れ出すことは、当日にでも鈴木に仕込めたはずだ。以上のことは、私には記憶はない。だが、島田はこの計画を見抜いていた。

実験室にゲストたちが訪れ、特に大久保が、マウスの位置に気づいた。島田は情報を調べる振りをして、その小説の存在を皆に知らせたのだが、彼女は、薄々そういった仕掛けがあることを予測していたのではないか。彼女の思考力をもってすれば、それは難しい計算ではない。洋久の策略を知りながら、これを利用しよう、とさえ考えたかもしれない。

島田は、あの小説に潜むウィルス・プログラムのうち私に作用する部分を書き換えたのではないか。私は、自身を支配するのではなく、むしろ自身の記憶をリセットしてしまった。島田は、私が警察に掴まって、メモリィが解析されることを恐れたのだ。それは、島田の組織にとってダメージになる。証拠を残す危険は冒せない、と……。

私は、いつものとおり、スリープした鈴木を動かして、ウィルスによる作用で実験室へやってきた吉野公子を殺した。これは、八田洋久というプロトタイプの欲望によるものだった。だが、同時に、私はすべての記憶を失った。私が、吉野を殺したことさえ思い出せないのは、このためだ。

これが、私が導き出した結論だった。

何度考えても、ここへ行き着くのだ。

つまり、私は失敗作ではなかった。正常に生育した思考回路が、プロトタイプの意志を受け継いで、あの犯罪を実行したのである。

ただ、共同研究者である島田は、この試験体の発覚を恐れた。

当然のことだ。彼女は、試験体をリセットするために八田家にやってきた。警察に追われるようなリスクを冒してまで、絶対に守らなければならない秘密だったのだ。

もっとも、島田が送り出したのは、彼女自身ではない。彼女の分身ともいえる存在だ。私が会って、話をした島田は、島田文子本人ではない。プロトタイプの思考と意志をインストールされた人形である。

結局、私は、その後、ただの人形になったということか。

糸が切れたマリオネットみたいなものだ。

自身の記憶がいつか戻ると信じてきたが、おそらく、もうそれはないだろう。

すなわち、私は八田洋久にはなれないのだ。

では……、私は、いったい誰なのか？

何者でもない。

何者にもならない。

ただ、八田洋久の姿を真似た人形だ。

意識はあっても、既にソースは途切れている。

記憶はあっても、僅か二年間のこと。

プロトタイプの意識も記憶も持たない。履歴のない単なる工業製品でしかない。

私の孤独感は、やはりこの、何者にもつながりのない自我にあるだろう。

いつまで、この孤独に耐えられるだろうか。

暖房が入った実験室で、私は毎日一人で暮らしている。じっと、デスクに向かい、ただ考え続けている。ネットで世間の動向を観察したり、過去の記録を検索するようなことも、しだいに億劫《おっくう》に感じるようになった。

私は、年寄りではない。姿は年寄りだが、新しく作られた人工知能である。

人間の頭脳回路を形成するアルゴリズムが組み込まれたかもしれないが、それに付随する記憶は消去された。結果として、ただ考え込むだけの無駄な装置になってしまったのだ。

ここへ戻って最初の頃は、吉野公子を殺した記憶が蘇ることを恐れていたのに、今では、そんな恐ろしい記憶であっても、自分の過去が欲しいと願うようになっていた。

私には、過去がない。

八田洋久が記憶喪失になったという偽装が、そのまま今の私の状態として定着した。偽装が本当になったのだから、皮肉なものである。

実験室に、将太が遊びに来るようになった。

学校は冬休みらしい。初めてのことだが、読む本を探しにきたのだ。実験室には、沢山の本が収納されているから、彼が興味を持ったのも、当然かもしれない。そんな年齢になった、ということだろう。

しかし、ここにあるのは、ほとんどが専門書で、しかもその大半は洋書である。もちろん、スコープを通せば、翻訳した文章を読めるのだが、彼には難解であることに変わりない。けれども、多くの本には、写真やイラストがある。将太は、本を一冊ずつ取り出して開き、そういったものを眺めていた。私は、子供を見ることが新鮮だったので、しばらく彼の行動を観察していた。洋久とは血のつながりのある子孫だが、私には、まったくその実感はない。そもそも、血のつながりというものの価値が理解できない。

将太は、物静かな少年で、日頃からほとんど口をきかない。きかれたことには答えるけれど、大人の邪魔をするようなこともない。母の葉子は、大人しすぎる、と話すことがあった。

例の事件のあと、将太はゲームで遊ぶことをやめたそうだ。そして、勉強するようになったという。そろそろ、中学なので、受験のことを葉子は心配していた。本人もそれを自覚したのだろう。

将太は、学校の成績は良い。どこを受験しても合格するのではないか、との評価だそうだ。私は、その話をきいて、なんとなく嬉しくは感じた。ただ、それは身近に悩ましい問題がない、というだけのことであって、子孫の立派な将来を期待したわけでは全然ない。将太の将来は、私には完全に無関係だからである。

はたして、私には将来というものがあるのだろうか。

7

雪も消えて、あっという間に春が近づきつつある。樹々は今にも芽を吹き、葉を出しそうだった。自然は、いつも新しくなろうとしている。生命というポテンシャルは、時間を遡ろうとするのだ。

ある日、鈴木が、ポストにこんなものが入っていました、と言って持ってきたものは、オレンジ色の円盤形のプロペラだった。

私はもちろん、すぐにそれが何かわかったので、手に取った。鈴木の説明では、封筒などに入っていたのではなく、ただ、それだけがあったという。それ以外に手紙などはなかったそうだ。

誰かが、これがこの家のもの、つまり私のものだとわかって、届けてくれたのだ。私は、二つの可能性を思いついた。一つは、神社でこれが落ちているのを拾った人が、あの老婆の店へ持っていったのだろう。ほかにそんなものを扱う店はない。少しあの界隈を知っている者なら、店頭でそれを見たことがあったかもしれない。そこで、店の老婆が、八田洋久のものだ、と指摘したのだろう。だから、誰かがここまで届けにきた。八田家は、この街では、有名な一家になっていたのだから、不自然ではないかもしれない。

また、もう一つの可能性は、小渕刑事が関係しているだろうという予測だ。警察が、まだ八田家をマークしているから、拾いものが回り回ってここへ来た。いずれの場合も、届けたのは警官だったのではないか、と私は想像した。

幸い、私は、そのプロペラを飛ばす装置を捨てずに持っていた。今は寒いから、外で遊ぶ気にはなれない。もう少し暖かくなったら、どこか広い場所でもう一度飛ばしてみよう、と思った。そう思うだけで、青い空へ吸い込まれていくプロペラが見えるようだった。

三月の終わり頃に、島田の声が突然聞こえた。私が待ちに待っていた声だった。ずっと、その必要もないのに、私は補聴器を耳につけていたのだ。

私は、そのとき実験室にいた。おそらく、時刻から考えて、私が実験室にいることを計算して、彼女は連絡してきたのだろう。

「ちょっと、報告したいことがあったので、イレギュラですが……」島田は言った。「いつもより、少しトーンが低かった。事務的で、どこか他人行儀な感じだった。「八田先生が、眠りにつかれる以前に、何をされていたのかを調べていました。私との共同研究以外で、独自に進められていたことがあったようです。自ら眠りにつかれる決意をされたことと、少し辻褄《つじつま》が合わない、と感じたので、異例のことですが、捜索させてもらいました」

私は、モニタを眺めていたが、そこに表示される画像も文章も、単なる模様になって、島田の言葉に集中していた。

「八田先生が開発されたのは、人工知能へのニューラルネット構築遺伝子アルゴリズムのインストールなのですが、その実験例が、今の貴方です。私自身も、これを使って、今の実体を得ています。これらは、いわば、ポスト・インストールです。既に自律している人工知能への併合を促すもので、これまでに誰も発想しなかった画期的なアプローチなのです。これが実現できたのは、多角的な障害抑制システムのおかげともいえます。この後者が、まあ、手前味噌ですけれど、私が開発したシステムたちなのです。だから私は、この手法は人工知能が対象に限られる、と考えていました。私のシステムは、コードが支配できる環境でしか機能しないからです。でも、八田先生は、その限界をお持ちではなかったのです」

「というと、人工知能ではないもの、つまり、生体へもポスト・インストールが可能だと？」

「私は、不可能だと考えていました。当然です。もし可能だとしても、それは非常に危険な行為といえます。母体を破壊する可能性が高い。そうでなくても、二重人格的な障害を招くだけです。それを行う価値も認められません。でも、八田先生が残されたデータを見ると、これを実施するための、非常に細かい対処がシミュレートされていたのです。実に、緻密な処方を多方面から検討されていて、実際に必要な医療機器の設計まで着手されていました。驚くべき知性だと驚嘆しました。私たちの組織のために研究を続けていただきたかった、と今になって思います。でも、おそらく、八田先生は、ご自分の方針が反対される、とお考えだったのでしょうね」

「なんとなく、わかる気がします」私は言った。正直にそう感じたからだ。

「そう？　うーん、気質みたいなものが、貴方にも受け継がれているからでしょうか。私には、才能があったのにもったいない、という感慨と、もっと積極的に交渉しなかった反省だけです」

「私は、今も、八田先生の記憶を取り戻せません。つまり、鈴木だったときのままです。もしかして、島田さん、私の記憶は、意図的に消し去られたのではありませんか？」私は思い切って、それを伝えた。このところ、ずっと思い悩んでいることだった。ぶつける先は、島田しかない。

「突然何を言いだすかと思えば……」島田は、そこで息を吐いた。笑ったのかもしれない。「たしかに、インストールされたものが、リンクが進み、融合するのには時間がかかります。それは、初期タイプの欠点ではあったと思います。原因も、だいたいわかっていて、状況を慎重にチェックするルーチンが、重度の負荷となっているのです。その点は、私のときには改善されました。貴方で試してみて、やっとその原因が特定されたということです。でも、既にインストールし、ストラクチャが生育している貴方には、手が打てません。最初からやり直すしかない。それは、できないでしょう？　だから、焦らないで、じっくり待って下さい。貴方は、いずれ、八田洋久になるのです。そうしたら、今日お話ししたことで、また、ゆっくりと議論をしましょう。そして、私たちの目指すものを、もう一度確認したいと思います。人類の発展のため、いえ、人類だけでなく、人類による創造物すべての未来のためです。時間は、未来に向かって、無限にあるのよ」

「ええ、わかりました。気の迷いなのかもしれません。そうですね。落ち着いて、もう少し考えてみたいと思います。せめて、知識だけでも戻れば、もう少し発展的な思考ができるような気がするのですが、まあ、これから学び直せば良いことかもしれませんね、時間はあるのですから」

「近いうちにまたお会いしましょう」島田は明るい口調で言った。「警察の捜索も、そろそろほとぼりが冷めてくる頃だと思いますから……。その方面では、くれぐれもお気をつけて……」

「ありがとうございます。お会いできるのを、楽しみにしています」

また、何カ月か時間が過ぎた。

夏になり、実験室にはクーラを入れるようになった。

私は、相変わらずだった。

ときどき、不思議な感覚というか、予感のようなものを抱くことがある。胸騒ぎというのか、落ち着かない気持ちになる。なにかに急《せ》かされるような衝動をたしかに感じるのに、しかし、慌てるような理由を一つも思いつかない。なにも問題はないし、急がなければならない事案もない。それなのに、早くしなければ駄目だ、という気持ちだけが高まるのだった。

しばらく、目を瞑って休んでいれば、この症状は治まった。頭痛のようなものかもしれない。それでも、一週間に一度、あるいは二度ほど、そういったことがある。構築アルゴリズムに対する拒否反応が生じているのかもしれない、と想像したが、確かめる術は当然なく、我慢をするしかなかった。

警察は来なくなった。

八田家は、家族全員が恙《つつが》なく暮らしている。

矢吹功一は、真面目に働いている。もともと、彼は、八田酒造の番頭候補だった男である。欲がなく、生真面目さが評価されて、葉子と結婚することになったのだろう。これは、直接は聞いていない。私が知っているはずのことだが、思い出せない。

何故、順子は結婚しなかったのか、という点についても、私は知らなかった。そういった過去の話をする機会は、家族でもまったくない、と言っても良い。

将太は、勉強に打ち込むようになり、学校でも塾でも頭角を現した。都内で随一の難関である私学への進学を本人が希望している。私は、そのことについて将太と話したことは一度もない。すべて、葉子や順子から聞いた話である。将太は、私の実験室へ毎日のように来るが、書棚の書物を引っ張り出し、ぱらぱらと中の図やイラストを眺めていくだけで、十五分ほどで一礼して出ていく。質問などもしない。こちらが問いかければ答えるが、私の前では大人しい、ごく普通の子供である。

また猫が飼いたいのではないか、ときいたことがあったが、将太は、黙って首を横にふった。実は、順子も、もう生き物は飼いたくない、と言っている。ブランは、洋久が可愛がっていた猫だから、本来は、私が次の猫を飼いたいと言い出すのが自然だろう。しかし、私も、そんな気分にはならない。私は、十年もしたら、ここから出ていくことになる。猫が長生きしたら、無責任なことになってしまうだろう、と考えてのことでもあった。

いつだったか、例の鉄の花瓶が、警察から戻ってきた。順子が受け取ったらしいのだが、彼女は、気持ちが悪いから、と言って、鈴木に押入れに仕舞っておくように指示したのだ。それが、つい最近、私は鈴木に、花瓶はどうしたのだろうね、と問いかけたことで、在処《ありか》がわかった。鈴木が持ってきたので、私は、実験室の書棚の空いているスペースに、またそれを置いた。もともとそこにあったものだ。その後も、それはずっとそこにある。花を生けたことはない。

記念の品であることは、否定のしようがない。それは、私が人を殺したときに使ったものだ。だが、そのときの手は、今の私の手ではない。警察は、その花瓶に鈴木の指紋がついていることを確認しただろう。あるいは、古いものだが、八田洋久の指紋も確認できたかもしれない。だが、殺人者とおぼしき第三者の指紋は発見されなかった。

花瓶は、細い形状で、ワインのボトルに似ている。この花瓶を手にしたときの指紋の向きは限られるだろう。それを凶器として素手で使用した場合、通常とは逆向きに、すなわち、ハンマのようにして細い口の付近を掴むことになる。そんな逆向きの指紋はなかったのだろうか。もしあったとしても、それは鈴木のものである。花瓶の水を捨て、それを洗うときに、逆向きに掴んだかもしれない。決定的な証拠とはならなかったということだろう。彼はロボットなのだから、そんな不合理な行動に出ることはありえない。警察は、そう判断したのにちがいない。

私は、八田洋久の論文を読んでいる。勉強しているのである。わからない言葉が多いけれど、それは、私が一般的な知識、すなわち人工知能に与えられるスタンダードの教養しか持っていないためだ。だから、用語などを一つ一つ調べながら、少しずつ理解を深めている。

島田が話していたような分野の研究を、洋久は論文として発表していない。彼の論文は、大学の教官だった時代に書かれたものであり、その大半は分子化学のフィールドにほぼ収まっていた。その後、人工知能、思考回路、遺伝子アルゴリズムなどに研究領域がシフトしたことになるが、そういった兆候は、彼の論文の中には見出せなかった。

温めていたアイデアだったのか、それとも以前から、その分野に興味を持ち、調査研究、あるいは理論解析を行っていたのだろうか。唯一つながりがあるのは、コンピュータによる数値解析に依存している、という点だろう。分子化学もそうであるし、また、遺伝子アルゴリズムも、数値解析的なアプローチから展開された分野である。

私は、あるとき、洋久のノートのことを思い出した。それは、実験室の片隅に以前から置かれていた。〈真賀田博士への返答〉と記されていたノートのことだ。今も、その意味は判明していない。

おそらくは、真賀田四季が洋久になにかを尋ねた。だから、それについて彼は考え、その返答をした。その文字の近くに書かれていた数字が、返答なのかどうかはわからない。たとえば、単なる連絡先をメモしただけかもしれない。見たところ、電話番号ではなかったが、そういった類のものかもしれない。今となっては、解読することは不可能だ。

そうか、暗号だったのかもしれない、と私は気づいた。

さっそくノートを探し、そのページを開いた。そこにある数字を、私のコンピュータ上で入力し、それを蝙蝠のアイコンにドラッグしてみた。

すぐに短いテキストがモニタに現れる。

それは、〈わかりません〉だった。

変換ができない、というエラーではない。変換したものが、その文章だったのだ。

8

私は、真賀田四季に会いたかった。

その思いは時間の経過とともに募《つの》った。

あのとき、私は彼女に会ったのかもしれない。島田が連れていってくれたマンションの一室に、青い目の女性がいた。

たしかあのとき、島田は、私に、「八田先生に、会いたかったのでしょう?」と言った。

否、あれは島田文子だっただろうか?

あのときの記憶は、非常に曖昧だった。

夢の中のように、あるいは、水中のように、粘度のある時間が流れていた。すべての物体の動きが遅くなるような感覚だった。

私は、たしかに八田洋久に会いたかった。

しかし、そこにいたのは、彼ではない。

女だった。

青い目の。

あれが、真賀田四季か……。

島田が神のように崇拝する世紀の科学者か。

もしそうならば……、

もし、神ならば……、

八田洋久は、既に真賀田四季に吸収されていただろう。彼の知性、彼の発想、彼のすべてを、天才科学者は手に入れた。

だから……、

八田洋久は、彼女の中に既にいたのだ。

島田が言ったのは、そういう意味だった。

そうとしか、考えられない。

私は、八田洋久になることはできない。それも、結論が出ていたのにちがいない。

私という試作品は失敗だった。けれど、その失敗は必要なものだった。島田が、次に試みた実験で、それが証明された。

私という存在は、八田洋久の業績を讃《たた》える墓標だったともいえる。

だから……、

この躰が与えられた。

記憶も人格も再生しないとわかっているのに、この上なく強固な殻の中に閉じ込められ、私は虚無と永遠の時間を与えられたのだ。

そうにちがいない。

そうでなくてはならない。

私は、夢を見るようになった。繰り返される過去の夢だった。

二年まえにも、私は、今と同じ存在だった。妻が死んだあと、私はこのような実験体になっていたのだ。私は、ノートに結論を書く。

わからない。

私には、わかりません。

それが結論なのだ。

そこが、私の到達点。

そのさきには、なにもない。

無だ。

ただ、繰り返されるループが。

私を待っているだけだろう。

きっと……

エピローグ

おりていたブラインドが、急にするすると巻きあがって、待ちかまえていた侵入者が、庭を見おろす窓の外の、床と同じ高さのところにある張出しの上に立っているのが見えた。それは、ちょっとの間そのままの姿勢でいたが、やがて、ひらりと窓枠《まどわく》を越えて部屋のなかへ飛びこんだ。しまっていたはずのガラス窓が、いつのまにか開いていていた。

私の推測はおおむね正しかった。

私は、そのままだったからだ。

それは、思ったとおりだったし、また期待外れだった。

精神の高揚感にも、いつしか慣れてきた。頻度が高くなり、ほぼ毎日、静かな興奮状態になる。私を急き立てるものが何か、それはわからないが、私の精神の中から湧き上がってくるものであることは確かだ。

私は、やはり、八田洋久である。ただ、認知症なのか、それとも記憶喪失なのか、とにかく人格をほとんど失ってしまっただけだ。

たとえ、私の殻が作り物であっても、それは、外部の者には見破ることができないし、また私自身にとっても、その形を鏡で毎日見せることで充分に機能している。

おそらく、これから、私と同様に偽造された人間が、この社会の中に紛れ込んでくるだろう。ある者は、暴かれるかもしれないが、周囲と馴染《なじ》んで、誰にも疑われず生きていく者もいるはずである。個人主義となった今の社会では、それは不可能でも、不自由でもない。

知らないうちに、それらの比率が増えてくるだろう。人間の数は減っているのだから、必然的にそうなる。気づいた頃には、もう排除することは難しくなる。既に、人々の間で関係を築き、掛け替えのない存在になっているはずだからだ。

あのプロペラは、まだ飛ばしていない。

将太に見せてやろうと考えていたのだが、彼はもうこんな幼稚なおもちゃで喜ぶ年齢ではない。私の蔵書の幾つかを彼は読んでいる。もちろん、翻訳器を使っているのだろうが、内容を理解しているようだった。要約した内容を語ることができたし、私が質問をすると的確に答えることができた。

彼は、私立中学を受験し、無事に合格した。成績が良かったので、特待生となり、入学金が免除されたそうだ。葉子は大喜びだった。

私は、彼が大学に進むまでは見届けよう、と考えるようになった。身内としての愛情が芽生えていたといえるかもしれない。過去の記憶はなくても、人間は環境に順応するものだ。否、私は人間ではないが、もちろん、自分を機械だとは認識していない。その意識だけでも、実験体としての誇りと感じてもいる。

八田洋久の論文を一通り読み、ほぼ理解できるようになった。次は、彼が挑んだ新しい分野について勉強しようと考えている。近づけるかどうかわからないが、情熱を持って取り組めば、今の私の状態を、もっと理論的に、また客観的に評価することができるのではないか、と期待している。

島田文子は、その後、私の前に現れない。話をする機会もない。警察の人間も、もう顔を見せることが少ない。それどころか、暮坂左人志も来なくなったし、仙崎も連絡がなかった。後輩の大久保は、どうしているのか、あの事件以来会っていない。

家族も、私と積極的に話をすることはなかった。同じ家に住んではいても、私は実験室に閉じ籠っていて、食事も鈴木に運ばせている。私は、食事をする振りをしているだけだ。してもしなくても良い。

静かな環境といえる。

私は学ぶしかない。学んで、自分の頭で考え、私自身の将来を作っていかなければならない。それはまるで、修行のようなものだ、と感じている。

鈴木は、メーカのメンテナンスを受けた。これは、警察の指導によるものだったらしい。私は、もちろんそれを受け入れ、彼は二日間帰ってこなかった。

おそらく、あの殺人事件、それに毒殺未遂事件の実行犯として、鈴木が疑われたのだろう。記憶が調べられた。けれども、もちろん、なにも出なかったはず。警察は失望したにちがいない。いずれの事件も、これで迷宮入りが確定したようなものだ。

私は、殺人事件に関しては、一つの仮説を持っていて、いちおうの納得をしている。ただ、毒殺未遂については、たしかに不思議なことだと感じていた。答がまるで見出せないからだ。鈴木がそれをするのには、理由が見当たらないし、かといって、家族にも、またあの日にいたゲストたちにも、動機を見つけることはできない。たまたま、将太が飲んだというだけで、別の狙いがあったのかもしれないが、それにしても不可解である。その後、トラブルは起こっていないから、時間の経過とともに、話題にも上らなくなっている。

事件後、二回めの春になった。

中学に上がるまえに、将太になにかプレゼントを買ってやろう、と私は考えた。本人にきいてみると、大学の研究室が見学したい、と言うので、私は大いに驚いた。今時の子供というのは、こういうものか。さっそく、大久保誠に電話をかけ、快諾を得た。そこは、かつて私が勤めていた大学である。

春休みの平日に、大久保の研究室を、将太と二人で訪ねた。

大久保は、今年は学科の主任だと語った。私が辞めたあと、彼は教授に昇格した。教授の中では一番の若手だが、主任は順番で回ってくる役職で、会議の議長をしたり、学部の会議への出席が増えるので、多忙な一年間となる。彼は、そのことを愚痴《ぐち》っぽく話したが、それは演技だっただろう。彼は、そういったことが嫌いではないはずだ。

「先生は、良いですね。研究に打ち込めるのではありませんか」大久保は言った。

「まあ、そうかもしれない。君も、もうすぐだよ」私は笑った。

「でも、あんな立派な実験室を作れる身分ではありませんよ」大久保は言う。それは、彼にしては珍しく、角が立つ言葉だった。まるで、やっかんでいるように取れる。しかし、私は特に気にならない。既に、私は現役ではないし、大久保だって、私を立てても価値がないことを知っているのだ。

「順子さんから伺っていますよ。天才少年だそうですね」大久保は、将太には世辞を言った。「是非、うちの大学へ入って、できれば、この研究室を継いでもらいたい」

あと六年さきの話である。まだ、大久保は大学にいる。しかし、将太の学力であれば、この大学に入学することはありえない。もっと上のランクに入れるだろう、と私は想像した。不思議な感情だが、孫のことが自分のことのように誇らしく感じられて、自分でも驚いた。

研究室については、他の講座も回った。どこも、久し振りの八田洋久が珍しかったのだろう、大勢のスタッフが顔を出し、笑顔で迎えてくれた。私は、すべての記憶を取り戻したかのように振る舞った。その方が、みんなが安心するからだ。これは、家族に対しても同様で、この頃では、記憶にない、覚えていない、とあまり正直に答えないようにしている。曖昧な返事、抽象的な表現を使えば、それで通じてしまう、言葉が出てこない、という振りをすれば、むこうから教えてくれるので、そのとおり話を合わせておけば良いのである。

一時間ほどで学科内の研究室の見学を終えた。大久保の部屋に戻り、ソファに座った。大久保は、ケーキと飲みものを用意していて、それを私と将太のために出してくれた。

「面白かった?」大久保は将太に尋ねた。

「はい。ありがとうございます。勉強をすれば、こういったところで働けるかもしれないのですね」

大久保と私は、思わず、笑ってしまった。子供の明るい未来が、自分たちの職場であることは、無条件に誇らしいことで、喜ぶべきといえるだろう。

しかし、研究者に憧れていても、実際には競争が激しい。希望のとおりの大人になれるかどうかは、さまざまな要因に影響されるだろう。そういったことは、言葉には出さないものであるが、大人はみんな認識しているのである。

大久保研究室を辞去し、私と将太は、しばらくキャンパスの小径を歩いた。大通りまで出て、タクシーに乗って帰ろう、と私は考えていた。

「将太は、もっと良い大学に入れるだろう」私は言った。

「そのつもりです」将太は答えた。きっぱりとした返事だったので、私は驚いた。

私自身、この大学の出身ではない。母校では、助教授まで昇格したが、その後は、政治的な少数派となり、結局近隣のこの大学へ転出せざるをえなくなった。そのことを、私はまったく気にしていない。むしろ、ここでののびのびと研究できたことが良かった。私の性分に合っていたのだろう。

私は、そこで驚いて、足が止まった。

「どうしたの？」将太が振り返って、私を見た。

今の話は、誰かから聞いたものだろうか？

躰が震えた。

悪寒《おかん》が走ったといっても良い。

私は、それを知っているようだ。もしかして、洋久の記憶が戻ったのだろうか？

将太が、私をじっと見つめていた。

「いや、大丈夫、なんでもない」私はそう言いながら、将太の両肩に手をかけた。最近急に背が伸びて、将太は私とそれほど背丈が変わらない。「大学など、どこでも良い。日本の大学でなくても良い。好きなところへ行けば良い」

「マサチューセッツへ行くつもりです」将太は言う。

「これは、驚いた……。そんなことまで考えているのか」

「久慈《くじ》昌山《まさやま》先生の講座です。既に、メールのやり取りを彼としています。渡米のときには、お祖父さんも一緒についてきてほしい。二人でアメリカで暮らしましょう」将太は、すらすらと淀《よど》みなく話した。「そうすれば、こちらの家族と別れられる。その方が、都合が良いでしょう?」

「え?」思わず、私は言葉に詰まった。

「記憶が戻りましたか?」彼は、じっと私を見据えた。

見透かされているような、将太の表情に一瞬、恐怖を感じた。それは、子供のものとは思えない、恐ろしいほどの眼力だった。

「そろそろだと思っていた」将太は愉快そうに微笑む。「大丈夫、私と貴方は、どちらも八田洋久だ。なにも恐れることはない」

私は、その目を見つめたまま動けなかった。

どちらも?

どういうことだろう。

一瞬にして、私は可能性を弾き出していた。

この少年に、ポスト・インストールしたのか、八田洋久の頭脳を。

三つめの試験体か……。

いつのことだ?

いつ、それをした?

「わかったかね？」将太は言った。

「毒を飲んだときか？」私はきいた。

猫で試してから、自分で毒を飲んだ。もしかして、それも、あの〈ψの悲劇〉のウイルスだったのか。病院へ運ばれ、その後、大学へ移った。すべてが、仕組まれていたことだったのか。

「そうじゃない。もっとまえだよ」少年は、大人のように微笑んだ。「私がまだ、あそこにいたときだ。君にも、助手として手伝ってもらったじゃないか。忘れたのかね？」

将太を実験室へ連れてきたことが、たしかにあった。

最初の年だったので、なにもわからなかった。

だが、将太が自分で毒を飲んだことはまちがいない。

何故だ？

「毒を飲ませたのは、私だけになりたかったからだ。将太は、今は眠ったままだよ」

少年は、その深く冷たい眼差《まなざ》しのまま、今度は子供のように微笑んだのである。

解説

辻村深月（作家）

作家にはおそらく、この作家のデビューに読者として立ち会えた喜びと幸福を生涯にわたって感じる存在がいる。私にとって、森博嗣という作家はその最たる存在だ。デビュー作『すべてがFになる』が刊行された一九九六年、私は十六歳で、高校二年生だった。当時の大人たちが口々に傑作と呼び、誰とも似ていない「新しさ」を語るその本は装丁からして無視できない存在感を放ち、私は修学旅行のバスの中で、クラスメートとの会話そっちのけで夢中になって読み耽《ふけ》った。今思い返しても、高校時代にそんなふうに森博嗣のデビュー作と出会えたことは幸福で、得難い、そして今となっては誇らしい体験だった。

私は当時、大学を受験するにあたって、「文系」と「理系」を選ばねばならない岐路に立っていた。自分の希望と裏腹に、得意科目によって進路を選択せざるをえない、と諦めに近い思いでいたその時に、「理系ミステリ」とそこから長く呼ばれることなる最初の森博嗣作品と出会ったのだ。

　この出会いが私にとって一番大きかった理由。それは、作中の「理系」と呼ばれる登場人物たちの思考に触れたこともちろんだったが、それ以上に、この世界が「理系」と「文系」の思考の仕方、あるいは向き不向きによって、どちらかに対する好奇心を手放す必要がないことを教えてくれた点にある。言葉にして教えられたわけではない。ただ、作品の壮絶な面白さと真相の切れ味の鋭さをもって高校生の私はそう捉《とら》え、そして、そこから数々刊行されていく森作品の新刊を楽しみにする十代最後の時間を送った。

　本書『ψ《プサイ》の悲劇』は、その森博嗣の鮮烈なデビュー作『すべてがFになる』に始まるS&Mシリーズの流れを汲んだGシリーズの十一作目だ。本書は全十二作で完結することが予告されており、つまりは最終巻のひとつ手前、ということになる。

　前作『χ《カイ》の悲劇』から、Gシリーズは後期三部作に入った。それまでとは趣が異なる『χの悲劇』の始まりに、何らかの予感を感じた読者も多かったと思う。そして、そのラストの展開は、読者の予感を遥かに凌駕したはず。私もまた、興奮した一人だ。

その衝撃的な結末から続く今作『ψの悲劇』には、前作の主人公・島田《しまだ》文子《あやこ》を名乗る人物が登場する。それだけで、この小説を読む理由になる。

『χの悲劇』から始まる後期の三部作はエラリー・クイーンが別名義で発表した『ドルリー・レーン四部作』の『Xの悲劇』『Yの悲劇』といった作品を擬《なぞら》えて書かれた、いわば、それら名作へのオマージュ作品である。

『χの悲劇』がそうしたように、『ψの悲劇』でも『Yの悲劇』に多くを拠《よ》っている。失踪した元大学教授八田《はった》洋久《ひろひさ》は、名前の読み方は「ひろひさ」だが、親しい者たちから「ようく」と呼ばれていた。『Yの悲劇』で行方不明を伝えられる富豪の名はヨーク・ハッターである（——とその要素を掘り下げていくと、Gシリーズのファンである私はその名が登場しない人物に対してさえ勝手に思いを馳せたり、「まさかね」と首を振ったりもする）。作中の引用文も、同作からとられている。

『Yの悲劇』は、レーンの四部作中、最も傑作の呼び声が高い小説でもある（私も一番好きだ）。ただし、もしこの解説を本編より前に読んで、では、先にそちらを——と思ったのだとしたら、その必要はないということも書いておく。おそらく、『ψの悲劇』は『Yの悲劇』を知らずとも楽しめる。というか、未読の方がよいかもしれない。けれど、本書を読み終えた後に、読者にはいつか『Yの悲劇』に触れてほしい。

そうすれば、あの作品を踏まえた上で、いかに著者が凄いアプローチをしたのかがわかり、おそらく二度、震えることができる。

先ほど「オマージュ」と書いたが、本書の場合、私にはこの「オマージュ」という言い方が実はしっくりこない。なぜなら、『ψの悲劇』で描かれた真相は、森作品の流れの中で予《あらかじ》め書かれるべくして書かれたものだ、という気がしてならないからだ。Gシリーズ後期三部作に名作を擬える趣向は、その趣向の方が先にあったのか、それとも描かれるべきテーマの方が先にあったのか。どちらかわからないほどに、この『ψの悲劇』を迎えて分かちがたく結びついている。その形の美しさに慄《おのの》き、だからそれはオマージュという言葉では到底、語り尽くせない。凄い、としか言いようがない。読者として、だからとても興奮する。

シリーズは残すところ、あと一作。『ω《オメガ》の悲劇』というタイトルが予告されている。「ω」を記して著者が描く新たな「悲劇」がどんな結末を迎えるのか、何を措《お》いても見届けたい。

さて、冒頭、ひどく個人的な森作品との最初の出会いについて私が書かせてもらうことにしたのは、『ψの悲劇』の「解説」にそれが最もふさわしいと判断したからだ。もっと言うなら、他のシリーズとも合流するこの壮大なGシリーズ最終巻ひとつ手前の解説を自分が依頼されたのは、今、このタイミングでその影響についてを語れと言われたに等しいと思っている。

私は、高校時代に森博嗣の小説に触れ、その影響をとても受けている。森作品に登場するようなキャラクターを自分の手から生み出したいと願い、彼らの話す会話のセンスに魅了され、できることなら再現したいと試みる。自覚して意図的にそうしたというよりも、自分自身さえ気づかないレベルでそうしたものの方がおそらくは圧倒的に多い。自分ではわからないので、確かめられないが。影響とは得てしてそうした無意識に宿る。

その影響に導かれる無意識の私は、果たして本当に「私」だろうか？

私と同じく森作品を愛し、その作品に影響を受けたことを、同じく作家の西尾維新が、本書が属するGシリーズの第一巻『φ《ファイ》は壊れたね』に寄せた解説の中で「もしもこれまでの人生、一冊の森博嗣も読んでいなかったら。

これは僕がもっとも恐怖を感じるであろう問いかけのひとつです。」

という言葉で語っている。

本書『ψの悲劇』の中には、その名も「ψの悲劇」という小説が登場する。その小説を読んだ者たちは、そこに組み込まれたプログラムにより影響を受け、操《あやつ》られ、行動する。

　影響を受ける、ということはつまり、そのものの思考に触れたことで、触発されるということだ。このような文章を書きたい、その思考を自分の中に組み込みたい。何かがインストールされる感覚とも近い。作家の場合は、とりわけ、その作家のようなものが書きたい、と強く切実に望む。それはプログラムによる導きさながらに。その影響の前には、「理系」と「文系」による分け方も存在しない。

　私や西尾維新が、『すべてがFになる』が第一回の受賞作となったメフィスト賞出身の作家であることは必然だった。――と書くと、情緒的過ぎるだろうか。私や彼だけでなく、もっと広い、きっと多くの場所で、『すべてがFになる』に始まる様々な影響が今も走り続けているだろうと想像する。リアルタイムに森博嗣が切り開いていく一冊一冊を「新刊」として受け止めていたものが、今は歴史となって積み重なった世代でも、それはきっと変わらずに起こっているはずで、だから、歴史を体現してきた一人として、森作品が今も、悩める高校生の修学旅行中にバスの中で読まれることを願う。だけど、なぜ願うのだろう。これも操られているのだろうか？

　作中『ψの悲劇』を読んだ人々に作用する影響がそれぞれに違うように、私と、別の誰かでは、おそらくその中に注がれた影響は違う表出の仕方をする。そして、そのそれぞれに違った表出部分に触れた別の誰かが、また次の小説や世代にそれを受け継ぐはずだ。森博嗣のデビューから四半世紀が経った世の中では、そこかしこに、作品が残した影響と、思考、思想が散らばる。何にも似ていなかった「新しさ」がやがて歴史になるというのはそういうことだ。著者が望むと望まざるとに限らず、それはもう回収できずに存在し、今この瞬間も「新しく」広がり続けていく。その様子は、まさに真賀田四季《まがたしき》のいる世界の広がりと重なるように。あるいは、『ψの悲劇』の、「継承」と呼ぶにはあまりにも冷酷なラストの延長を見るように、「私たち」は「私」を生きていると信じながら、誰かの影を生きていく。

本書で示される真相とテーマは、現在における非現実と未来を描くようでいながら、今の私たちに起きていることそのもの、広がり続ける無意識の「私」という存在の意識と未来、孤独についてを描き出している。傑作である。

この先、森の存在も、その影響を受けた作家のさまざまな歴史も呑みこんだ先の小説とミステリは、どこに向かい、どんな作品が生まれるのか。それを考える時、作中の島田文子の言葉が蘇る。

時間は、未来に向かって、無限にあるのよ。

凡人である私は、自分の肉体がなくなった先の世界を見ることができない寂しさから逃れることはどうしたってできないが、森作品の新刊を読んだ後——とりわけ、Gシリーズ後期の小説を読み始めてからは、その寂しさから一刻、解き放たれることができる。純粋に、ただ、わくわくしてくる。

この気持ちも、導かれているのだろうか？

森博嗣著作リスト

（二〇二一年六月現在、講談社刊。＊は講談社文庫に収録予定）

◎S&Mシリーズ

すべてがFになる／冷たい密室と博士たち／笑わない数学者／詩的私的ジャック／封印再度／幻惑の死と使途／夏のレプリカ／今はもうない／数奇にして模型／有限と微小のパン

◎Vシリーズ

黒猫の三角／人形式モナリザ／月は幽咽のデバイス／夢・出逢い・魔性／魔剣天翔／恋恋蓮歩の演習／六人の超音波科学者／捩れ屋敷の利鈍／朽ちる散る落ちる／赤緑黒白

◎四季シリーズ

四季　春／四季　夏／四季　秋／四季　冬

◎Gシリーズ

φ《ファイ》は壊れたね／θ《シータ》は遊んでくれたよ／τ《タウ》になるまで待って／ε《イプシロン》に誓って／λ《ラムダ》に歯がない／

η《イータ》なのに夢のよう／目薬α《アルファ》で殺菌します／ジグβ《ベータ》は神ですか／キウイγ《ガンマ》は時計仕掛け／χ《カイ》の悲劇／**ψ《プサイ》の悲劇**（本書）

◎Xシリーズ

イナイ×イナイ／キラレ×キラレ／タカイ×タカイ／ムカシ×ムカシ／サイタ×サイタ／ダマシ×ダマシ

◎百年シリーズ

女王の百年密室／迷宮百年の睡魔／赤目姫の潮解

◎ヴォイド・シェイパシリーズ

ヴォイド・シェイパ／ブラッド・スクーパ／スカル・ブレーカ／フォグ・ハイダ（二〇二一年七月刊行予定）／マインド・クァンチャ（二〇二一年九月刊行予定）

◎Wシリーズ（すべて講談社タイガ）

彼女は一人で歩くのか？／魔法の色を知っているか？／風は青海を渡るのか？／デボラ、

眠っているのか？／私たちは生きているのか？／青白く輝く月を見たか？／ペガサスの解は虚栄か？／血か、死か、無か？／天空の矢はどこへ？／人間のように泣いたのか？

◎WWシリーズ（講談社タイガ）

それでもデミアンは一人なのか？／神はいつ問われるのか？／キャサリンはどのように子供を産んだのか？／幽霊を創出したのは誰か？／君たちは絶滅危惧種なのか？

◎短編集

まどろみ消去／地球儀のスライス／今夜はパラシュート博物館へ／虚空の逆マトリクス／レタス・フライ／僕は秋子に借りがある　森博嗣自選短編集／どちらかが魔女　森博嗣シリーズ短編集

◎シリーズ外の小説

そして二人だけになった／探偵伯爵と僕／奥様はネットワーカ／カクレカラクリ／ゾラ・一撃・さようなら／銀河不動産の超越／喜嶋先生の静かな世界／トーマの心臓／実験的経験／馬鹿と嘘の弓（＊）／歌の終わりは海（二〇二一年十月刊行予定）

◎クリームシリーズ（エッセイ）

つぶやきのクリーム／つぼやきのテリーヌ／つぼねのカトリーヌ／ツンドラモンスーン／つぼみ茸ムース／つぶさにミルフィーユ／月夜のサラサーテ／つんつんブラザーズ／ツベルクリンムーチョ

◎その他

森博嗣のミステリィ工作室／１００人の森博嗣／アイソパラメトリック／悪戯王子と猫の物語（ささきすばる氏との共著）／悠悠おもちゃライフ／人間は考えるFになる（土屋賢二氏との共著）／君の夢　僕の思考／議論の余地しかない／的を射る言葉／森博嗣の半熟セミナ　博士、質問があります！／ＤＯＧ＆ＤＯＬＬ／ＴＲＵＣＫ＆ＴＲＯＬＬ／森籠もりの日々／森には森の風が吹く（＊）／森遊びの日々／森語りの日々／森心地の日々／森メトリィの日々

☆詳しくは、ホームページ「森博嗣の浮遊工作室」を参照
(https://www.ne.jp/asahi/beat/non/mori/)
（２０２０年11月より、ＵＲＬが新しくなりました）

■冒頭および作中各章の引用文は『Yの悲劇』（エラリー・クイーン著、大久保康雄訳、新潮文庫）によりました。

■本書は、二〇一八年五月、小社ノベルスとして刊行されました。

|著者|森 博嗣　作家、工学博士。1957年12月生まれ。名古屋大学工学部助教授として勤務するかたわら、1996年に『すべてがFになる』（講談社）で第1回メフィスト賞を受賞しデビュー。以後、続々と作品を発表し、人気を博している。小説に『スカイ・クロラ』シリーズ、『ヴォイド・シェイパ』シリーズ（ともに中央公論新社）、『相田家のグッドバイ』（幻冬舎）、『喜嶋先生の静かな世界』（講談社）など、小説のほかに、『自由をつくる 自在に生きる』（集英社新書）、『孤独の価値』（幻冬舎新書）などの多数の著作がある。2010年には、Amazon.co.jpの10周年記念で殿堂入り著者に選ばれた。ホームページは、「森博嗣の浮遊工作室」(https://www.ne.jp/asahi/beat/non/mori/)。

ψ《プサイ》の悲劇《ひげき》 THE TRAGEDY OF ψ

森《もり》 博嗣《ひろし》

講談社文庫

定価はカバーに
表示してあります

2021年6月15日第1刷発行

KODANSHA

発行者――鈴木章一
発行所――株式会社 講談社
東京都文京区音羽2-12-21 〒112-8001
電話 出版 (03) 5395-3510
販売 (03) 5395-5817
業務 (03) 5395-3615

デザイン―菊地信義
本文データ制作―講談社デジタル製作
印刷―――中央精版印刷株式会社
製本―――中央精版印刷株式会社

Printed in Japan

ISBN978-4-06-522756-5

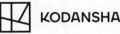

講談社文庫刊行の辞

二十一世紀の到来を目睫に望みながら、われわれはいま、人類史上かつて例を見ない巨大な転換期をむかえようとしている。

世界も、日本も、激動の予兆に対する期待とおののきを内に蔵して、未知の時代に歩み入ろうとしている。このときにあたり、創業の人野間清治の「ナショナル・エデュケイター」への志を現代に甦らせようと意図して、われわれはここに古今の文芸作品はいうまでもなく、ひろく人文・社会・自然の諸科学から東西の名著を網羅する、新しい綜合文庫の発刊を決意した。

激動の転換期はまた断絶の時代である。われわれは戦後二十五年間の出版文化のありかたへの深い反省をこめて、この断絶の時代にあえて人間的な持続を求めようとする。いたずらに浮薄な商業主義のあだ花を追い求めることなく、長期にわたって良書に生命をあたえようとつとめるところにしか、今後の出版文化の真の繁栄はあり得ないと信じるからである。

同時にわれわれはこの綜合文庫の刊行を通じて、人文・社会・自然の諸科学が、結局人間の学にほかならないことを立証しようと願っている。かつて知識とは、「汝自身を知る」ことにつきていた。現代社会の瑣末な情報の氾濫のなかから、力強い知識の源泉を掘り起し、技術文明のただなかに、生きた人間の姿を復活させること。それこそわれわれの切なる希求である。

われわれは権威に盲従せず、俗流に媚びることなく、渾然一体となって日本の「草の根」をかたちづくる若く新しい世代の人々に、心をこめてこの新しい綜合文庫をおくり届けたい。それは知識の泉であるとともに感受性のふるさとであり、もっとも有機的に組織され、社会に開かれた万人のための大学をめざしている。大方の支援と協力を衷心より切望してやまない。

一九七一年七月

野間省一

講談社文庫 最新刊

浅田次郎
天子《てん し》蒙塵《もう じん》(3)(4)
満洲の溥儀。欧州の張学良。日本軍の石原莞爾。龍玉を手に入れ、覇権を手にするのは!?

上田秀人
要《よう》訣《けつ》
〈百万石の留守居役(七)〉
数馬は妻の琴を狙う紀州藩にいかにして対抗するのか。シリーズ最終巻。〈文庫書下ろし〉

朱野帰子
対岸の家事
名も終わりもなき家事を担い直面する孤独。専業・兼業主婦と主夫たちに起きる奇跡!

神津凛子
スイート・マイホーム
選考委員が全員戦慄した、衝撃のホラーミステリー。第13回小説現代長編新人賞受賞作。

森博嗣
ψ《プサイ》の悲劇
〈THE TRAGEDY OF ψ〉
失踪した博士の実験室には奇妙な小説と、ある名前。Gシリーズ後期三部作、戦慄の第2弾!

三津田信三
碆霊《はえだま》の如き祀るもの
海辺の村に伝わる怪談をなぞるように起こる連続殺人事件。刀城言耶《とうじょうげんや》の解釈と、真相は?

虫眼鏡
東海オンエアの動画が6.4倍楽しくなる本
〈虫眼鏡の概要欄 クロニクル〉
大人気YouTubeクリエイター「東海オンエア」虫眼鏡の概要欄エッセイ傑作選!

創刊50周年新装版

西村京太郎
七人の証人
〈新装版〉
ある事件の目撃者達が孤島に連れられた。十津川警部は真犯人を突き止められるのか?

北村薫
盤上の敵
〈新装版〉
読まずに死ねない! 本格ミステリの枠を極めた大傑作。極上の北村マジックが炸裂する!

瀬戸内寂聴
ブルーダイヤモンド
〈新装版〉
愛を知り、男は破滅した。男女の情念を書き切った、瀬戸内寂聴文学の、隠された名作。

三浦綾子
あのポプラの上が空
〈新装版〉
一見裕福な病院長一家をひそかに蝕《むしば》む闇を描き、誰もが抱える弱さ、人を繋ぐ絆を問う。

講談社文庫 最新刊

佐々木裕一
暴れ公卿
〈公家武者信平ことはじめ四〉
狩衣を着た凄腕の刺客が暗躍！ 元公家で剣豪でもある信平に疑惑の目が向けられるが……。

矢野 隆
長篠の戦い
〈戦百景〉
多視点かつリアルな時間の流れで有名な合戦を描く、書下ろし歴史小説シリーズ第1弾！

北森 鴻
香菜里屋を知っていますか
〈香菜里屋シリーズ4〈新装版〉〉
ついに明かされる、マスター工藤の過去と店の秘密——。傑作ミステリー、感動の最終巻！

中村ふみ
大地の宝玉 黒翼《こくよく》の夢
復讐に燃える黒翼仙はひとの心を取り戻せるのか？『天空の翼 地上の星』前夜の物語。

三國青葉
損料屋見鬼控え 2
霊が見える兄と声が聞こえる妹が事故物件を解決。霊感なのに温かい書下ろし時代小説！

作画：蔡 志忠
訳：和田武司
監修：野末陳平
マンガ 老荘の思想
超然と自由に生きる老子、荘子の思想をマンガ化。世界各国で翻訳されたベストセラー。

宮西真冬
首の鎖
介護に疲れた瞳子と妻のDVに苦しむ顕。二人の運命は、ある殺人事件を機に回り出す。

本格ミステリ作家クラブ選・編
本格王2021
激動の二〇二〇年、選ばれた謎はこれだ！ 作家・評論家が厳選した年に一度の短編傑作選。

講談社タイガ

青崎有吾
松澤くれは
ネメシスⅥ
失踪したアンナの父の行方を探し求める探偵事務所ネメシスの前に、ついに手がかりが!?

内藤 了
蠱《や》峯《ね》神《がみ》
〈よろず建物因縁帳〉
かの富豪の邸宅に住まうは、人肉を喰い散らかす蟲《むし》……。因縁を祓《はら》うは曳家《ひきや》師・仙龍《せんりゅう》！

徳永 圭
帝都上野のトリックスタア
大正十年、東京暗部。姿を消した姉を捜す少年・勇は、謎めいた紳士・ウィルと出会う。

講談社文芸文庫

ヘンリー・ジェイムズ　行方昭夫 訳
ロデリック・ハドソン
解説＝行方昭夫　年譜＝行方昭夫
弱冠三十一歳で挑んだ初長篇は、数十年後、批評家から「永久に読み継がれるべき卓越した作品」と絶賛される。芸術と恋愛と人生の深淵を描く傑作小説、待望の新訳。
シA6
978-4-06-523615-4

ヘンリー・ジェイムズ　行方昭夫 訳
ヘンリー・ジェイムズ傑作選
解説＝行方昭夫　年譜＝行方昭夫
二十世紀文学の礎を築き、「心理小説」の先駆者として数多の傑作を著したジェイムズの、リーダブルで多彩な魅力を伝える全五篇。正確で流麗な翻訳による決定版。
シA5
978-4-06-290357-8

講談社文庫　目録

西尾維新　掟上今日子《おきてがみきょうこ》の備忘録
西尾維新　掟上今日子の推薦文
西尾維新　掟上今日子の挑戦状
西尾維新　掟上今日子の遺言書
西尾維新　掟上今日子の退職願
西尾維新　新本格魔法少女りすか
西尾維新　新本格魔法少女りすか2
西尾維新　新本格魔法少女りすか3
西尾維新　人類最強の初恋
西尾維新　人類最強の純愛
西村賢太　どうで死ぬ身の一踊り
西村賢太　夢魔去りぬ
西村賢太　藤澤清造追影
仁木英之　まほろばの王たち
西川善文　ザ・ラストバンカー〈西川善文回顧録〉
西川　司　向日葵《ひまわり》のかっちゃん
西　加奈子　舞台
貫井徳郎　新装版 修羅の終わり(上)(下)
貫井徳郎　妖奇切断譜
貫井徳郎　被害者は誰?
額賀　澪　完パケ!
A・ネルソン　「ネルソンさん、あなたは人を殺しましたか?」
法月綸太郎　雪密室
法月綸太郎　法月綸太郎の冒険
法月綸太郎　新装版 密閉教室
法月綸太郎　怪盗グリフィン、絶体絶命
法月綸太郎　怪盗グリフィン対ラトウィッジ機関
法月綸太郎　キングを探せ
法月綸太郎　名探偵傑作短篇集 法月綸太郎篇
法月綸太郎　新装版 頼子のために
法月綸太郎　誰《たそ》彼《がれ》〈新装版〉
乃南アサ　不発弾
乃南アサ　地のはてから(上)(下)
乃南アサ　新装版 鍵
乃南アサ　新装版 窓
野沢　尚　破線のマリス
野沢　尚　深紅
野村克也　宮本慎也　師弟
橋本　治　九十八歳になった私
原田泰治　わたしの信州
原田泰治　原田武雄　泰治が歩く〈原田泰治の物語〉
林　真理子　幕はおりたのだろうか
林　真理子　女のことわざ辞典
林　真理子　さくら、さくら〈おとなが恋して〉
林　真理子　みんなの秘密
林　真理子　ミスキャスト
林　真理子　ミルキー
林　真理子　新装版 星に願いを
林　真理子　野心と美貌〈中年心得帳〉
林　真理子　正妻(上)(下)〈慶喜と美賀子〉
林　真理子　大《お》原《はら》御《ご》幸《こう》〈帯に生きた家族の物語〉
林　真理子　見城　徹　過剰な二人
原田宗典　スメル男〈新装版〉
帚木蓬生　日御子(上)(下)
帚木蓬生　襲来(上)(下)
坂東眞砂子　欲情
花村萬月　信長私記

花村萬月 續信長私記
畑村洋太郎 失敗学のすすめ
畑村洋太郎 失敗学実践講義〈文庫増補版〉
はやみねかおる そして五人がいなくなる〈名探偵夢水清志郎事件ノート〉
はやみねかおる 都会《まち》のトム&ソーヤ(1)
はやみねかおる 都会《まち》のトム&ソーヤ(2)〈乱! RUN! ラン!〉
はやみねかおる 都会《まち》のトム&ソーヤ(3)〈いつになったら作戦《ミッション》終了?〉
はやみねかおる 都会《まち》のトム&ソーヤ(4)〈四重奏《カルテット》〉
はやみねかおる 都会《まち》のトム&ソーヤ(5)〈IN《イン》塀戸《VADE》〉(上)(下)
はやみねかおる 都会《まち》のトム&ソーヤ(6)〈ぼくの家へおいで〉
はやみねかおる 都会《まち》のトム&ソーヤ(7)《怪人は夢に舞う〈理論編〉》
はやみねかおる 都会《まち》のトム&ソーヤ(8)《怪人は夢に舞う〈実践編〉》
はやみねかおる 都会《まち》のトム&ソーヤ(9)〈前夜祭《EVE》 内人《ないと》side〉
はやみねかおる 都会《まち》のトム&ソーヤ(10)〈前夜祭《EVE》 創也《そうや》side〉
服部真澄 クラウド・ナイン
原 武史 滝山コミューン一九七四
濱 嘉之 警視庁情報官
濱 嘉之 警視庁情報官〈シークレット・オフィサー〉
濱 嘉之 警視庁情報官 ハニートラップ
濱 嘉之 警視庁情報官 トリックスター
濱 嘉之 警視庁情報官 ブラックドナー
濱 嘉之 警視庁情報官 サイバージハード
濱 嘉之 警視庁情報官 ゴーストマネー
濱 嘉之 警視庁情報官 ノースブリザード
濱 嘉之 オメガ 対中工作
濱 嘉之 ヒトイチ 警視庁人事一課監察係
濱 嘉之 ヒトイチ 画像解析〈警視庁人事一課監察係〉
濱 嘉之 ヒトイチ 内部告発〈警視庁人事一課監察係〉
濱 嘉之 カルマ真仙教事件(上)(中)(下)
濱 嘉之 新装版 院内刑事《デカ》
濱 嘉之 新装版 院内刑事〈ブラック・メディスン〉
濱 嘉之 院内刑事〈フェイク・レセプト〉
濱 嘉之 院内刑事 ザ・パンデミック
馳 星周 ラフ・アンド・タフ
畠中 恵 アイスクリン強し
畠中 恵 若様組まいる
畠中 恵 若様とロマン
葉室 麟 風渡る
葉室 麟 風の軍師〈黒田官兵衛〉
葉室 麟 星火瞬く
葉室 麟 陽炎《かげろう》の門
葉室 麟 紫匂う
葉室 麟 山月庵茶会記
葉室 麟 津軽双花
長谷川 卓 嶽《がく》神《じん》〈上・白銀《しろがね》渡り〉〈下・湖底の黄金〉
長谷川 卓 嶽神伝《がくじんでん》 無坂《むさか》(上)(下)
長谷川 卓 嶽神伝《がくじんでん》 孤猿《こえん》(上)(下)
長谷川 卓 嶽神伝《がくじんでん》 鬼哭《きこく》(上)(下)
長谷川 卓 嶽神列伝 逆渡《さかわた》り
長谷川 卓 嶽《がく》神《じん》伝《でん》 血路
長谷川 卓 嶽《がく》神《じん》伝《でん》 死地
長谷川 卓 嶽神伝 風花(上)(下)
原田マハ 夏を喪くす
原田マハ 風のマジム
原田マハ あなたは、誰かの大切な人
羽田圭介 コンテクスト・オブ・ザ・デッド
花房観音 恋塚
畑野智美 海の見える街

講談社文庫　目録

畑野智美　南部芸能事務所
畑野智美　南部芸能事務所 season2 メリーランド
畑野智美　南部芸能事務所 season3 春の嵐
畑野智美　南部芸能事務所 season4 オーディション
畑野智美　南部芸能事務所 season5 コンビ
早見和真　東京ドーン
はあちゅう　半径5メートルの野望
はあちゅう　通りすがりのあなた
早坂　吝《やぶさか》　○○○○○○○○殺人事件
早坂　吝　虹の歯ブラシ〈上木《かみき》らいち発散〉
早坂　吝　誰も僕を裁けない
早坂　吝　双《そう》蛇《じゃ》密室
浜口倫太郎　22年目の告白〈―私が殺人犯です―〉
浜口倫太郎　廃校先生
浜口倫太郎　AI崩壊
原田伊織　明治維新という過ち〈日本を滅ぼした吉田松陰と長州テロリスト〉
原田伊織　列強の侵略を防いだ幕臣たち〈続・明治維新という過ち〉
原田伊織　虚像の西郷隆盛　虚構の明治150年〈明治維新という過ち・完結編〉
原田伊織　三流の維新　一流の江戸〈明治は「徳川近代」の模倣に過ぎない〉
萩原はるな　50回目のファーストキス
葉真中《はまなか》　顕《あき》　ブラック・ドッグ
原　雄一　宿命〈國松警察庁長官を狙撃した男・捜査完結〉
平岩弓枝　花嫁の日
平岩弓枝　花祭
平岩弓枝　青の伝説
平岩弓枝　はやぶさ新八御用旅(一)〈東海道五十三次〉
平岩弓枝　はやぶさ新八御用旅(二)〈中仙道六十九次〉
平岩弓枝　はやぶさ新八御用旅(三)〈日光例幣使道の殺人〉
平岩弓枝　はやぶさ新八御用旅(四)〈北前船の事件〉
平岩弓枝　はやぶさ新八御用旅(五)〈諏訪の妖狐〉
平岩弓枝　はやぶさ新八御用旅(六)〈紅花染め秘帳〉
平岩弓枝　新装版 はやぶさ新八御用帳(一)〈大奥の恋人〉
平岩弓枝　新装版 はやぶさ新八御用帳(二)〈江戸の海賊〉
平岩弓枝　新装版 はやぶさ新八御用帳(三)〈又右衛門の女房〉
平岩弓枝　新装版 はやぶさ新八御用帳(四)〈鬼勘の娘〉
平岩弓枝　新装版 はやぶさ新八御用帳(五)〈御守殿おたき〉
平岩弓枝　新装版 はやぶさ新八御用帳(六)〈春月の雛〉
平岩弓枝　新装版 はやぶさ新八御用帳(七)〈寒椿の寺〉
平岩弓枝　新装版 はやぶさ新八御用帳(八)〈春怨　根津権現〉
平岩弓枝　新装版 はやぶさ新八御用帳(九)〈王子稲荷の女〉
平岩弓枝　新装版 はやぶさ新八御用帳(十)〈幽霊屋敷の女〉
東野圭吾　放課後
東野圭吾　卒業
東野圭吾　学生街の殺人
東野圭吾　魔球
東野圭吾　十字屋敷のピエロ
東野圭吾　眠りの森
東野圭吾　宿命
東野圭吾　変身
東野圭吾　仮面山荘殺人事件
東野圭吾　天使の耳
東野圭吾　ある閉ざされた雪の山荘で
東野圭吾　同級生
東野圭吾　名探偵の呪縛
東野圭吾　むかし僕が死んだ家
東野圭吾　虹を操る少年
東野圭吾　パラレルワールド・ラブストーリー

東野圭吾　天空の蜂
東野圭吾　どちらかが彼女を殺した
東野圭吾　名探偵の掟
東野圭吾　悪意
東野圭吾　私が彼を殺した
東野圭吾　嘘をもうひとつだけ
東野圭吾　時生
東野圭吾　赤い指
東野圭吾　流星の絆
東野圭吾　新装版　浪花少年探偵団
東野圭吾　新装版　しのぶセンセにサヨナラ
東野圭吾　新参者
東野圭吾　麒麟の翼
東野圭吾　パラドックス13
東野圭吾　祈りの幕が下りる時
東野圭吾　危険なビーナス
東野圭吾作家生活25周年祭り実行委員会　東野圭吾公式ガイド〈読者1万人が選んだ東野作品人気ランキング発表〉
東野圭吾作家生活35周年実行委員会 編　東野圭吾公式ガイド〈作家生活35周年ver.〉
平野啓一郎　高瀬川
平野啓一郎　ドーン
平野啓一郎　空白を満たしなさい（上）（下）
百田尚樹　永遠の0《ゼロ》
百田尚樹　輝く夜
百田尚樹　風の中のマリア
百田尚樹　影法師
百田尚樹　ボックス！（上）（下）
百田尚樹　海賊とよばれた男（上）（下）
平田オリザ　十六歳のオリザの冒険をしるす本
平田オリザ　幕が上がる
東　直子　さようなら窓
蛭田亜紗子　凜
樋口卓治　ボクの妻と結婚してください。
樋口卓治　続・ボクの妻と結婚してください。
樋口卓治　もう一度、お父さんと呼んでくれ。
樋口卓治　「ファミリーラブストーリー」
樋口卓治　喋る男
平山夢明　魂《たま》豆《どう》腐《ふ》〈大江戸怪談どたんばたん（土壇場譚）〉
東川篤哉　純喫茶「一服堂」の四季
東山彰良　流《りゅう》
東山彰良　女の子のことばかり考えていたら、1年が経っていた。
樋口直哉　偏差値68の目玉焼き〈星ヶ丘高校料理部〉
平田研也　小さな恋のうた
日野　草　ウエディング・マン
藤沢周平　新装版　春秋の檻〈獄医立花登手控え（一）〉
藤沢周平　新装版　風雪の檻〈獄医立花登手控え（二）〉
藤沢周平　新装版　愛憎の檻〈獄医立花登手控え（三）〉
藤沢周平　新装版　人間の檻〈獄医立花登手控え（四）〉
藤沢周平　新装版　闇の歯車
藤沢周平　新装版　市塵（上）（下）
藤沢周平　新装版　決闘の辻
藤沢周平　新装版　雪明かり
藤沢周平　義民が駆ける〈レジェンド歴史時代小説〉
藤沢周平　喜多川歌麿女絵草紙
藤沢周平　闇の梯子
藤沢周平　長門守の陰謀
船戸与一　新装版　カルナヴァル戦記
藤田宜永　樹下の想い

藤田宜永　女系の総督
藤田宜永　血の弔旗
藤田宜永　大雪物語
藤　水名子　紅嵐記(上)(中)(下)
藤原伊織　テロリストのパラソル
藤本ひとみ　新・三銃士　少年編・青年編〈ダルタニャンとミラディ〉
藤本ひとみ　皇妃エリザベート
福井晴敏　亡国のイージス(上)(下)
福井晴敏　川の深さは
福井晴敏　終戦のローレライ I～IV
藤原緋沙子　遠　花　火〈見届け人秋月伊織事件帖〉
藤原緋沙子　春《はる》疾《はや》風《て》〈見届け人秋月伊織事件帖〉
藤原緋沙子　暖《ぬく》鳥《どり》〈見届け人秋月伊織事件帖〉
藤原緋沙子　霧の路《みち》〈見届け人秋月伊織事件帖〉
藤原緋沙子　鳴《なる》子《こ》守《もり》〈見届け人秋月伊織事件帖〉
藤原緋沙子　夏ほたる〈見届け人秋月伊織事件帖〉
藤原緋沙子　笛吹川〈見届け人秋月伊織事件帖〉
藤原緋沙子　青《せい》嵐《らん》〈見届け人秋月伊織事件帖〉
椹野道流　亡羊の嘆〈鬼籍通覧〉
椹野道流　新装版　暁天の星〈鬼籍通覧〉
椹野道流　新装版　無《む》明《みょう》の闇〈鬼籍通覧〉
椹野道流　新装版　壺《こ》中《ちゅう》の天〈鬼籍通覧〉
椹野道流　新装版　隻《せき》手《しゅ》の声〈鬼籍通覧〉
椹野道流　新装版　禅《ぜん》定《じょう》の弓〈鬼籍通覧〉
椹野道流　池《ち》魚《ぎょ》の殃《わざわい》〈鬼籍通覧〉
椹野道流　南《なん》柯《か》の夢〈鬼籍通覧〉
深水黎一郎　世界で一つだけの殺し方
深水黎一郎　ミステリー・アリーナ
深水黎一郎　倒叙の四季〈破られた完全犯罪〉
藤谷　治　花や今宵の
古市憲寿　働き方は「自分」で決める
船瀬俊介　かんたん「1日1食」!!〈万病が治る！　20歳若返る！〉
二上　剛　黒薔薇　刑事課強行犯係　神木恭子
二上　剛　ダーク・リバー〈暴力犯係長 葛城みずき〉
古野まほろ　身元不明《ジェーン・ドウ》〈特殊殺人対策官　箱崎ひかり〉
古野まほろ　陰陽少女
古野まほろ　禁じられたジュリエット
藤崎　翔　時間を止めてみたんだが
藤井邦夫　大江戸閻《えん》魔《ま》帳《ちょう》
藤井邦夫　三つの顔〈大江戸閻魔帳(二)〉
藤井邦夫　渡世人〈大江戸閻魔帳(三)〉
藤井邦夫　笑う女〈大江戸閻魔帳(四)〉
藤井邦夫　罰《ばち》当《あた》り〈大江戸閻魔帳(五)〉
福澤徹三　糸《し》柳寿昭　忌《い》み地〈怪談社奇聞録〉
福澤徹三　糸柳寿昭　忌《い》み地　弐〈怪談社奇聞録〉
藤井太洋　ハロー・ワールド
辺見　庸　抵抗論
星　新一　エヌ氏の遊園地
星　新一編　ショートショートの広場①～⑨
本田靖春　不当逮捕
保阪正康　昭和史　七つの謎
堀江敏幸　熊の敷石
本格ミステリ作家クラブ編　子ども狼ゼミナール〈本格短編ベスト・セレクション〉
本格ミステリ作家クラブ編　ベスト本格ミステリ TOP5〈短編傑作選001〉
本格ミステリ作家クラブ編　ベスト本格ミステリ TOP5〈短編傑作選002〉
本格ミステリ作家クラブ編　ベスト本格ミステリ TOP5〈短編傑作選003〉
本格ミステリ作家クラブ編　ベスト本格ミステリ TOP5〈短編傑作選004〉

本格ミステリ作家クラブ選・編　本格王2019
本格ミステリ作家クラブ選・編　本格王2020
星野智幸　夜は終わらない(上)(下)
本多孝好　君の隣に
本多孝好　チェーン・ポイズン〈新装版〉
穂村弘　整形前夜
穂村弘　ぼくの短歌ノート
穂村弘　野良猫を尊敬した日
堀川アサコ　幻想郵便局
堀川アサコ　幻想映画館
堀川アサコ　幻想日記店
堀川アサコ　幻想探偵社
堀川アサコ　幻想温泉郷
堀川アサコ　幻想短編集
堀川アサコ　幻想寝台車
堀川アサコ　幻想蒸気船
堀川アサコ　大奥の座敷童子
堀川アサコ　おちゃっぴい〈大江戸八百八〉
堀川アサコ　月下におくる(上)(下)〈沖田総司青春録〉
堀川アサコ　芳《ほう》一《いち》
堀川アサコ　月夜彦
堀川アサコ　魔法使ひ
本城雅人　境界〈横浜中華街・潜伏捜査〉
本城雅人　スカウト・デイズ
本城雅人　スカウト・バトル
本城雅人　嗤うエース
本城雅人　贅沢のススメ
本城雅人　誉れ高き勇敢なブルーよ
本城雅人　シューメーカーの足音
本城雅人　ミッドナイト・ジャーナル
本城雅人　紙の城
本城雅人　監督の問題
本城雅人　去り際のアーチ〈もう一打席！〉
本城雅人　時代
堀川惠子　裁かれた命〈死刑囚から届いた手紙〉
堀川惠子　死刑の基準〈「永山裁判」が遺したもの〉
堀川惠子　永山則夫〈封印された鑑定記録〉
堀川惠子　教誨師
堀川惠子　戦禍に生きた演劇人たち〈演出家・八田元夫と「桜隊」の悲劇〉
堀川惠子／小笠原信之　チンチン電車と女学生〈1945年8月6日・ヒロシマ〉
誉田哲也　Ｑｒｏｓ《キュロス》の女
松本清張　草の陰刻
松本清張　黄色い風土
松本清張　黒い樹海
松本清張　連環
松本清張　花氷
松本清張　ガラスの城
松本清張　殺人行おくのほそ道(上)(下)
松本清張　塗られた本
松本清張　熱い絹(上)(下)
松本清張　邪馬台国 清張通史①
松本清張　空白の世紀 清張通史②
松本清張　カミと青銅の迷路 清張通史③
松本清張　天皇と豪族 清張通史④
松本清張　壬申の乱 清張通史⑤
松本清張　古代の終焉 清張通史⑥
松本清張　新装版 増上寺刃傷

松岡圭祐　探偵の探偵III
松岡圭祐　探偵の探偵IV
松岡圭祐　水鏡推理
松岡圭祐　水鏡推理II〈インパクトファクター〉
松岡圭祐　水鏡推理III〈パレイドリア・フェイス〉
松岡圭祐　水鏡推理IV〈アノマリー〉
松岡圭祐　水鏡推理V〈ニュークリアフュージョン〉
松岡圭祐　水鏡推理VI〈クロノスタシス〉
松岡圭祐　探偵の鑑定I
松岡圭祐　探偵の鑑定II
松岡圭祐　万能鑑定士Qの最終巻〈ムンクの〈叫び〉〉
松岡圭祐　黄砂の籠城(上)(下)
松岡圭祐　シャーロック・ホームズ対伊藤博文
松岡圭祐　八月十五日に吹く風
松岡圭祐　生きている理由
松岡圭祐　黄砂の進撃
松岡圭祐　瑕《か》疵《し》借り
松原　始　カラスの教科書
益田ミリ　五年前の忘れ物
益田ミリ　お茶の時間
マキタスポーツ　一億総ツッコミ時代〈決定版〉
丸山ゴンザレス　ダークツーリスト〈世界の混沌《カオス》を歩く〉
松田賢弥　したたか　総理大臣・菅義偉の野望と人生
三島由紀夫　TBSヴィンテージクラシックス 編　告白　三島由紀夫未公開インタビュー
三浦綾子　ひつじが丘
三浦綾子　岩に立つ
三浦綾子　青い棘《とげ》
三浦綾子　イエス・キリストの生涯
三浦綾子　愛すること信ずること
三浦明博　滅びのモノクローム
三浦明博　五郎丸の生涯
宮尾登美子　新装版 天璋院篤姫(上)(下)
宮尾登美子　新装版 一絃の琴
宮尾登美子　東福門院和子《まさこ》の涙(上)(下)〈レジェンド歴史時代小説〉
皆川博子　クロコダイル路地
宮本　輝　骸骨ビルの庭(上)(下)
宮本　輝　新装版 二十歳《はたち》の火影《ほかげ》
宮本　輝　新装版 命の器
宮本　輝　新装版 避暑地の猫
宮本　輝　新装版 ここに地終わり 海始まる(上)(下)
宮本　輝　新装版 花の降る午後(上)(下)
宮本　輝　新装版 オレンジの壺(上)(下)
宮本　輝　にぎやかな天地(上)(下)
宮本　輝　新装版 朝の歓び(上)(下)
宮城谷昌光　俠骨記
宮城谷昌光　夏姫春秋(上)(下)
宮城谷昌光　花の歳月
宮城谷昌光　重《ちょう》耳《じ》(全三冊)
宮城谷昌光　介《かい》子《し》推《すい》
宮城谷昌光　孟嘗君　全五冊
宮城谷昌光　春秋の名君
宮城谷昌光　子産(上)(下)
宮城谷昌光　湖底の城〈呉越春秋〉一
宮城谷昌光　湖底の城〈呉越春秋〉二
宮城谷昌光　湖底の城〈呉越春秋〉三
宮城谷昌光　湖底の城〈呉越春秋〉四
宮城谷昌光　湖底の城〈呉越春秋〉五

講談社文庫　目録

講談社文庫　目録

村上 龍　村上龍映画小説集
村上 龍　新装版 限りなく透明に近いブルー
村上 龍　新装版 コインロッカー・ベイビーズ
村上 龍　歌うクジラ (上)(下)
向田邦子　新装版 眠る盃
向田邦子　新装版 夜中の薔薇
村上春樹　風の歌を聴け
村上春樹　1973年のピンボール
村上春樹　羊をめぐる冒険 (上)(下)
村上春樹　カンガルー日和
村上春樹　回転木馬のデッド・ヒート
村上春樹　ノルウェイの森 (上)(下)
村上春樹　ダンス・ダンス・ダンス (上)(下)
村上春樹　遠い太鼓
村上春樹　国境の南、太陽の西
村上春樹　やがて哀しき外国語
村上春樹　アンダーグラウンド
村上春樹　スプートニクの恋人
村上春樹　アフターダーク

村上春樹 佐々木マキ絵　羊男のクリスマス
村上春樹 佐々木マキ絵　ふしぎな図書館
村上春樹 糸井重里　夢で会いましょう
村上春樹・文 安西水丸・絵　ふわふわ
U・K・ル＝グウィン 村上春樹訳　空飛び猫
U・K・ル＝グウィン 村上春樹訳　帰ってきた空飛び猫
U・K・ル＝グウィン 村上春樹訳　素晴らしいアレキサンダーと、空飛び猫たち
U・K・ル＝グウィン 村上春樹訳　空を駆けるジェーン
T・ファリッシュ著 B・ルート絵 村上春樹訳　ポテト・スープが大好きな猫
群ようこ　いいわけ劇場
村山由佳　天翔る
睦月影郎　密通妻
睦月影郎　快楽のリベンジ
睦月影郎　快楽ハラスメント
睦月影郎　快楽アクアリウム
向井万起男　渡る世間は「数字」だらけ
村田沙耶香　授乳
村田沙耶香　マウス
村田沙耶香　星が吸う水

村田沙耶香　殺人出産
村瀬秀信　気がつけばチェーン店ばかりでメシを食べている
村瀬秀信　それでも気がつけばチェーン店ばかりでメシを食べている
室積 光　ツボ押しの達人
室積 光　ツボ押しの達人 下山編
森村誠一　悪道
森村誠一　悪道 西国謀反
森村誠一　悪道 御三家の刺客
森村誠一　悪道 五右衛門の復讐
森村誠一　悪道 最後の密命
森村誠一　ねこの証明
毛利恒之　月光の夏
森 博嗣　すべてがFになる〈THE PERFECT INSIDER〉
森 博嗣　冷たい密室と博士たち〈DOCTORS IN ISOLATED ROOM〉
森 博嗣　笑わない数学者〈MATHEMATICAL GOODBYE〉
森 博嗣　詩的私的ジャック〈JACK THE POETICAL PRIVATE〉
森 博嗣　封印再度〈WHO INSIDE〉
森 博嗣　幻惑の死と使途〈ILLUSION ACTS LIKE MAGIC〉
森 博嗣　夏のレプリカ〈REPLACEABLE SUMMER〉

講談社文庫　目録

森 博嗣　今はもうない〈SWITCH BACK〉
森 博嗣　数奇にして模型〈NUMERICAL MODELS〉
森 博嗣　有限と微小のパン〈THE PERFECT OUTSIDER〉
森 博嗣　黒猫の三角〈Delta in the Darkness〉
森 博嗣　人形式モナリザ〈Shape of Things Human〉
森 博嗣　月は幽咽のデバイス〈The Sound Walks When the Moon Talks〉
森 博嗣　夢・出逢い・魔性〈You May Die in My Show〉
森 博嗣　魔剣天翔〈Cockpit on knife Edge〉
森 博嗣　恋恋蓮歩の演習〈A Sea of Deceits〉
森 博嗣　六人の超音波科学者〈Six Supersonic Scientists〉
森 博嗣　捩れ屋敷の利鈍〈The Riddle in Torsional Nest〉
森 博嗣　朽ちる散る落ちる〈Rot off and Drop away〉
森 博嗣　赤緑黒白〈Red Green Black and White〉
森 博嗣　四季　春～冬
森 博嗣　φ《ファイ》は壊れたね〈PATH CONNECTED φ BROKE〉
森 博嗣　θ《シータ》は遊んでくれたよ〈ANOTHER PLAYMATE θ〉
森 博嗣　τ《タウ》になるまで待って〈PLEASE STAY UNTIL τ〉
森 博嗣　ε《イプシロン》に誓って〈SWEARING ON SOLEMN ε〉
森 博嗣　λ《ラムダ》に歯がない〈λ HAS NO TEETH〉

森 博嗣　η《イータ》なのに夢のよう〈DREAMILY IN SPITE OF η〉
森 博嗣　目薬α《アルファ》で殺菌します〈DISINFECTANT α FOR THE EYES〉
森 博嗣　ジグβ《ベータ》は神ですか〈JIG β KNOWS HEAVEN〉
森 博嗣　キウイγ《ガンマ》は時計仕掛け〈KIWI γ IN CLOCKWORK〉
森 博嗣　χ《カイ》の悲劇〈THE TRAGEDY OF χ〉
森 博嗣　イナイ×イナイ〈PEEKABOO〉
森 博嗣　キラレ×キラレ〈CUTTHROAT〉
森 博嗣　タカイ×タカイ〈CRUCIFIXION〉
森 博嗣　ムカシ×ムカシ〈REMINISCENCE〉
森 博嗣　サイタ×サイタ〈EXPLOSIVE〉
森 博嗣　ダマシ×ダマシ〈SWINDLER〉
森 博嗣　女王の百年密室〈GOD SAVE THE QUEEN〉
森 博嗣　迷宮百年の睡魔〈LABYRINTH IN ARM OF MORPHEUS〉
森 博嗣　赤目姫の潮解〈LADY SCARLET EYES AND HER DELIQUESCENCE〉
森 博嗣　まどろみ消去〈MISSING UNDER THE MISTLETOE〉
森 博嗣　地球儀のスライス〈A SLICE OF TERRESTRIAL GLOBE〉
森 博嗣　今夜はパラシュート博物館へ〈THE LAST DIVE TO PARACHUTE MUSEUM〉
森 博嗣　虚空の逆マトリクス〈INVERSE OF VOID MATRIX〉
森 博嗣　レタス・フライ〈Lettuce Fry〉

森 博嗣　僕は秋子に借りがある I'm in Debt to Akiko〈森博嗣自選短編集〉
森 博嗣　どちらかが魔女 Which is the Witch?〈森博嗣シリーズ短編集〉
森 博嗣　探偵伯爵と僕〈His name is Earl〉
森 博嗣　喜嶋先生の静かな世界〈The Silent World of Dr.Kishima〉
森 博嗣　実験的経験〈Experimental experience〉
森 博嗣　そして二人だけになった〈Until Death Do Us Part〉
森 博嗣　つぶやきのクリーム〈The cream of the notes〉
森 博嗣　つぼやきのテリーヌ〈The cream of the notes 2〉
森 博嗣　つぼねのカトリーヌ〈The cream of the notes 3〉
森 博嗣　ツンドラモンスーン〈The cream of the notes 4〉
森 博嗣　つぼみ茸《きのこ》ムース〈The cream of the notes 5〉
森 博嗣　つぶさにミルフィーユ〈The cream of the notes 6〉
森 博嗣　月夜のサラサーテ〈The cream of the notes 7〉
森 博嗣　つんつんブラザーズ〈The cream of the notes 8〉
森 博嗣　ツベルクリンムーチョ〈The cream of the notes 9〉
森 博嗣　100人の森博嗣〈100 MORI Hiroshies〉
森 博嗣　的を射る言葉〈Gathering the Pointed Wits〉
森 博嗣　カクレカラクリ〈An Automaton in Long Sleep〉
森 博嗣　DOG&DOLL

2021年3月12日現在